剑珠诀

文武 著

中国电影出版社

图书在版编目(CIP)数据

剑珠诀 / 文武著. －－ 北京 : 中国电影出版社,
2015.12

ISBN 978－7－106－04406－0

Ⅰ. ①剑… Ⅱ. ①文… Ⅲ. ①长篇小说－中国－当代
Ⅳ. ①I247.5

中国版本图书馆 CIP 数据核字(2016)第 004762 号

责任编辑:蔡宝瑛　贾　伟
出版策划:葛风芹
封面设计:北京墨知缘文化传媒有限公司
责任校对:门立伟
责任印刷:庞敬峰

剑珠诀
文　武　著

出版发行　中国电影出版社(北京北三环东路 22 号)邮编 100029
电话:64296664(总编室)　64216278(发行部)
Email:cfpygb@126.com
经　　销　新华书店
印　　刷　北京精致印务有限公司
版　　次　2016 年 2 月第 1 版　2016 年 2 月第 1 次印刷
规　　格　开本/850×1168 毫米　1/32
印张/9.25　字数/220 千字

书　　号　ISBN 978－7－106－04406－0/I·1059
定　　价　32.00 元

目 录

第一章　拜入逍遥门

相传数万年前，大地上还是混沌一团，在极北的荒原之地有座高山，名曰青峰，山高万丈，为古时高峰，但山顶无冰无雪，终年为浓荫所覆盖，可称奇观。青峰山上住着一位老神仙，道号逍遥子，有呼风唤雨，役使鬼卒之能，附近生灵尊重他的意思，平时就以‘老法师’相称。这日清晨，老法师正在洞中闲坐，一阵杀伐之声忽从洞外传来，他一怔之下，凝神细听，却听得是兵刃相交之声，中间还夹杂着几下啾啾鸟鸣。逍遥子寻思不知是何方妖物在此作祟，自己须得前去一观。所以起身出洞，驾起一朵祥云，直往声音响处飞去。

不多时到了发声之处，按住云头往下细看，但见下面一片开阔的空地上，两个人影你来我往，正迅捷异常的纠缠在一起。其中一个是白衣汉，另一人则全身灰衣，二人年纪相仿，都差不多四五十岁的样子，手里皆提着长剑。在半空还盘旋着一只云雀，不时俯冲而下，去攻击灰衣汉子。灰衣汉虽是以一敌二，但兀自不落下风。逍遥子分不清双方孰是孰非，不好贸然出手，当下只好一动不动地站在云层里，静观他们的比斗。斗到紧急处，灰衣汉从袖中取出一只布袋，里面装满了物事。他往空一抛，袋口张开，一群蜜蜂便从内涌出，向白衣汉面门扑至。白衣汉吓了一跳，急忙朝后闪避。岂料这正是灰衣汉的毒计，他见白衣汉上当，大喜之下，嘴里吐出一根绳索，将白衣汉全身绑缚住了，嘻嘻笑道："就凭阁下这点本事，也敢来与人争斗，简直是不自量力。让你尝尝我鬼焰火的厉害。"他左手食指伸出，一股烈火涌出，烧向白衣汉身上衣衫。这火不是凡火，能烧透骨肉，把灵魂化尽，最是厉害不过。须臾那火遍及白衣汉全身，连须眉都烧着了，逍遥子见自己再不出手，恐怕要闹出人命来，于是手掌略摆一摆，一阵大风吹过，火焰顿时熄了。

灰衣汉先是一怔，随即便知是有高人在旁与己为难。想到这里，不禁怒气勃发，厉声喝道："什么人物鬼鬼祟祟的，还不快点给我出来。"话音落下，眼前一花，身前地上多了一人，青衣儒服，头发大半已然花白，乃是个鹤发童颜的老者，辨不出年岁几何。灰衣汉见到老者的形貌，心念一动，于是强忍怒气，沉声道："喂，你这老道，莫非就是青峰山上的老法师么?"逍遥子手拈胡须，淡淡说道："不知这位小哥找老夫有何贵干。"灰衣汉仰天打个哈哈，说道："好个牛鼻子老道，果然是你，洒家正要试试你的本事，看招。"说话声中，踏前一步，双掌合在一起猛地向前推出，只见他双掌掌心各有一股烈焰喷出，形如飞龙，纠结盘绕向逍遥子身上飞至。逍遥子使劲挥动衣袖，两道火焰飞龙突地转飞上天，霎时不见了。灰衣汉使足力气，仍是奈何不得对方，大惊之下，扭头就逃。逍遥子左手五指一抓一放，白衣汉身上的绳索立刻解开，然后如一条长蛇，朝灰衣汉飞去，没一会儿追上，围着灰衣汉身子缠了数缠。灰衣汉欲挣扎解脱，岂料非但没挣开，反倒缠得更加紧了。逍遥子缓缓说道："我瞧你下手阴狠歹毒，必是邪魔一道，为避免阁下以后危害世人，只好暂时把你监禁，权且在我这山中住上些时吧。"说罢大施法术，登时风云色变，地面上裂开了一道宽约丈余的缝隙。灰衣汉好似被施了魔法，身子移动，从裂开的缝隙中掉落下去。逍遥子再念动咒语，不一刻云开雾散，天地复归于清明，那地上的缝隙眨眼不见了。

白衣汉受伤颇重，逍遥子就将他带至自己洞中休养，约过了十余日，已经行动自如。这日晌午，逍遥子从洞外走进，后面还跟着云雀儿。白衣汉忙起身相迎。逍遥子笑道："不用多礼，身上伤势如何了？"白衣汉答道："多赖老法师医术通神，经过这几日的调养，已不碍事了。"逍遥子点点头，说道："那便很好。本尊有几句话想要请问，你须得如实回答。"白衣汉郑重说道："有什么问题，老法师尽问无妨，弟子定当知无不言，言无不尽。"逍遥子沉声道："你姓甚名谁，家住何方，为什么来到我青峰山上，怎么又跟别人打了起来？"白衣汉答曰："弟子姓穆名云，本是边塞人士，慕名老法师道术通神，特地不远万里来此，要学一学那翻江倒海的神通，不死长生的法门。不想来到山脚却遇那恶贼拦路，我说明来意，谁知那奸贼大声呵斥，非要我们快速回头，否则就取了我俩性命，我等气愤不过，只好与他打斗起来，至于内中详情，实是一无所知。还望老法师看在弟子一片痴心的份儿上，能将我收入门下。"逍遥子自言自语道："难怪这几日不见有人上山，原来是这厮从中作梗。"

顿了一顿，又道："学道不是易事，需要经历千辛万苦，你可能承受吗?"白衣汉毅然说道："弟子心意已决，就算再艰险万分，也是初衷不改。"逍遥子捻须说道："好，既是如此，那本尊就收下了你。从现在开始，你便是我逍遥门第六代弟子。我道门讲究慈悲为怀，不到万不得已，不能以法术伤人性命，更不能恃强凌弱，挟技炫耀。"

穆云一一答应，末了说道："穆云尚有一事，求师父答应。弟子曾在东海徘徊多时，多亏云雀荐引，才勉强来此，这小云雀虽是畜类，却是有情有义，它也是为学道而来，望老法师能把它一块收下。"逍遥子转头对云雀说道："小云雀，你可有意做我徒弟么?"云雀能听懂人言，但还不会说话，这当口在那里叽叽喳喳了一阵。逍遥子见它情态欢欣鼓舞，便知是十分愿意，说道："大凡畜类修仙练道，须先得化人形，有了通灵之躯，方能研习更高功法，这中间的艰难比寻常人可又多了一层。为师今番就赐'仙沅'二字，以作你尘俗名字，望以后早些入道，不要辜负了为师一番寄托。"云雀展开双翅，呼的一声飞至中间地上，与穆云一起朝上磕头，行拜师之礼。自此以后，穆云与仙沅就在山洞中住了下来。他们遵照逍遥子的嘱咐，练气养神，大概百余年的时间，在道术方面均有不小的突破，穆云的"纯阳掌法"与"喷火之术"都练到了七八成火候。而仙沅经过刻苦修炼，如今修成了半个女体。

第二章　敖行入门

逍遥子又收了名弟子，姓敖名行，十五六岁年纪，乃是南海龙王的幼子。逍遥子与南海龙王私交极好，今受龙王所托，要教化此子成才，所以将其领到青峰山上，与穆云、仙沅同住一处。穆云、仙沅见他小小年纪，却生得头角峥嵘，骨骼清奇不俗，均是暗暗称异。敖行平素不喜言语，只是一味练功学道，因他用功不辍，兼且悟性过人，不到五十年，就将逍遥门中大小道术全部学了个遍。只是他聪明有余，定力却远为不足，许多道术还未完全领会就废然而止，所以道力不深。此时仙沅也已得化人形，是位二十来岁的年轻女子形态，长得瘦弱纤秀，颇为小巧。逍遥子见门下三位徒弟学有所成，心里也高兴异常。恰巧这时太白金星手捧敕书，走下凡尘。原来玉帝见南方天界云气变幻不定，常有异常骚动，寻思着要找一个法力高强的大仙前去镇守，以卫护天庭安宁。只是各位星神俱有职司，任意抽调其中一位都不妥当。正在一筹莫展之际，王母娘娘由众仙女拥护，缓步走上前来。见玉帝闷闷不乐，就轻声问道："不知陛下因何事烦扰？"玉帝将南方天界无人镇守一事说了。王母思忖片刻，这才从容答道："陛下可还记得扈荣镆吗？"玉帝听到"扈荣镆"三个字，眼前登时一亮，抚掌笑道："要不是王母提醒，朕险些把他给忘了。不错，扈荣镆是地界大仙，有他坐镇南方，想必定能逢凶化吉。"这扈荣镆正是逍遥子在凡间的俗名。当日遂下了一道御旨，由太白金星带下凡间，封逍遥子为南方通天大神，即日就要启程。逍遥子将座下三名弟子全部叫到身边，语重心长地说道："你们三个有今日道行，也算不易，只是还要克服许多难关，方能成仙。自今日起，你们要刻苦修行，千万莫荒废了功课。"三位弟子纷纷点头遵命。逍遥子停了一停，又道："穆云、仙沅本性纯善，这点为师很是放心。敖行你聪明有余，敦厚远为不足，而且戾气颇重，于正邪之别还不是分得甚清，以后须得多修身养性，将戾气逐步化尽。"敖行即刻答道："弟子知道了。"逍遥子末了说道："你们以后要相亲相爱，互相扶持。为师这就去了。"说完飞身跃起，与太白金星一起驾云而去。

自师父走后，穆云等三人练功愈加勤勉。约数百年，他们三个已将逍遥门道术全部融会贯通。逍遥子走时，敖行的道行还远远不够，经过这许多年的修炼，这位小师弟今非昔比，一跃而成为逍遥门的头号人物。穆云、仙沅见师弟如此悟性，赞佩之余，不免心生惭愧，但他们限于资质，无法参悟高深功法，对师弟的这份悟性也只能望而生叹了。这日午时，敖行练完了功，独自下得山来，打算先闲游一回。正走之间，忽听得前方树丛中传来一阵低若蚊蚋的叫喊。这声音发自地底，敖行耳聪目明，因此听得清清楚楚。他走将过去，运用千里传音的法术，对着地下喊道："你是何方人物，何故在这里叫喊？"那声音断断续续说道："俺原是北海龙宫的一名水卒，名叫夜巡游，某日去往渭水，无意间得到一本无字天书，虽然无字，却是人物图形齐备，乃是练功的各种姿势。俺照图练去，短短几十年，居然得了无上的神通，后来受到南国老妖的召唤，前去效力，因表现不凡被封鬼卒先锋。多年以前，奉命前来击杀逍遥门弟子，被逍遥派'老法师'以法术锁在山底。"敖行听他提到'海底龙宫'几字，念及自已出身，不由得动起了怜惜之情。这时那夜巡游又扯着嗓子喊道："听这位小哥说话清楚，想来是名懂道行的高手，能否大施法力，助俺脱困。"敖行本有五六分意思，被对方如此一捧，顿觉飘飘然满心欢喜，点头说道："这儿山石太多，恐怕我法力不够，救你不出。若如此，你可莫要怪怨。"夜巡游忙不迭说道："万万不会，小哥尽管动手就是。"

敖行低首垂眉，将两手放于胸前，默念咒语，不一会儿天地惨然变色，大地上瞬间裂开了一道缝隙，约莫五六尺来宽，只见一股灰气从中冲出，到了地面上，幻化成一名灰衣汉子，胡子拉碴的，看不出有多大年纪。这人自然就是适才和敖行对话的夜巡游了。敖行再念咒语，刹那间风止天晴，地面复归原位。夜巡游能够重见天日，高兴得手舞足蹈，半晌，方停下来，走到敖行身前，深深施了一礼，说道："多蒙小哥仗义相救，未知高姓大名。"敖行笑道："不过举手之劳，何足挂齿。"经那夜巡游一再询问，敖行才说了自己名姓。夜巡游恨恨说道："俺被逍遥子这老头儿关了两百年，这笔旧账早晚要跟他算。"敖行一向敬重师父，听夜巡游如此说，不禁双眉皱紧，冷冷说道："要是这样，敖行先要跟你斗个至死方休。"夜巡游大吃一惊，怔得一怔，随即恍然，低声道："难道恩公是那逍遥老法师的徒弟？"敖行点点头说道："不错，师父待我恩重，他老人家虽上天受封去了，但师徒之情不敢稍忘，你要是还存着报仇之心，不如现在便与我一决雌雄。"夜巡游慌乱不已，连忙抱拳赔礼说道："若不是恩公，俺将继续呆在土中受苦，在下胆子再大，也不敢这般放肆。哎，也罢，恩公既是如此说，俺与老法师之间的冤仇从此就一笔勾销了。"敖行笑道："这才是好兄弟嘛。从今往后，阁下但凡有什么麻烦，只管来这里找我就是。上刀山下油锅，敖行绝不皱一下眉头。"夜巡游谢过后，念咒数声，化作一股黑风离去。

第三章　师兄弟下山

穆云等三人经过刻苦修炼，终于成为地仙。这日天气晴朗，一朵祥云忽从天空降落，落于青峰山顶，少时，自祥云中缓步走出一位相貌清矍的老者，鹤发童颜，面容和善，正是青峰山的老法师逍遥子，现任南方天界的通天大神。那逍遥子一声清啸，仿佛龙吟虎啸，震得四周山谷响应，穆云等人在山洞中打坐，听到啸音，晓得是师父到了，三人一齐起身出迎。抬头见师父站在峰顶一块大石之上，不禁又惊又喜，于是纷纷朝上拜倒，行拜师之礼。逍遥子摆摆手，示意三人起身，然后说道："我近来观看北方天空，见上面常有祥云瑞霭，便知你们三人功力大增。为师今日有暇，特来寻你们几个，有件紧要的事要说。"穆云等三人微微躬身道："师父有什么事吩咐便是。"逍遥子捻须笑道："你们三个如今道法已成，唯阅历不足尔，须得亲身到世间游历一番，以增长见闻方可。为师现在就命你们三人即刻收拾行装，马上离开。二十年后才可回转。到那时候，为师要在你们三个之中选择一个作为镇山大神。记住在人间要多行善举，到日后入天之时，自有用处。"不等三人回答，又驾云去了，慌得穆云三个叩头不迭。

隔了半日，三人整装完毕，彼此分别后，先后觅路下山。暂且按下仙沅与敖行不提，单来说说穆云。穆云一路步行下山，由于他内功卓绝，兼且轻功不凡，本来十几天的路程，他只小半天就走完了。眼看黄昏将近，除了树木大石外，四周更无一个人影。穆云举目望去，但见黑黢黢的一片黑暗，数里内竟没有半点光亮，心想再这么走下去，也是并无人家歇宿，莫若在这里歇上一晚，等养足了精神，明日再走不迟。想到这里，不敢怠慢，双脚在地上一借力，随即跃起，飞身上了旁边一株大树。那大树顶端枝繁叶茂，足够一个人容身，穆云舒开四肢，仰天躺在枝叶中间，没一会儿，便沉沉入睡了。

也不知过了多久，在睡梦中，猛听见一阵如夜枭般的叫声随风传到耳畔，声音尖利莫名，难听之极，尤其在深夜中听来，让人浑身毛骨悚然。穆云一惊之下随即醒转，还没明白过来，那夜枭般的叫声已来到近前。穆云拨开枝叶往下一望，见是个浑身黝黑的大汉，身高一丈有余，全身上下赤条条的不着一物。此汉虽然黑壮，两只眼睛却是碧绿通透，犹若鬼火。穆云听说地府有鬼，名曰奎魔，是地狱食人魔的弟子。这类鬼魔生性凶残，专以人畜为食。黑大汉如此形状，定是那食人魔一脉。寻思此物向来只在地府为害，今日到我北方，定是有所为而来。心念未已，黑大汉停下夜枭鸣叫，接着仰起头颅，发出一阵撕心裂肺的吼叫，声音穿云裂帛，直有响彻云霄之势。穆云给这声音震得耳鼓嗡嗡作响，心下暗暗骇异：黑大汉外貌粗犷豪放，想不到内力更是深厚不凡。就在这时，旁边地下隆隆作响，不到一刻，地面泥土纷纷翻起，自地底钻出一个满头白发的女怪，瘦弱如枯枝，左手提着把锥形长剑，映着月光，那剑刃上现出一缕蓝汪汪的光芒。等女怪稳稳站在当地，便发怪声问道："喂，魑魅大汉，深更半夜的，你要召唤老娘前来作甚。"黑大汉磔磔怪笑道："枯枝老么，你有所不知，魑魅奉命击杀逍遥门弟子，今日半路遇见一位，正好追踪至此，我怕一个人收拾不下，只好将你召唤上来，相助我一臂之力。"

枯枝老么皱眉道:" 魑魅大汉一向独来独往，天不怕地不怕，怎么今番会如此惧怕？到底是何方神圣，赶快说出来吧。"魑魅大汉冷冷说道："此人并非等闲之辈，他是青峰山上的仙人，凭我自己之力，恐难成功，故此才把老么你一起叫出来。"他这话一说出，隐身在树巅的穆云与枯枝老么同时发出一声惊呼。枯枝老么低沉着嗓子问道："什么？莫非是号称逍遥子的老法师？若是此人，不提了吧，合你我之力，纵补上千年功力，也不是那老头的对手。"魑魅大汉仰天打个哈哈，道："老么你身处地下，不知这人间之事。那逍遥子几百年前被玉帝一纸诏书，唤到天上做神仙去了。他门下有三大弟子，唯有一名叫敖行的道行高深，其余两人均不足为惧。此次我追踪之人，正是逍遥子的大徒弟，姓穆名云外号'拂剪手'，老么小妹你看着，就是这个人!"话音未落，魑魅大汉把嘴一张，一道亮光闪过，向着旁边一棵大树顶端击去。穆云待对方说话之时，已在暗暗戒备，双掌掌中蓄满了功力。那亮光转眼来到近处，穆云将双掌并在一起，猛地向外推出，就见光芒闪耀，穆云的三昧真火从掌中喷出，与亮光相撞，两者功力相当，瞬间抵消。穆云见自己藏身之处早被对方发觉，不便再行逗留，他身子轻轻一纵，从树巅纵跃下来。

第四章　被困山谷

枯枝老么觑眼看去，清冷的月光下，相隔数丈开外，突然出现一位长须垂胸的白衣汉子，不由得一怔，及至看到此人气质卓然，一双眼睛在深夜里灿然生辉，不禁暗暗心惊：这人的道行当真不浅啊。魑魅大汉磔磔怪笑道：“道兄你终于现身啦，枯枝老妹，你可看好了，这个就是青峰山上的大弟子。他们总共师兄弟三人，如今全部下了山。这位道兄道行不高，可也不弱，待会儿你可得小心在意。”穆云笑道：“你知道的倒不少哪。没错，我们师兄弟三人一块下山，昨日就分了手，各自赶路。你们有什么本事，不妨使出来，我一定周旋至死。”魑魅大汉冷笑道：“姓穆的，你别太狂了，过会儿好歹有你受的。”说着向枯枝老么使个眼色，两人脚步走动，一左一右，来到穆云身边。穆云闭上双眼，默念心法，将全身上下罩了一层罡气。这层罡气由阴阳两气组成，柔时极柔，刚时极刚，普通刀剑均砍削不入，最是守御的法则。枯枝老么挥动锥形长剑，先朝穆云身上斩去。这把长剑汇聚了邪恶之气，锋利无比。穆云微感气流涌动，暗叫不妙，他身子微侧，轻轻避了开去，尔后右手五指簸张，形如虎爪，笔直朝枯枝老么抓去，是一招凌厉的“虎型爪”。枯枝老么挥剑抵挡，啪的一声，与穆云的右手手掌打在一起。枯枝老么功力不济，往后连退数步。魑魅大汉见枯枝老么败阵，上前夹击。他用的是‘魔教掌法’，穆云伸左掌相抵，枯枝老么调匀气息，挥剑再上，穆云双掌忽伸忽缩，实施反击，身体却如灵蛇飞舞，左摇右摆，闪避两人的攻击。战经多时，双方不分胜负。魑魅大汉焦躁起来，他朝枯枝老么使个眼色，刹那间两人心意互通，同时展开通灵术中的灵异邪法，把两道邪气从体内迫发出来，兜头向穆云劈去。穆云躲避不及，被一道邪气击中身体。虽然有阴阳罡气护身，并没受伤，但是也已眼花缭乱，险些摔倒。魑魅大汉奸笑道：“嘿嘿，这小子要不行了，枯枝老妹，咱俩再加把劲儿，赶紧把他拿下。”言罢双掌合十，轻念咒语，一股更急更大的邪气从体内被迫出。那枯枝老么也是使出浑身解数，将全身邪气聚集，两者相加，引动天地异象，黑云一瞬间布满整个天空。穆云连忙屏气凝神，想召唤出体内正气与之相抗，孰料还没完全发功，那黑云裹着飓风从天而降，穆云不由自主被裹挟其中，一下子就给吞没了。他蓦然间感到天旋地转，开始神志不清，两眼一黑，便此昏厥过去。

当再次醒来，发现全身被绳索绑缚住了，被丢在一座山谷谷底。抬头仰望，只见谷口白云封锁，不知其有多高，运力想要挣脱绳索，但那绳索是混元大金丹混合乌铁杂合而成，极具韧性，无论自己怎样使劲，都无法将其挣断。过了半晌，见不能脱缚，索性绝了逃走的念头，当下盘膝坐地，眼观鼻鼻观心，用心练起道家内功来。一炷香后，觉得浑身发热，似乎有几千几万只小虫在体内爬行，穆云知道这是功力提高的迹象，心下大喜，于是加紧用功。约有一个时辰，体内热气逐渐上移，从丹田至胸腹，慢慢地凝聚于头顶，好像是烧红的大铁炉一般炙热，不一会儿汗如雨下，浸透了背后衣衫。穆云吁了口长气，心想这几日奔波劳碌，没料到功力有如斯进展。他暂时压下内功，睁眼四望，这一望不要紧，不由得吓了一跳，原来周围人影幢幢，不知何时，已经站了十几位劲装结束的大汉。这十几名汉子脸色泛绿，看样子是魔道中人。站在最右边的是名瘦长汉子，手中提着柄狼牙棒，大声喊道：“姓穆的，你身为青山峰大弟子，到头来反被我们所擒，嘿嘿，这个人可丢大了。”穆云强忍怒气，闷声回道：“这只能怪我技不如人，你们想要怎么处置，趁早说了出来，少在这儿讥刺挖苦。”瘦汉大笑道：“穆大师快人快语，令人好生喜欢。好，我们也不来难为你，只要你答应一件事，就马上放了你。”穆云诧异道：“奥？竟有这样的好事?”瘦汉道：“你只要将逍遥门的练功法门说了出来，我等就放你走路。你看如何?”穆云哈哈一笑，说道：“你等要么小丑，做得好白日梦。我逍遥门功法从不外传，我身为逍遥门大弟子，更不可能将其泄露。要杀要剐悉听尊便，若从我嘴里套取门派秘籍，那是再也休想。”

瘦汉哇哇大怒，他提起狼牙棒，向前走上两步，作势就要打下。这狼牙棒是鬼族之物，魔性很重，一旦打在身上，即便功力高深，也是不能幸免。穆云明白自己死期将至，索性闭上了双眼，不去理会。瘦汉还没打出，就听一声怪响，从天上骤然降下一只硕大的蘑菇，颜色黢黑，状如伞盖，顶上还坐着名黑脸长须汉子，长相算得上是清秀古朴。到了离地两丈之处停下，瘦汉等人急忙行礼。黑脸汉点点头，说道：“暂且饶了他性命。这人是逍遥子的大徒弟，身份非同小可，只要有他在我们手里，就不怕逍遥子那个老头儿不就范。”瘦汉疑惑道：“师祖爷爷，这姓穆的也懂些道行，我们扣下他不要紧，万一哪天他法力恢复，自行脱逃了可怎么办。”黑脸汉笑道：“鬼铃儿不用担忧，师祖爷爷给你们变个戏法看看。瞧好了。”右手食指伸出，一缕白光射向穆云，穆云身体移动不得半点，被白光射中后，自头到脚，黄褐色的皮肤慢慢变成了灰黑色的泥塑。瘦汉等人见状大喜，全都拍掌赞道：“好个‘变石之法’，师祖爷爷真是神乎其神。呦呦，这下姓穆的就成了泥人了，他再厉害十倍，也逃不走了！”黑脸汉笑道：“道理是没错，但也不能掉以轻心。你们不要忘了他的师父曾为地界大仙，要叫那老头儿找了来，这点法术起的什么作用！”瘦汉等人听闻，双眉又立刻攒在一处，深有隐忧地问道：“那便如何是好？”黑脸汉探手入怀，取出一面锦旗，右手稍一使劲，将锦旗掷了过来，说道：“接好了。此旗是风魔所制，有啸聚风雨之能，你们在这里好好看着，逍遥子要是胆敢前来，就把它抛到空中，大声念咒三声。本魔尊听到后，马上就能赶到。”瘦汉伸双手接住，见锦旗正面用金丝盘绕，绣的是‘双龙戏珠’，反面绘的则是一个滴血骷髅头。骷髅头长约数尺，它张开巨口，露出满嘴白森森的牙齿，模样极为诡谲。

第五章　误闯鬼谷

瘦汉见这锦旗总共三尺长短，看上去并没什么奇特之处，不信它真如师祖爷爷说的那般玄妙，这么一犹豫，脸上不禁露出十分疑惑的神色。黑脸汉见他神情，已明其意，捻须说道：“徒孙不用担心，此旗模样普通，却并非凡品。本尊以前三次遇险，每次都是全仗此物，才得以脱身。你们千万不可小觑了它。这小小旗中，蕴含了无穷神力，只要按我指示去做，保管万无一失。”瘦汉还是将信将疑，黑脸汉就叫他试演一遍，来验证自己的话是否准确。瘦汉将旗举起，大声念咒数声，不消片刻工夫，只见一片黑云滚滚，从远处漫无边际涌来。在那黑云中间，隐隐有群魔舞动，全都赤身裸体，癫狂嚣张之至。到了头顶，黑云止了前进，从云层内伸出十多个鬼头来，粗声问道：“有何要事?”黑脸汉把手一摆，沉声道：“今日只做一个小小测试，看看锦旗灵效如何，你们暂且回去，他日再相召时，务必尽快前来。”十余只野鬼听令，即将头收回，伴着凄厉的鬼嚎，黑云翻滚，再沿原路返回。黑云来得快去得更快，霎时没了踪迹。瘦汉等人见识了这般非凡气象，方信了锦旗神奇。黑脸汉说道：“这锦旗妙用无穷，你们也见识过了，以后要好好保存，一旦发现有异常情况，立刻用锦旗示警。”说罢催动座下黑色蘑菇，如一阵旋风般飞升而去。

过了几千年，天下太平无事。这是宋朝仁宗时期，某日辰时，在一条蜿蜒的小道上，缓步走来一名十七八岁的少年。少年全身青衫装束，身形较为瘦削。他名叫宁甫，是位秀才，为了求取功名，特地从家乡浙江出发，赴京赶考。只见其背后负了一只宽大的布袋，里面鼓鼓囊囊，装了不知什么物事。走了一程，因为天气炎热，一颗颗豆大的汗珠从体内渗漏出来，沾湿了头发，也浸透了身后衣衫。宁甫停下脚步，举衣袖擦干了额上汗珠，正待提脚再走时，旁边草丛里窸窸窣窣，好像有什么活物在蠕动。宁甫转头朝发声处望去，但见那一堆密密的杂草内，有只泥灰色小虫正在踽踽爬行。在它的身后，相隔数尺之处，一条全身斑斓的长蛇吐出红色信子，欲要向那小虫发动攻击。那小虫身长不足两尺，且不知身后有敌在虎视眈眈，看来这次免不了要成为那长蛇的腹中之物了。宁甫自小便虔诚向佛，此时见那小虫有性命之忧，不由得动了侠义念头。不过他见长蛇全身花斑，知为剧毒之物，因此在旁边地上捡了一根木棍，只待那长蛇有所行动，就出手一击。

过了会儿，毒蛇蜷缩起身子，将头收回，突然间“昂”的一声，身子猛得朝前窜出，直奔那小虫而去，势道极为凌厉。

宁甫虽没学过武功，但自幼跟着父亲上山打猎，手劲颇大。他先前见毒蛇蓄势待发，就做好了准备，当毒蛇如箭离弦飞出之际，宁甫用力挥舞木棍，只听“啪”的一声，棍棒打在毒蛇的七寸上，毒蛇嘶嘶嘶嘶叫喊数声，身子迅速缩做一团，重新回到草丛内，没多久便消失得无影无踪了。那小虫不知自己刚才躲过一场大劫，还在悠哉闲哉地继续爬行。宁甫仔细看去，见这虫子形貌寻常，全身却好似罩上一层清光，不禁暗暗称异。此情此景令他脑海中灵光一闪，猛然记起了数年前在乡下读书时，曾听教书先生说过，大凡生灵异物，都有灵性，这虫子浑身散发光辉，显然是佛道驯化所致。宁甫见到这等异象，不由好奇心起，想要一探究竟。于是跟在虫子身后，向旁边山道中行去。小虫爬行甚慢，宁甫遂耐着性子小步而行。这样足足花了半天时间，来到一座山谷外面。那山谷僻处幽静，除了中间一条宽约数尺的夹道，两旁皆是大山耸立，巍峨壁立，直有插入云霄之势。小虫径自进了山谷，宁甫随后跟入。走过夹道，四下里一望，见内中是个四四方方的平地，靠西靠北处均植了大的古槐。在西面那株大树旁边，有个人形石墩。那石墩闭目盘膝而坐，形貌很是古朴。小虫爬过平地，径直上了石墩。宁甫觉得这石墩精巧别致，与众不同，正要仔细观看，一阵古怪的声音突地传入耳中，“阿咪西斯风”，“隆耳枯里基”，“效西古牧山”，声音极低，似非寻常言语。宁甫见前后左右并无旁人，心中着实不解，他抬起头来，瞥眼看到有两行清泪从石像眼中流淌下来，不由吃了一惊：石像只是死物，能够感化流泪，说起来当真奇了。寻思之际，脚步声在身后响起，声音杂沓，想来应不止一人。一个洪亮的声音紧接着传入耳中“今日只抓了两名道士下肚，好不痛快。”另外有个沙哑的声音附和道：“是啊，这两人瘦的皮包骨头，连点油水都没有，嘿嘿，明日大家得走远些，到旁边市镇上多抓些肥胖的道士来吃。”话一入耳，宁甫激灵灵打了个寒战：这几个家伙抓人吃人，要不是强盗匪类，定也是那山林拙汉，我今番不幸，居然碰上这群恶魔，哎，这可如何是好。听着脚步声走进山谷，哪里还有余暇思考，他一个箭步，窜到石像之后，把整个身体藏在后面，一动也不动。几人到了谷中，那声音洪亮的人又说道："他娘的，师祖爷爷叫咱们在这里看着这个破石像，这都几千年过去了，连个鬼影都瞧不见，更别提什么逍遥子了。哼，守着这份苦差事，真是说不出的晦气。"余下数人齐地点头称是，脸上均有不忿颜色。宁甫忍不住好奇之心，伸头从石像后望过去，若明若暗的光线下，只见对面高高低低站了五六个人，其中一人身材极高极瘦，余下几人围在他的旁边，脸上均有灰暗狠戾之色。

瘦高汉子便是奉命在此看守的鬼铃儿，他与其余四位兄弟在山谷存身，一住就是数千年。谷外风起云涌，人事变幻，他们五人分身乏术，只能窝在这寂静的山坳中，终日与山林为伴，时日一长，不免有些寂寞无聊之感。恰值这几日魔尊有事外出，他们便无所拘束，趁机出去击杀道士取乐，宁甫误打误撞闯入山谷，可说是十分不巧了。鬼铃儿和他的兄弟们还在发泄不满，天空黑云聚集，刹那间谷中飞沙走石，狂风大作。鬼铃儿等人一怔，然后见到黑云拨开，从中走出一位双手持叉的汉子，生得眼如铜铃，鼻若悬胆，面貌好不凶恶，鬼铃儿认得对方是魔尊座下的一名信差，名叫天天度，专门给人传递各样讯息，最擅长的就是腾云驾雾之技，手底下的功夫倒也着实硬朗。此时见他来到，惊疑下，不由得放开嗓子大声吆喝道："老兄，怎么是你呀，莫非魔尊有什么吩咐？"天天度不答他话，反而伸手朝下面石像一指，沉声问道："这石像后面是什么东西，我眼神有些不好，鬼铃儿，你给我好好瞅瞅。"鬼铃儿转头去看，果见石像后面有个黑影，只因隔得远了，那石像底下又是乌黑一团，是以瞧不清楚。鬼铃儿把手一招，手下有两位兄弟便蹑手蹑脚地走上前来。到了石像后面，却没发现有什么古怪，不过是一捆枯枝扔在那里。两个人查勘无误，然后走回来禀告，鬼铃儿笑道：“到底是虚惊一场。对了，天天度老兄，你来这里做什么?”天天度将钢叉插在旁边云层里，右手却从怀中取出一个黄色布包，抖了开来，竟是面锦缎绸子，一面印有字迹，展开大声读道：“奉魔尊旨意，着鬼铃儿等人立即前往魔府一聚，不得有半分迟误。”鬼铃儿想探问究竟是何缘故，见天天度耷拉下脸，知他性格倨傲，自己询问，多半不会得到什么结果，弄不好还搞上一脸灰，便将冲到嘴边的话硬生生咽了回去。他使个眼色，四位弟兄心意相通，五人一块纵身跃到半空。天天度低声说道：“咱们快点走吧，迟了恐怕就来不及了。”言毕，同鬼铃儿等小妖一起驾云离开。

第六章　来到青峰山

宁甫藏到石像后面，不料给天天度在高空窥见，多亏天天度眼力不佳，这才没能辨认清楚。但两名小妖走过来，迟早要被他们发觉，宁甫一介儒生，如何经过这等场面。正在一筹莫展之际，有股苍老的声音钻进耳中，但声音放得极低，乃是：“你且莫动，我现施道法，将你化作一团柴草，来避此难。”声音中含有一股威势，让人抗拒不得，宁甫这时哪里还有什么主意，只能按照这声音说的去做，结果表象当真化作一捆柴草，骗过了两名小妖。待天天度鬼铃儿走后，宁甫才从石像后慢腾腾的站了起来。苍老的声音再次说道：“小兄弟，想必你刚才惊吓不小，现在坐下来，好好调匀呼吸。”宁甫四处打量，不见有人，心中惊疑不定，又听得那声音轻声说道：“我在这里呆了几千年了，从无见过有谷外的人来到。”

宁甫听了这么久，方才意识到话声发自石像，不免有些惊恐形状。那石像干笑数声，笑声中充满了寂寞无奈之意，许久，才停了下来，沉声说道：“小伙子，我原是修炼的道士，后来遭人暗算，沦落至此。口虽能言，身却不能行，数千年了一直如此。陪伴我的，除了那几个下三滥，就只有明月清风而已。如今你来到谷中，也算是天赐良缘，我想请小兄弟赴极北青峰山一行，将我的师父师弟邀至此处，不知小兄弟可能答允么?”说到这里，声音放低，似是充满了无限期许之意。宁甫摇头道：“小生不过是一介书生，阁下所托负之事，怕是无力承担。”石像哑然失笑道：“小兄弟不用过谦，这里除了你之外，再无第二个人物，若是连你都还推脱，老夫哪里还能有那出头之日。我知这样确实有些强人所难，但实在是别无他法，还望小兄弟能够担待则个。”宁甫心地纯善，本来就觉得这石像被人封锁在此有些可怜，听对方如此一说，更加不忍，他想了一想终于点头道：“那晚生姑且一试，能不能做成不好说，但求尽力而为。”石像略显激动地说道：“那就有劳小兄弟了。”于是将青峰山的具体所在说了。宁甫暗暗牢记于心，他不敢在这里逗留太久，万一再碰上那群要么鬼怪，可就糟糕之极了，所以匆匆别过石像，沿原路返回，没多少工夫，便出了山谷。

宁甫未知是否出了险地，又往前走出老远，确定离山谷已远，方停下脚步。回头看时，只见一大片黑云遮蔽住半个天空，看上去阴森恐怖，着实可畏。宁甫略觉踏实，遂拽开步子，觅路下山而来。按照石像所说，渐渐向北行去，一路饥餐渴饮，过了不知多少个日夜。这日下午，来到一处沼泽低洼处。宁甫见前面地上颇多枯草软泥，知道凭自己区区凡人之身，无法横渡过去。心里正犯忧愁，沼泽地突然泥土分开，钻出一只身躯庞大的乌龟，模样丑拙，年龄恐在百岁以上，见了宁甫，不禁口吐人言，低低说道："这里是极北苦寒之地，这位小哥怎地孤身来到此处？"宁甫见这只大龟能开口说话，兀自一怔，过了半晌，才一字一字缓缓说道："不瞒龟兄，小生原是名上京赶考的士子，今番受人所托，前来青峰山寻找仙人，不想中途却遇这沼泽坑洼，哎，在下凡夫俗子，身体笨重已极，如何能过得了这个所在？"老乌龟笑道："小兄弟莫要着急，要说其他的我老龟帮不上忙，在泥潭里打滚正是本龟的拿手好戏。你若是不嫌弃，就趴在我的龟壳上，让老龟驮你过去。我一生与泥沼为伍，从没出过半分差池，只要过得去，再走上七八十里路，就到了青峰山了。"

宁甫听说大喜，连忙躬身谢道："那就僭越了。"说着掀起大衣一角，往腰带里一塞，随后双脚在地上力撑，借势跳到老龟的龟壳上。乌龟将脖颈一缩，伸开四只龟蹄，在泥沼中拼命向前划行。从早到晚，不过走了一二十里，但乌龟气息绵长，浑没疲累之象，且行进得十分稳健。又过一刻，夜色开始降临，宁甫放眼望去，但见四周一团模糊，只有极远处有些微亮光，似火非火，看上去很是诡秘。于是问老龟道："喂，龟兄，那边的光亮是何物事？"乌龟不答他话，反而嘿嘿笑道："小兄弟，实话告诉你吧，我老龟是魔界中人，许多年前受魔王差遣来此，目的就是残害仙道中人。你虽没修行，但既与青峰山上的神仙有关，多半也是正道人士。嘿嘿，碰到老龟算你倒霉，明年今日是你的忌日，老龟我会在坟前给你烧柱青香的，阁下就好好上路吧。"宁甫还没明白过来，就觉得身子被一股大力带动，迅速朝上飞起，待落下来时，那老龟早不见了，只听扑通一声，整个身子掉进了乌黑柔软的淤泥之中，直没至颈。

宁甫拼命挣扎，想不到越是如此，身体下沉得越是厉害。淤泥由颈部而至下颌，最终没过了嘴巴。此时呼吸渐感艰难，泥土的一阵阵腐臭气息更是扑鼻而来。他闻到这古怪气味，不禁恶感陡升，迷迷糊糊中，前方似乎有亮光晃动，宁甫想要说话，孰料嘴巴张开，刚吐出一个“啊”字，那淤泥便纷纷涌入，本来他就七八分不省人事，到现在愈加难过难捱。不多大工夫，那亮光已来到近处，宁甫只觉得头发被什么东西抓住，疼痛间，身子已离泥而起。宁甫凭着一股意志坚持到现在，此时陡脱险境，就再也支持不住，两眼一闭，立刻便昏了过去。等醒来时，发现身处之地是间石室，身上盖着些茅草树枝等避寒杂物，他将物移开，起身走出石室。四下里一望，见自己正站在一座山峰峰顶，周围山峦起伏，数以百计，如此一观，便感到气魄宏大，置身于此，仿佛有种要乘风而去的飘渺之感。宁甫纵是儒生，此情此景，一股豪迈气概却也油然而生。他放开喉咙，对着群山大喊，周围山壁回应，自己的声音从四面八方同时传来，混合在一起，嘹亮铿锵之至。

“公子的伤势无妨了么?”随着说话，只见黄衣闪动，旁边大石后缓步走出一名道袍装束的少女。宁甫见她气质柔和，心中先生出几分亲近之意，抱了抱拳然后说道：“有劳小师父挂念，在下的伤不碍事了。晚生昨日遇险，朦胧之中，似乎看到一道白光，后来就不省人事了。不意今天到了此处，难道当时搭救小可的，就是小师父么?”道袍少女笑了笑，右手往旁边一招，就听一声嘶鸣，犹若雷轰，宁甫惊魂未定，便见有只斑斓猛虎从旁边石缝中跃出。这虎不止身躯庞大，气势亦为不俗，宁甫陡然见及，不禁倒抽一口凉气。道袍少女笑道：“公子不必惧怕，这虎是青峰山上的护法神兽，取名‘虎儿’，自小由我抚养长大，虽然凶恶，却不轻易伤人。昨日便是它将你驮上山来。”宁甫先听到“青峰山”三字，心中是既惊且喜，想不到千里迢迢，路上遇到诸多凶险，今日终于来到了“石人”所指之处，及至听说自己性命是由虎儿所救，一股感激之情油然而生。他转过身子，朝着虎儿躬身作了一揖，诚恳地谢道：“多谢虎兄仗义相救，宁某感激不尽。”虎儿好像听懂了说话，它扬起勃颈，冲着天空发出几下大叫，这声音本就洪亮，加上在山顶发出，与周围的回音相应和，那气势就更显震撼。宁甫纵有准备，听到声音，身子还是不禁震颤了一下。

道袍少女说道：“虎儿很有灵性，我青峰山多次遇袭，都是它从旁斡旋，才转危为安。”虎儿一纵，猛地到了宁甫身前，随即伸出蒲扇大小的虎爪，在宁甫胸前拍上一拍，似乎是长辈对晚辈的殷殷盼望。宁甫不解，却听道袍少女在旁说道：“虎儿的意思，是也想让你好好修行。”宁甫笑道：“虎兄的好意在下只能心领了，小可读书多年，只有考取功名，方不负这腹中所学。修炼虽能长生，但与我的志向不合。”道袍少女道：“人各有志，那也是勉强不来的，虎儿你暂且退下。”虎儿低吼一声，继而翻转身子，纵几纵，跃下山去。道袍少女对宁甫说道：“贫尼法名仙沅，在这青峰山上住了几千年。我观公子面相平和，想来是厚德人物，而你双眉间隐隐透出一股黑气，或者是心中有甚积郁之事。我说的可对么?”宁甫吃惊道：“师父看上去年岁不大，居然有千岁高龄，真是令人难以置信。嗯，小师父，不是不是，应该叫老师父，您说得没错，宁甫上青峰山，确是为了一件疑难之事。”

仙沅点头道：“这便是了，有什么话但讲无妨。”宁甫便将自己在山谷中所遇怪事说了一遍，末了说道：“那石像自称来自青峰山，姓穆名云，是位修行的道士。”仙沅先前听他叙述时，心中怦怦乱跳，已有了几分猜测，这时听到“穆云”二字，再无怀疑，心道大师兄啊大师兄，多年前咱们师兄妹三人一起下山游历，数年后只有我一人回归青峰山，你跟三师弟忽尔全失了影踪，想不到你竟在那里受苦。思念及此，不觉触动往昔，眼圈一红，泪水就要滚落下来。宁甫以为自己哪里说错了话，慌张不迭，仙沅摇头叹道：“与公子无关，是我想起了从前的事，一时忍俊不禁。你现在便将那山谷所在之地，详细地告诉我。”宁甫于是手指比划，把山谷具体位置描述了出来。仙沅用心记下，随后嘱咐宁甫不可轻易下山，有事找虎儿即可，说完飞身向南行来。

第七章　师父出马

仙沅本是青鸾转变，轻功飞行之术原就颇为在行，经过千年修炼，那腾云之术可说已登峰造极，便是当年的逍遥子，亦无她今日成就。话说仙沅驾云一路前行，顷刻间飞出老远，心中不免盘算，论法力大师兄高我许多，连他也是不敌，那我又济得什么。对了，此地离师父住所不远，我何不前去请师父出山，就算是十方魔君，凭师父的本事，也能够尽力周旋一番。

想到这里，不再迟疑，调转方向，径直驰向高空。起初云层颇厚，那天空是半黑半白的颜色，到了后来，光芒灿然，从云中放将出来。仙沅冲出云层，仔细观看，前方千米之外有座大殿，金碧辉煌，正是师父的逍遥殿。仙沅飞行上前，见门口站着名汉子，所以止了云头，缓步走上前来，道：“师弟请了。”汉子面容冷峻，身材极为雄壮。他是逍遥子新近在天庭收的弟子，名唤魔力山，是勇猛无畏的壮士，有过人的胆识，非凡的武艺。见了仙沅问道：“师姐别来无恙，可是要找师父？”仙沅点头道：“是啊师弟，我有要事找师父商量，他老人家在不在？”魔力山答道：“师父今日并未外出，师姐自行进殿寻找便可。”仙沅谢过了，匆匆走入殿内。这大殿前后共分三进，第一第二殿均是参禅静修地，有几个童子正手持拂尘，在那里掸灰，见了仙沅，各道一声好。仙沅点点头，她前两殿寻不见师父，想来定是在第三殿中，她也不与旁人招呼，就快步来到第三殿殿外。抬头一看，只见那两扇门板紧紧关闭着，心想此殿乃是师父练功所在，不得允许，不能随便擅入。可是这事并非小事，倘有稽延，不免生出枝节来。在盘算该当怎样启齿，方才得当。便在这时，忽听吱呀一声屋门开启。凝目望去，但见一位白须白眉的老者缓步从内走出，相貌中正平和，俨然一派宗师气度，却不正是自己的师父逍遥子是谁。

仙沅大喜，连忙上前施礼问安，逍遥子笑道：“沅儿一向在青峰山修道，轻易不出门户，今日突然造访天庭，是有什么要紧事情吧？”仙沅躬身道：“师父说得没错，有件事非同小可，弟子不敢擅专，因此特地前来禀告。”逍遥子看她脸色凝重，料是出了什么重大事情，说道：“尽管说来。”仙沅遂将前几日宁甫所说之事重说了一遍。逍遥子听罢惊喜交集，喜的是千年过去，自己的弟子尚在人间；惊的是穆云一向宅心仁厚，与世无争，不想却被魔鬼囚困起来。他修道多年，早就参破了红尘俗情，心中没有了喜怒哀乐之念，但突然听到这个消息，还是抑制不住内心的激动，沉默半晌，逍遥子叹了口气，说道：“沅儿，据你所说，那个所在似乎便是混沌魔界，其中有六百七十五名鬼卒，他们的头领姓方名辉，原是元始天尊座下的一头大象，有一日他趁天尊外出，偷走了仙府的天书，飞离仙界。按书中所记，经过万年修行，方辉居然也练就了一身通天彻地的本事。元始天尊曾派遣弟子几次前去追索天书，无奈每次都无功而返。如今这方辉凭借着从书中学到的能耐，啸聚群魔，隐然成了混沌魔界的领袖，平常便以‘魔尊’自居。这魔头法术不凡，连金元大仙都惧他三分，若是云儿落在他的手中，要想救出，恐怕得费上一番周折啊。”仙沅听到这话，不由得一怔，说道：“这个，可如何是好？”逍遥子拈须笑道：“如果仅是区区魔尊一人，为师倒还不惧。只是不知他那里还有多少陷阱，倘若他召集群魔，又或者是设下什么阴狠的阵法，我便不是他的敌手。”说着负手背后，在庭院中来回踱了几步。思忖有顷，终于下定决心道：“沅儿，为师非得亲自前往一趟不可，不过这里面含有极大危险，一旦出现什么差池，那便有性命之危。你功力不够，为了以防万一，就暂时先呆在这里。”

仙沅央求再三，非要一同前往，逍遥子拗不过她，唯有允诺道：“只可远远观望，切不可走近细看。徒儿若不肯，就不要去了。”仙沅虽然极不情愿，却也无可奈何，当下驾云同师父一道往西南行来。这般半云半雾，经过许久，来到了混沌魔界。他们连忙止了前进，拨云层向下观望，只见方圆百十里的地方，入眼全是蓊蓊郁郁的树木。相隔不远处，犹如磨盘大小的一块所在，仿佛是个山谷。逍遥子运起“天眼通”来查看，只见果然是个清幽的山谷。除了山石树木外，地上高高低低摆放了几座形如人形的石像，其中有一尊，相貌有些熟悉，仔细辨别，正就是自己失踪多年的爱徒穆云。逍遥子喃喃说道：“徒儿啊徒儿，你当真在这里受苦。”仙沅问明师兄就在下面，将身一扭，便要纵跃下去。逍遥子伸手扯住仙沅，沉声说道：“沅儿，你忘了临出发前，为师叮嘱的话了吗？”仙沅给师父这么一问，想起来师父曾经说过要自己只可远远观望，不能凑近的话来，不觉涨红了脸，低声道：“师父，弟子错了，穆云师兄身陷囹圄，徒儿一时救人心切，这才忘了师命。”逍遥子脸色稍缓，笑道：“这也不能怪你，你自小便与穆云在一处生活，感情非比寻常。

为师这就下去了，徒儿一旦发现事态不妙，就立刻离开。”仙沅点点头答应。

逍遥子低喝一声，然后离了云层，直向山谷飞去。仙沅按照师父指点，将云层停在距离山谷稍近的地方，但又不能太近，这样既能将谷中情境尽收眼底，还能避免被魔鬼发现。话说逍遥子飞行术神乎其神，片刻就来到了谷底。在谷中有六七个小妖，正在那里吹牛打架，见突然有人闯进，全吃了一惊。其中一个，名唤鬼铃儿，长得形貌狠厉，身材瘦长。他将双手插在腰间，大声喝道：“喂老头，你是何方人士？”逍遥子手捻胡须，一字一字缓缓说道：“南方通天大神在此，尔等小妖，还不快快束手就擒。”那鬼铃儿天生胆大，但陡然听到“南方通天大神”几个字，还是不由得激灵灵打了个冷战。他登时想起魔尊许多年前说过，南方通天大神名叫逍遥子，是位有本领的人物。这里被困的穆云就是此人的徒弟，若是这人来到，须发令旗召唤魔尊前来，不然就是群魔一拥而上，也非其敌。想到这儿，鬼铃儿伸手背后，取出魔尊交予的令旗，另一方面却又假作欢笑，骗哄逍遥子道：“呵呵，原来是位老神仙，您老人家驾临，我等自然不敢反抗。”说着话，把手里的令旗朝空举起，同时嘴中念念有词，像是在读什么咒语。

逍遥子见状大惊，正要出手阻止，却不想为时已晚。只见天空瞬间变色，刚才还是晴朗无云的天上，电闪雷鸣，狂风大作，一片如墨水般浓重的黑云自天边漫无边际地涌来。那黑云翻腾跳跃，奔驰延伸，其中似乎附有鬼兵阴卒，全都持枪挟剑，声势好不骇人。逍遥子见对方大军压至，反而定下心来。寻思我逍遥子修道万载，功力如何，今日一试便知。思念未已，就见那黑云如旋风般来到，停在头顶，便不动了。从那厚厚的云层中，接二连三地飞下面容凶恶的鬼差。数一数，前后共有数百个。领头者是个壮汉，脸上满是横肉，见了逍遥子，气得跳脚骂道："你是打哪儿来的，怎地这般大胆，敢擅闯鬼谷？"逍遥子不怒反笑，沉声道："本道爷法号逍遥子，来自南方天府。今日到这里，正是要寻你们耍上一耍。"壮汉闻听"逍遥子"这个名字，也是一怔，嘿嘿笑道："哼，你就是那逍遥子啊，我们在这里等你多时了，哪知你现在才到。咱们就不如比上一比，瞧瞧是你的法术高强呢，还是我鬼界更厉害。"逍遥子淡淡道："本道爷愿意奉陪。"矮胖汉骂道："老家伙不知死活，今日叫你葬身鬼谷。来啊大家给我一起上。魔尊说了，不管是谁，只要杀了这个老头，就可以进入神异地界。"魔鬼居无定所，为了生存，常常自相残杀，下场很是凄惨。神异地界是魔界修行的最高场所，谁能踏入其中，就等于给自己找到了归宿。群魔听到"神异地界"，均是一震，大家现在只有一个心思，那就是杀了老头，争取进入神异地界。不等壮汉发令，群魔一拥而上，气势汹汹，大有将逍遥子分而食之的样子。

第八章　困仙阵赌胜负

逍遥子双手抱圆守一，而眼观鼻鼻观心，虚心静气，逐渐进入虚无缥缈的境界，对周遭物事混不在意。这是他修道静心的法门，俗称"入定"，功力深厚者可达到天人合一的状态，不再思考，不再动欲，连自己是生是死都全不知晓，心中便只有一个白亮亮、圆嘟嘟的光环。当此危难时刻，不去想如何退敌，却在那儿修炼道法，这不啻于是将自己性命交付出去了。众魔鬼见老头儿这般装腔作势，不畏生死，惊奇之外，只有满心的欢喜：老家伙放弃了抵抗，那真是再好没有，我等凭空捡了个大便宜，魔尊面前，也好借此炫耀一番。想到这儿，脚步愈加快了，谁料到在离逍遥子老头儿还有十几步的时候，一股强大的气流扑面而来，众魔中功力较弱的，皆被这股气流吹得站立不住，仰天跌倒。只有几名道行高深的不曾倒下，但脸色苍白，全身颤抖，也是渐有不支之势。壮汉恰在其中，他浑没料到老头儿法力如此高强，不用出手，只是气场，就足以震慑群妖。

壮汉暂时忍下一口气，右手挥手让群鬼退下，免得时候一长，会被老头儿的气功所伤。逍遥子收功而立，放眼一看，群魔早走得影踪不见了，当下不禁长舒了一口气。敌人虽去，不过逍遥子由于适才用功太过，自己的功力也是大有损耗，于是用龟息大法，将自己的元气稍作弥补，以防再有强敌来到，不能及时应战。果不其然，未至片刻工夫，从漫天乌云之中，降下一朵如蘑菇形状的黑云，大小犹似房屋一般。在那顶上，更端坐着一位面色黝黑的中年汉子。来者不是别人，正是魔教里的头号魔王，姓方名辉，外号“混世魔尊”。群鬼嫌这名字拗口，寻常只以“魔尊”相称。方辉催动坐下黑云，一径来到地面方停。逍遥子早就听说过魔尊的名头，本以为是个凶恶的长相，却不料是这般相貌清奇，心中烦恶之念顿减，于是按捺下心头的怒火，心平气和地说道：“尊驾莫非是那方辉方头领么？我的徒儿被你们捉了去，困囚已达几千年，我今日来此，就是要你即刻释放。”方辉哈哈笑道：“不愧是地界大仙，敢单枪匹马来闯鬼谷，这份胆识足以令人佩服。只是那姓穆的心肠忒好，与我魔教正好格格不入，现在如果马上就释放了他，那不是显得本魔尊太过不济了吗？我这里有个困仙阵，你只要能够破解，便可将他带走。”

逍遥子自忖单凭法术，未必胜得过这位魔头，加上其他小妖，自己多半会不敌。他既然提出要用闯阵来定输赢，那真是求之不得。不过听说困仙阵变化莫测，我虽修行多年，想要一举破之，却也不甚容易。但到了此处，也并无他法，看来只有冒险一试了。思念及此，不再犹豫，向方辉点头道："老道觉得这法子挺好，多说无益，咱们还是赶紧过过招吧。"方辉右手挥了数挥，就见谷中那九尊石像，募地移动过来。三转两转，已将逍遥子团团围在了中心。方辉双掌齐挥，两团烈火分别自他掌心发出。嗤嗤声响中，那九尊石像的魔符刹那间被烈火烧尽，也就顷刻工夫，九尊石像纷纷脱去表面的泥土，露出里面真实的人身，其中之一，自然就是逍遥子的徒弟穆云。尽管九人已经还原真身，但他们神态木讷，表情呆滞，看上去仍与木偶泥塑一般无异。逍遥子见九人被施了魔法，自己便算以道法感化，一时半会儿也无法令其清醒。心念未已，九人脚步移动，变成了四人在内，五人在外的两个圆圈。那在内的四人所站方位是东南西北四向，而外围的五人就是按金木水火土的五行站的。九人交错而立，模样诡谲无比。而穆云所在的位置，恰是外圈的"木"字。方辉吐一口浊气，九人受到感应，立刻以手指天，发出一阵如狼嚎的吼叫声。吼叫声起初若有若无，到后来渐趋增大，变得犹如雷鸣，饶是逍遥子功力深厚，亦感到心悸不已。他这时方才明了，不只穆云徒儿，其余八人也均是道法高深的智能之士。

方辉所选的九人，均是道教弟子，用佛道来抑制佛道，这才是困仙阵的厉害之处。逍遥子参透了这一层，心中是懊悔不迭，早知如此，还不如痛痛快快的和魔鬼们干上一场，即便是马上死了，也是得其所哉，如今情势，反被自己同道所制，说起来实在颇为不值。逍遥子暗暗盘算，怎样才能突破围困，寻找制胜的诀窍。这两个圆圈单独哪一个看上去都是破绽甚多，但合在一处，彼此弥补，少了许多空洞缺漏，仔细推敲，实则是天衣无缝的佳作。与此同时，那九人的喊声不歇，他们又将功力彼此连接，在身前竖起厚厚的气墙，这气墙渐渐临近，一旦触及身体，便是双方的功力比拼。逍遥子固然不肯服输，更不愿看到九位道友因己受伤。就在这时，从高空传下一阵哀鸣的叫声，似乎是仙沅所发，声音刚落，方辉阴沉的嗓音清晰的传入耳中："哈哈，老道儿，想不到你为人诚朴，竟还在此埋伏下帮手，以策万全，这下被俺逮了个正着，哼，今日你就和她一起赴死吧，有她与你作伴，路上也会少些寂寞。"

逍遥子不轻易动怒，乍闻此言，那把无名火'腾'的自胸中燃起，今番受此屈辱，那是平生从未遇到过的，连自己的徒弟都保护不了，还谈什么除魔扶正呢，不如把自己的道袍一脱，也好过了丢人现眼。他这么一生气，混乱的思维登时变得一片澄净：多年前学道之时，曾听师父讲过，良善之人纵使堕入魔道，只要稍加引导，也能恢复本心，穆云是我的徒弟，一旦将他的善心唤醒，困仙阵就不难攻破了，而且这样还不必多伤性命，只是怎样做到却是个难题，普通的传道是无用的了，嗯，看来只有这种方法。思念至此，逍遥子凝聚起全身功力，先把灵气唤出护住心神，尔后激出自己的元神，看准穆云所在方位，用仅存的一点力气使劲掷出。这一招大是凶险，元神为一个人的根本所在，能量无穷，用来对抗邪魔最是恰当不过，但倘若投掷不准，又或者元神掷出后毫无作用，不但于事无补，反而将自己置于十分不利的地步，九人的气墙如果靠近，吞噬了灵气，那么元神出窍将必死无疑，关于这一点逍遥子比谁都明白，不过至此地步，已经是骑虎难下，眼下只能孤注一掷行此险招了。

逍遥子掷出元神后，没有了半分力气，整个人登如虚脱了一样瘫倒在地，那元神像是得到了感召，冲破九人的气墙，直抵穆云的胸口面门。穆云还在那里做功，元神忽然来到，释放出巨大的热量，穆云被热量刺激，整个人为之一震，他身体里还有一半魔性，此时与那由元神激发出来的自我展开了激烈的交战，魔性虽强，终抵不过良善的本体，最后一点点给蚕食殆尽，以至于无，穆云恢复本性，见到师父正站在阵中，神情萎靡，渐有不支之势，便明白了一切，他运功将元神推回阵内，自己伸脚尖在地上一点，力道用处，身体如离弦的飞箭，迅速飞出圈阵，这样困仙阵由于少了一位人物坐镇，就不攻而破了。而逍遥子在对方气墙攻入自己设的灵气以前，将元神重纳入体内，身体顿时复原过来，他提起右掌，拍向高空，那掌力雄浑，上面附带有青光巨力。方辉不意枝节横生，正在目瞪口呆，就见逍遥子射出一股纯阳真气，此真气来得仓促，且最是邪魔的克星，方辉来不及闪躲，双手抓着仙沅衣领，往那真气上一扔，自己则借双脚登云之力，立即向旁移动十数丈，这时离那真气已远，飘在半空中，指着逍遥子笑道："好你个逍遥子，了不起了不起，居然用这种办法来破俺的阵法，哈哈哈。"大笑声中，驾起自己的蘑菇黑云，如旋风般向远处飞去，只片刻工夫，就失了影踪。

第九章　重回青峰山

话说纯阳真气为邪魔的克星，对正义人士却无伤害。仙沅被掷出后在那股真气上稍作停留，身体进而下沉。逍遥子举手一挥，内力到处，仙沅的身子给整个托举起来，就像有只巨大的手掌擎在半空，掌心朝上，托着仙沅，慢悠悠的将她带回地面。仙沅并没受伤，不过是虚惊一场。当下按师门礼节见过了师父师兄。她与穆云师兄多年未见，此时陡然见到，心里是格外感到亲切。穆云被囚谷中长达数千年，因他是静修的道士，无欲无求，那容貌没有多大改变，看上去只是略显憔悴而已。他伸手指指天上，说道：“这日复一日，年复一年，穆云每每感到寂寞无聊，便看看天上的鸟儿、云彩，来解愁闷。日子不知不觉就这样过去了。老天爷总算待我不薄，尽管受了千年苦，毕竟还能让我再见到师父、师妹。”仙沅哽咽道：“这么长时间，师兄你一个人呆在这里，可真是不容易呀。”说着眼眶一红，泪水忍不住又要掉落。穆云宽慰道：“师妹，你我今日相见，那是天大的喜事，莫要再提伤感了。此谷为魔鬼重地，片刻耽误不得。”逍遥子点头道：“不错，好歹有什么话，大家回去再说。”说完这句，走到旁边，运功施法，将其余八位道友一一唤醒。诸事完毕，加起来也用了几个时辰，那八名道友骤然得救，心中的感激自不待言。

闲话暂且不表，众仙腾云驾雾，先后离开鬼谷，不多会儿来到南天门外。那八名道友见天色已然不早，谢过了逍遥子救命之恩，就各自离开。逍遥子带同仙沅、穆云来到自己道场。落座后，无非说些别来情事。讲到敖行，仙沅就将那日他们师兄妹三人一起下了青峰山，数年后只有她一人回归的话大致说了出来。穆云听罢眉头紧锁，很是担忧地说道：“这年头鬼怪肆无忌惮，什么歹毒的手段都使得出来，难不成小师弟也中了他们的道儿了？”逍遥子沉思片刻，道：“徒弟说得未尝没有道理。不过敖行入门虽迟，功夫却是非同小可，倘若不是遇到方辉这等极难对付的大魔头，按常理来说，应该不会出现什么太大的麻烦。唉，此事我思来想去，总是难以索解，或许中间出了其他岔子。”逍遥子和弟子们无话不谈，三人又说了些别的话，直到夜色更深，才停下聊天，修行之人最忌讳的就是打闹乱言，所谓“口开神气散，轻浮毁千年”便是这个道理。

他们说了半天话，又与魔鬼争持多时，已觉得神倦力乏，三人各自盘膝坐地，运功为己疗伤养气。也不知过了有多久，仙沅感到心头一阵混乱。她掐指一算，大呼糟糕，那青峰山上的神虎因跳跃深涧，不小心扭伤了前爪，受伤疼痛还是小事，只是行动不便，取食就会不易。仙沅将此事告诉给了师父，并说为避免有别的意外发生，自己须得即刻回去察看。穆云要求一同前往，逍遥子表示同意了，临行前不忘叮嘱道："凡间妖孽众多，你们一切要小心在意。"穆云、仙沅躬身领命，他们俩出了南天大神府邸，驾起祥云，一霎时来到青峰山。觑眼看去，见那神虎正后足着地前爪临空半蹲在山腰的一块大石上。虎的前面两爪被尖石割破了口子，鲜血不断从伤口中渗出，掉落地面。仙沅走到近前细细观察。虎爪表皮受了些伤，但无大碍，只是流多了血，需要修养一段时间才能恢复。仙沅从袖中取出止血灵丹，在伤口上洒了洒，待血稍止，又用白布缠了几缠，神虎明白主人在为它治伤，朝天吼叫一声当作答谢。仙沅说道："虎儿，你先在山洞里休养些时，等伤养好了，我再唤你出来。"言罢吐一口仙气，那仙气化作大风，卷起神虎，送进山顶洞中。

仙沅在山上采了些花果，陪同穆云一起来至山顶。此山极高，若非拥有仙术或腾越技能，不能一蹴而至，如凡人上山下山，均需费上数日工夫不可。仙沅、穆云循路来到宁甫所在的洞外，一齐驻足，仙沅当先朝内喊道："宁公子，我和穆师兄来探望你了。"一连说了数遍，洞内毫无反应。仙沅觉得奇怪，探头往内一看，不见有人，便走了进去。借着朦胧的光线，只见石室中洁净如昨，桌椅板凳放得规规矩矩，一丝不苟。在石室东边靠墙的地方，横列着一张木板床，床上有卷棉被以及做枕头用的一捆草窝。在草窝的下面，塞了张纸条，那纸条只有一角露在外面，要不是目力良好，极难发现。仙沅将纸条拿出打开，凑到光线下一阅，见上面用朱笔写了几行小字，读起来是：

仙沅师父亲启：

晚生日前险遭不测，多蒙仙沅师父及虎兄拔刀相助，方免遭大难。人们常说滴水之恩当思涌泉相报，何况是救命深恩，敢不铭记肺腑，倾尽全力！只是天下无不散之筵席，小生尚有要事在身，只好匆匆别过，日后若有用到之处，小生定当衔环来报。来不及面辞，万祈原宥。

另附：小生脚力欠佳，不得不烦劳虎兄驮我下山，因此举唐突，有不借便用之嫌，特此说明。

无知后生宁甫谨立

仙沅认真读完，心想这个儒生心肠忒好，行为却是迂腐可笑。要不是他千里迢迢跑来报信，前去搭救穆师哥，我说什么也不相信此子竟有如许侠肝义胆。她将纸条递给从后走进的穆云，笑道："师哥，我瞧这个小子跟你挺有几分相似。"穆云把信从头到尾看了一遍，点头道："师妹说的没错，此子虽是学文，不过行为胆识，正是我辈中人。"仙沅学着信里文绉绉的模样，半开玩笑地说道："非也非也，吾所指者，乃其酸腐尔。"穆云先是一怔，后来会过意来，不由得手捻胡须，仰头大笑起来。

第十章　来到长安城

宁甫自从离了青峰山，晓行夜宿，饥餐渴饮，这一日终于来到了长安城。那长安城是座大城，城墙建得极高极厚，远远望去，犹如一面屏障耸立于天地间，看上去极其雄伟壮观。

城门口老百姓进进出出，其中夹杂有不少波斯等异域胡人，显得热闹非常。长安是唐朝的首都，气象自然与众不同。宁甫早就听闻长安城的大名，今日一见果然名不虚传。

科考已过，他心里有些失望，但看着大街上人来人往，一向乐观的他，马上就将阴霾的心情抛诸脑后，随着老百姓缓缓向前行去。

“听说徐尚书今日要卸甲归乡，一会儿大队人马便从这里经过。”一个老百姓说道。

“尚书大人徐越半世为官，爱民如子，如今告老回乡，老百姓都自发为他送行。”另一位老百姓接口道。

宁甫虽僻处异乡，也曾听过徐越的大名，知此人嫉恶如仇，对老百姓倒是爱护有加，是个难得的好官。

说话间，听得一阵马蹄声逐渐向这边靠拢。宁甫望去，见十几匹骏马上端坐卫士，将一匹黑马簇拥中间。那黑马上坐着位相貌温和的中年人。中年人瘦脸长身，样子颇为清俊，颌下几缕胡须随风飘动，更将其随和气质衬托无疑。中年汉子自然就是徐越了。等他与其他卫士来到近前，老百姓齐地喊道：“徐大人，一路保重。”说时眼睛里满含泪花，声音也似乎嘶哑了。

徐越抱拳道：“徐某在这里跟各位告别了，大家不要太过伤心，徐某有生之年，还会再到长安来的。”

便在这时，从旁边酒楼上忽地跃下一人。此人个子颇高，站在地上，犹如竹竿一般挺拔。

第十一章　魔鬼进府

这人一出现，宁甫吓了一跳。这人原来就是宁甫在鬼谷见过的鬼铃儿，只不过他今日换了身素淡的衣衫，加上脸上笑容可掬，那凶狠恶毒的模样，因此凭空减了几分。

众侍卫以为是要对大人不利，纷纷拔出腰刀，喝道：“什么人。”

鬼铃儿不答，反而从怀中取出一根钢鞭，双手一伸一拉，那钢鞭立即变作了四五截。

围观众人看他露了这手本事，一起鼓掌叫好。

徐越也不禁耸然动容，点头笑道：“这位朋友身手着实了得，该怎么称呼？”

鬼铃儿答曰：“在下姓庄名丰，是昆仑山弟子，学了十几年武艺，正是要寻一个识货的人。”

徐越笑道：“昆仑山的？身手确实不错。不过不巧得很，本官如今已经退隐，从今往后再也用不到护卫了。”

庄丰把手一招，从旁边人群中又跃出一人。这人宽额大耳，长相怪异。庄丰说道：“这是与我一同学剑的兄弟，名叫林沛。我们两个久仰徐大人为官正直，所以特地前来投奔。我俩不要什么俸禄金帛，只求追随大人左右，于愿足矣。”

徐越听他们如此说，心下激动，说道：“好，江湖义士，果有慷慨豪迈气概。以后你们就伴在徐某身边，咱们不用主仆之名，只以兄弟相称。”两人同时躬身听命。

宁甫知道那鬼铃儿是魔鬼，林沛既与他同道，想来也非良善人物。他俩来此定有企图，本来他想跳出来直斥其恶，但觉得这样做可能会打草惊蛇，效果或会适得其反，便不先声张。还在犹豫时，徐越及一干护卫缓缓向前行去，两魔从后跟随。徐越纵要归乡，宅中东西还须收拾数日，故他们先是去到自己住处打点行囊。宁甫打听到这点，就在路人的指引下，来到了徐府门外。

门口站着两名门卫，宁甫整一整衣襟，上前说道：“我有要事见徐大人。”两门卫互相看了一眼，心中疑窦丛生，问道：“你是何人，为什么要见我家老爷？”

宁甫心道自己若不说出实情，两门卫绝不让自己进府，支吾了半晌，终于开口道：“你们府宅中有魔鬼混入。”

两位门卫觉得这人没准得了失心疯，说道：“去去去，别胡闹了，我们还有正经事呢。”

宁甫道：“我说的话千真万确，和徐大人一块进来的那两名扈从，其中一个是吃人魔鬼，千万要当心。”

两门卫以为他前来找茬，两人大眼瞪小眼，虽然生气，却也不便当场发作。

这时从大街彼端隐隐传来一阵清脆的马蹄声。蹄声起初渐有渐无，只眨眼工夫，就到了近前。那是一匹全身雪白的马儿，神骏之极。在马背上稳稳端坐着位绿衣装束的少女，手中持着根象牙镶的皮鞭。少女年纪差不多在十五六岁，长相娇美，在身上的绿衣映衬下，越发显得青春可爱。

门卫全部迎了上来，说道：“哎呀，大小姐你可回来了，老爷刚才还在找你呢。”

绿衣少女‘嗯’了一声，翻身下马，将手中的皮鞭，马缰一齐交给两人，说道：“怎么，爹爹找我有事吗？”

门卫答道：“老爷说要小姐好好收拾东西，过几日后，咱们便启程离京。”

绿衣女子说道：“好了知道了，我现在就去收拾。爹爹什么时候回来的？”

门卫道：“老爷进府不多会儿，前后算起来也就半炷香的工夫。他回来时还带了两名武功高手。”

宁甫听他们提到鬼铃儿两怪，忍不住在旁插嘴道：“那两个人都是妖怪，你们再不觉悟，大难转眼就至。”

绿衣少女这才注意到旁边站着的宁甫，她皱皱眉头，问两名门卫道：“这人是谁，干什么来的？”

两门卫其中一人说道：“这是个疯子，说咱们府里招了魔怪，小姐你莫理他。”

宁甫抗辩道：“晚生说的是实情。多日前小生进京赶考，途中路过一处山谷，谷中有许多魔鬼，其中一个，就是你们今日请回来的那名武功高手。”

绿衣少女疑惑道：“这世上的人物多不胜举，说不定是阁下看错了，也未可知呢。”

宁甫摇头道：“这人长相非常奇特，任谁看上一眼，都不会轻易忘记。何况小生记性很好，短短数日内，决不致颠倒错乱。”

第十二章　院中捉妖

那两名门卫欲将宁甫赶走，绿衣少女伸手拦住，淡淡说道：“这人说得这般煞有介事，保不齐有几分真切。你们俩先把他带进府来，孰是孰非，过会儿总会明了。”

绿衣少女说罢，不等二人答言，转过身子，大踏步进宅去了。

两门卫纵不情愿，对大小姐的话却是不敢稍有违背。他们带着宁甫来到徐大人歇息的处所。举目而望，只见对面屋宇连绵起伏，约莫有十来间。对着自己的一间此刻全敞开了门。一位中年人坐在一张太师椅上，目光如炬，正不眨眼的盯着宁甫。宁甫见对方诸人脸色凝重，心想多半那绿衣少女已将事情说了，他硬起头皮走到近前，待要开口，两门卫先他一步说道：“老爷，这小子不知是从哪来的，非说咱府里闹鬼。”

徐越摆摆手，说道：“不用说了，丫头刚刚来过，已经全告诉我了，你俩暂时下去吧。”俩门卫答应一声，迈步匆匆去了。

二人走后，徐越开口问道：“你说那两位是魔鬼，这话有何凭据么?”

宁甫就将自己赴京赶考，那日怎样路过鬼谷，怎样无意间听到他们谈话的事儿，一五一十说了出来，这当口只略过了穆云不提，末了说道：“此事是晚生亲眼所见，亲耳所闻，千真万确。”

旁边的客人大都是前来送行的乡绅和百姓，纷纷道：“大人，你莫要听他的胡话，小心叫两位护卫听见了。”

徐越闭眼想了会儿，然后说道：“你如此诋毁随从，徐某本可将阁下送官处置。不过看你为人还算诚恳，这个罪过先记下了，你这就出府去吧，以后也不要再来。”

宁甫不慌不忙地答道：“晚生知道仅凭只言片语，无法令人信服。在下倒有一计可行，如果是我错了，小生任凭处置。”

徐越诧异道：“什么计策?”

宁甫说道：“就是今天晚上，准备些血肉放在园中，恶魔闻血即动，有肉便来，是非曲直，到时候自然会见分晓。”

徐越沉吟片刻，点头道：“好，就按你说的去办，倘若你说得不对，再行处罚不迟。来人啊……”一名家仆走到厅中，躬身朝上听诺。徐越遂让他立刻按照宁甫所说的去做，那家仆答应了，转身走出。

徐越对屋中其余几人说道：“今夜只好劳烦大家，陪老夫枯坐一宿。”宾客均道：“大人言重了。”

当天夜里，一切准备就绪。徐越命人撤去灯火等照明之物，偌大的尚书府，立时陷入了一团模糊不清的景象。只有天上一轮明月，还散发出皎洁的光芒，照耀着大地。

整个晚上一切如旧，到了卯时时分，还是没有一点动静。诸人等的有些不耐烦起来。眼看再过片时，天色就要大亮，突然之间，就见对面墙角处出现了两个人影。这两个人影从东一路走到西，似乎在寻找什么。到了猪头牛血处，居然便停了脚步，然后蹲下身子，那样子好像在吃肉喝血，只是隔得远了，兼之在黑夜中，二人的面貌因此瞧不太清。

徐越挥手命令道："来人啊给我点上火把。"

话音落下，顿时有十余根火把点燃，院中马上变得灯火通明。徐大人带领众人从屋内一齐走出，在火光的映照下，那两个人的形貌清晰无比，原来是家中喂马的老范和于泽生。那老范年纪已大，见到这般阵势，吓得身酥骨软，颤抖着声音说道："老爷，我二人……"他激动过甚，说到一半，下面的话就接不下去了。

徐越并没十分怪责的意思，见地上的猪头牛血，只是有翻动的痕迹，而无咬痕，笑道："你们两个半夜三更不睡觉，跑到这里来做什么？"

还是于泽生年纪轻，有些胆识，答道："老爷，老范白天拿了大小姐的皮鞭，打算到前面水塘里洗刷一遍。孰料走到半路，让一名小厮撞了一下，那皮鞭就此脱了手。老范当场给撞了个仰八叉，差点昏厥过去。多亏旁边的家丁把他抬到后面，治了半天，这才好转。老范心想大小姐的皮鞭怎么着也得给找回来，就拉了我过来帮忙寻摸。本来可以等到白天再过来，可老范怕教大小姐知道了，这才，唉。"

徐越笑道："丢了皮鞭也没什么大不了的，老范你只管回去，丫头那边我担保没事。"

第十三章　魔鬼现身

宁甫不料事情会是这样，吃惊之下，心头骤然一紧。

徐越转过身来，沉声道："怎么样，这下你还有什么好说的?”

宁甫无奈地摇摇头，道：“事已至此，晚辈无话可说，要杀要剐悉听尊便，小生绝没怨言。”

徐越凝望宁甫片刻，缓缓说道：“好吧，来人，先把他关进地牢，等过一阵子，再送交官府处置。”答应声中，几名大汉走上前来，将他五花大绑，押了下去。

宁甫给领到后花园一处废弃的柴院。想是已经多年搁置未用了，打开院门，一股潮气迎面扑来。那院子中央有个圆形灰色井盖，搬开后，下面是个地窖，足有五六丈深，有阶梯通到底下。宁甫被人解开绳索，从后面推了一把，身子便踉踉跄跄跌了下去。“砰”的一声，井盖重新合上，整个地窖登时陷入了一团漆黑。

宁甫在地窖中伸手不见五指，一开始着实害怕，到后来眼睛慢慢习惯了周围环境，也就不觉得如何恐慌了。

过了许久，上面传来一阵脚步声。宁甫走到窖口，自缝隙朝外一瞧，见是来送饭菜的仆从，手里提着个菜篮，到了窖口，放下菜篮，粗声喊道：“饭菜你自己拿，吃完了碗筷再放回来，明白了吗?”宁甫也不回答，他扒住窖口大石使劲往两边一拉，那窖口瞬间空出老大一片空间，足够一只手进出。宁甫右手伸出去，取了饭食及碗筷，半蹲在那里，自顾自地吃了起来。宁甫心绪不宁，扒了几口饭，就住口不吃了。他将碗筷放在一旁，从窖口望出去，能看得到半个院子的景象。此时天色未亮，入眼全是朦胧的颜色，虽不清晰，倒也有个大概轮廓依稀可以辨出。恍惚分际，见有两个人影从对面走来。这两人身形飘飘，脚步尤其从容。宁甫愣了一愣，随即反应过来，这二位定是那混入尚书府的魔头。果不其然，当他们走近，在冷月微光下，两个凶狠冷傲的神态映入眼帘，正是白日里见到的两位鬼魔。宁甫不由自主朝后退了一步，他身后是往下的阶梯，这一脚下去，踏之不稳，险些摔倒。

高个子就是鬼铃儿，宁甫当时见过他一面，印象极为深刻。鬼铃儿等鬼怪那时发觉异常，到头来始终未曾仔细查验，所以宁甫才能从容脱身，最后引来南方通天大神逍遥子，将穆云救走。魔尊一直对此事怨怼鬼铃儿，欲责他看管不严罪过，亏得其余魔鬼力荐，这才免了皮肉之苦。但鬼铃儿心中有愧，不等魔尊吩咐，便约同自己的鬼卒朋友谭让，两魔联袂来至京城，想要做一件了不起的大事，来弥补之前的过失。怪异魔头就是谭让，他魔法高超，与鬼铃儿并称“地狱双煞”。宁甫不懂该如何应对，过了一会儿，慢条斯理地问道：“你们怎么来了？”那鬼铃儿阴惨惨一笑，道：“我们过来看看，到底是谁识破了我俩的面目，出乎意料居然是个毛头小子。嘿嘿。我俩几百年修行，差点就栽在你小子手里。”声音怪里怪气，特别在这冷僻幽静的时刻，更显得阴森恐怖。乍一听闻，让人心中莫名起一层寒意。谭让只是在旁冷冷注视，眼神里似发出一种摄人心魄的魔力。

宁甫身处险境，反而冷静下来。他淡淡一笑，说道：“小生纵然手无缚鸡之力，也晓得正邪势不两立，遇到你们这等魔鬼，只好逞强斗上一斗。”鬼铃儿脾气暴躁，听到此话，恶胆陡生，他提脚迈步，就要上前击杀书生。谭让伸手拦住，摇头阻道：“兄弟勿急。这个小子不知天高地厚，早晚必有一死。只是今日还不是时候，如果被徐尚书识破，事情那就前功尽弃了。”鬼铃儿按捺下满腔怒火，狠狠道：“大哥说得没错，为这一时意气，险些坏了大事。”说完这句，再转头面向宁甫，冷冷说道：“小子，今日饶你不死。只是我俩有一事不明，需要你来回答。”宁甫笑道：“我们读书人讲究礼尚往来，阁下若要我来解答，也须回答我一事方可。”鬼铃儿点点头，道：“我先问你，你身无法术，当日怎能在我等眼皮底下脱身的？凭你一个凡人也能全身而退，这事说起来可当真奇了。”宁甫回道：“那时正好有位泥塑人儿将我庇佑，在下才能躲过一劫。况且当时你们的魔尊下了命令，诸位忙着出谷，对我这个区区外人自然就没什么在意了。”鬼铃儿与谭让相互看了一眼，恍然大悟道：“原来如此。那逍遥子得知谷内事情，也是你前去通风报信的?”宁甫思忖半晌，回答道：“逍遥子这个名字小生还是头一次听说。那泥人只是托我前往青峰山一行，说是告知他的师父师弟，我便去了。”鬼铃儿压低了嗓音道：“嘿嘿，那就很好，那就很好。”这话声低沉缓慢，每一个字上却都好似涂上了恶毒的魔咒。宁甫不去理会，接着问道：“在尚书府摆好了血祭，等候二位，这事徐大人已经下了命令，不许外传，你们又是怎么知道的?”鬼铃儿说道：“小子你的确是个鬼灵精，我鬼铃儿的名头该当送给你才对。不错，要是事先毫不知情，凭我一贯嗜血的习性，怎么着也不能放过这个机会。不过幸好我留了个心眼，用顺风耳去偷听，才知道了你用这个计策。嘿嘿，小子，道高一尺魔高一丈，现下你总明白了吧。”

第十四章　窖内脱身

说完两人转过身子，同时迈步而去，再不向宁甫这里看上一眼。

宁甫望着两魔的身影消失在黑暗中，思潮起伏，久久不能平息。寻思这两人确是魔鬼所变，我无论如何，都要揭穿这二人的面目。想到这里豪气登生，觉得眼前就算有再大困难，自己也该尽力一搏。这么一来，求生的意念紧随而来。他蹲下身子，端起刚才放在地上的饭碗，狼吞虎咽，顷刻间将剩下的饭菜吃尽了。没一会儿天色大明，宁甫无所事事，起身在洞内闲走。那窖内幽深黑暗，望不见尽头。走了半程，有一点亮光从洞内飞出，不多时第二只第三只接连飞来。宁甫见是萤火飞虫之类，心想有飞火虫必有枯草水泽，莫非此洞深处是个水塘？他忍不住好奇心，循路一直向前走去。大约有半炷香的工夫，走到了极深地方。前面不远处星星点点，半空中出现了许多飞火虫。在那飞火虫的下面，因为光亮的闪耀，依稀可以看到粼粼的波光和碧绿的杂草。果然是个水池，从池内还散发出淡淡的腥味。宁甫立足观瞧了半晌，不见有何异常。待要走开，那水池突然豁啦一声，水花四溅，从中飞出一条全身白亮的长龙。宁甫不由骇了一跳。长龙停在空中不动，两眼放出若红若紫的光芒，纵在灰暗里，仍能瞧得清清楚楚。

长龙轻吐人言，说道："你便是那书生宁甫么？"宁甫疑惑道："没错正是在下，你是如何知道的？"长龙笑道："这个你就不用问了。本龙是受人所托，要送阁下出去。你这就骑到我身上来，随我潜入水底。"宁甫犹豫了一下，还是走过去，双手揪住龙须，借力翻身上去。这么一坐，宁甫登即想起了以前在青峰山山脚遇到的老龟，心里惴惴不安起来。长龙好像感应到了，说道："你放心好啦。此水通到二十里的山外，这一路无波无澜，凭本龙翻江倒海的神通，保管将你安全送抵。"宁甫听它说得诚恳，明白此龙所言无虚，索性就将担心放下，长龙低鸣一声，先是使个摇摆，然后头在前脚在后身子迅疾钻入水池之内。宁甫屏住呼吸，只感到水流涌动，刮得两面脸颊生疼，眼睛望出去是一片混混沌沌的世界。只片刻工夫，长龙跃出水面，宁甫向周遭打量，见是个野外，其中花草树木齐备，远近皆有大石耸立。长龙落到地面，等宁甫双脚着地，再起飞半空，缓缓道："你这就去吧。让我救你之人令我传话给你，阁下为人不错，只是性格还较莽撞，倘要成事，今后还须沉着仔细。"不待宁甫回答，长龙起舞腾身，重新跃回水内。

宁甫在当地呆立半晌，一阵凉风袭来，忍不住激灵灵打了个寒战。此时他基本确信二魔便是鬼谷的魔鬼，他们联袂来到，定有重大图谋。宁甫按捺下急躁，把事情前思后想了一遍，认为眼前当务之急，是需要找位懂法术的修道人士前来除魔。本来可去青峰山找仙沅师父和神虎帮忙，但是青峰山距离太远，自己一来一回，路途上耽搁不少时间，如果两魔先行动手，事情那就大大不妙了。这长安城是座大城，周围必有许多修行的高手，我何不趁机前往拜访，只要聚齐众高手，对付两只魔鬼应该不在话下。

宁甫稍作整顿，提脚向城内走来。大街上人来人往，他吃过了饭，向人询问，附近有没有修为不俗的高人。有的说住在东城水云观的紫竹道人道法高深，有的说在西城莲花寺中的显隐和尚佛法精湛，还有人说有位佛道全才的逸士名叫费罗，住在南边的香积山上，总之众说纷纭，莫衷一是。

宁甫唯有一个一个前往寻找。到了东城，按照旁人的指点，很快找到了水云观。此观构筑宏伟，门口左右各安放了一只石狮，石狮张牙舞爪，形态异常威武。两扇大门这时完全敞开着，进门不远处就是面高墙，再往里是座清幽的院落，院中地上铺满了厚厚一层梧桐叶子，却不见有什么人影闪现。宁甫在外喊了两声，不闻应答，他就轻迈脚步，走了进去。转过高墙，眼前的景象映入眼帘，宁甫立刻倒抽了口凉气。只见台阶上，宅院内，道观里，到处都是人的尸体。尸体的前胸后背现出爪痕抓咬，尸身内部空空如也，只剩下一具具干枯的外壳。每个人眼睛均瞪得大大的，露出惊恐万分的神情。在他们躯体的下面，鲜血淌了一地，已是干涸凝滞了。

难道两魔担心自身安危，先下手为强？宁甫心情惴惴，便匆匆离开了水云观，又奔西城而来。还没到达莲花寺，就听得路上行人议论道："听说显隐和尚被人活生生掏去了心肝，他跟前的九名弟子也是个个死状极惨。”宁甫心里咯噔一下，另外一人说道：“唉，显隐大师平素里为人和善，不曾听说与人结了仇怨，怎地反遭此毒手。”宁甫听到这里，已然大致明白，这全是那俩恶魔使出的毒谋，目的是将威胁自己的众高手除去，那样他们就可高枕无忧了。照这么说来，香积山上的费罗现下也是凶多吉少。

第十五章　路遇费罗

宁甫只好硬起头皮，快步往香积山行去。到了山脚，往上一望，见山顶火光冲天，浓烟滚滚，将整个天空都遮蔽了。两恶魔果然先行自己一步来到，不出意外，那费罗定然遭了毒手。

宁甫感到有些心灰意冷，呆站多时，再沿原路下山。他心不在焉又兼走得快了，脚下给什么东西一绊，摔了好大一个趔趄，几乎便要摔倒。低头看时，发现是名乞丐，横躺在道路中央。这乞丐蓬头垢面，脸上胡子拉碴的，瞧不出有多大年纪。乞丐打个呵欠伸个懒腰，将眼睛眯起一条直线望向宁甫，有气无力地说道：“喂，你是做什么的，怎地走路走到人身上来了？刚才这一脚踢得我好不疼痛。”宁甫不懂如何应对，只得赔罪道：“在下一时走得匆忙，不小心碰到了阁下。得罪之处，莫要见怪。”乞丐翻身坐起，掀须笑道：“你这小哥倒也有礼，如何来到香积山，是来找费罗的不成？姓费的行踪飘忽，轻易不会现身，小哥看样子是要白跑一趟喽。”宁甫听乞丐如此说，希望又起，问道：“是啊，小生慕名费大师修为精深，因此特来拜访，不想无缘得识，实在是遗憾得很。前辈既在此栖身，想来该知道些是非，可否将费大师的去向相告？”乞丐仰脖一笑，说道："什么费大师，说起来不过是个寻常人物，'大师'二字殊为不符，小哥你也太高看他了。"宁甫见乞丐这般说话，心中很不以为然，不过碍着面子，不好直接说破，只得含糊道："提起费罗，长安城里的百姓人人夸赞，能得到偌大名声，我想总不至于是浪得虚名吧？"乞丐道："天下有名无实的人岂在少数，姓费的要当真厉害，怎能让人白白给烧掉房子？"

宁甫听到这里，心头未免一动，他见乞丐直眉瞪眼，生气不似作伪，一个大胆的念头在脑海中产生，但还不敢确定，于是试探性地问道："阁下说费罗有名无实，我且问你，能将道佛两种本事融而为一，普天下又有几人能够做到？"乞丐从容答道："道佛本是一体，都是教人向善祛恶，虚心静气的。只要守住'善''静'两字，八岁孩童也可入我之门。"宁甫此时再无怀疑，他朝着乞丐深深一揖，说道："晚生眼拙，费罗费先生原来就在眼前，失敬，失敬。"乞丐怔了怔，随后笑道："不用客气，小哥你三言两语能将我识破，这份本事也当真了得。"宁甫不好意思地挠挠头，说道："这个嘛，在下胡乱猜的而已。"两人再聊数句，费罗问起宁甫到来的意图，宁甫把尚书府有魔鬼混入的事简略说了，说到东城水云观的紫竹道人和西城的显隐和尚先后被人杀害。费罗脸色大变，本来瘫坐的身体，一下子站了起来，可站没多时，咕咚一声，紧跟着又坐了下去。宁甫看他疼得满头大汗，急忙上前相扶，小心翼翼地问道："费先生这是怎么了？"费罗摇摇头，脸上现出异常痛楚的神色，过了好半晌方缓过劲来，他指指背后，平和地说道："刚才在山顶给人打了一掌，多亏我隐遁术高明，不然连整条命都没了。"宁甫顺着费罗手指瞧去，果见其后衣衫碎了一大片，黝黑强健的肌肤登时显露出来，但见五指如勾，犹如红印，清清楚楚的烙在上面，这才明白费罗为何一直坐卧在地，根本是他身上有伤，不能久站。费罗好像突然又想到了什么，大声道："紫竹道人和显隐大哥全遭了毒手？哎呀，那两只魔鬼究竟是什么来头，下手居然这等歹毒？”宁甫怕他伤心，只是将紫竹道人与显隐和尚的遇害经过一句带过，至于两位魔鬼，宁甫把在鬼谷所见所闻大体说了一遍。费罗喃喃自语道：“鬼谷，鬼谷，嘿嘿，这里的鬼魔个个凶狠。俺在少年学道之时，常听师父提起，不想今日会和他们有这场遭遇。”

宁甫问到如何化解眼前危机。费罗思忖半晌，说道：“论除魔的本事，长安城中自然以紫竹道人显隐和尚与我三人为最。紫竹道人和显隐和尚双双离去，我身上有伤，还须静养几日方能恢复。目下情势，只有用驱魔神剑才能将妖魔制服。此剑锋锐绝伦，用来斩妖除魔，最是合适不过。此剑现悬挂在十里外的南华洞中，由老土地公看管。那老土地公曾对人言道，宝剑是天界神物，只赠与有缘人。前来取剑的人不下千万，到现在仍无一个成功，便是为此。小哥如今遇到这道难题，何不前去一试，没准冥冥注定，你就是那有缘人。”宁甫点头道：“先生先在这里略作修养，待小生取了宝剑，再来寻先生同去除妖。”

第十六章　拿到驱魔剑

宁甫别过费罗，独自前往南华洞。十里路程转眼即到。抬头见不远处有处山洞，里面霞光瑞霭，光亮非常，便知是南华洞中的宝剑所发。行上数步，一阵吆喝打斗声从内传出，仔细听来，依稀还夹杂了老者的大声呵斥。宁甫举步来到离洞口数丈地，定睛一看，里面有三个身影纵横来去，互相缠绕，其中两位身形奇特，似是恶魔鬼铃儿与谭让，余下是个瘦弱干瘪的模样，大体可以认出是名老者。在他们身后，不足十米的距离，悬空挂了一把长剑，光亮就从上面发出。战经多时，老者不敌，节节败退，两魔越过老者，径取长剑。鬼铃儿在前，他伸出右手五指，堪堪要碰到长剑剑身，猛然间光芒闪耀，鬼铃儿一声惨叫，身子立如断了线的纸鹞，完全的被抛出洞外。谭让见势不妙，逗留一会儿，飞身跃出。老者缓步来到洞口，厉声喝道："此剑为正义之剑，专门斩妖除魔，扫平邪恶。妖魔鬼道也妄想来碰宝剑，哼，你们不啻在自寻死路。"谭让扶起鬼铃儿，两魔骂道："老家伙你别得意太早，我俩杀了中斗星君，到时找你算账不迟。"两魔化作一股黑风，从空逸去。

宁甫整衣上前，施礼道："小生宁甫，见过老师父。"老者笑道："小兄弟来此所为何事？"宁甫直接答道："为宝剑而来。"老者收起笑容，郑重说道："适才那两个家伙跟你是一样的念头，不过他们心术不正，终取不得宝剑。"宁甫缓缓说道："晚生情愿一试。"老者应道："你执意如此，老夫干脆成全你。不过若要取剑，得先经过比试，赢了才能进洞。比试分文比武比两种，武比就是你看到的要与老夫打一场架，我看你文弱纤秀，武比不妨算了，只要文比过了关，那也作数。"宁甫答曰："老师父出题便是。"老者说道："我出上联，你来对下联。第一题是：水有虫则浊，水有鱼则渔，水水水，江河湖淼淼。"宁甫沉思有顷回道："木之下为本，木之上为末，木木木，松柏樟森森。"老者再道："寸土为寺，寺旁言诗，诗曰：明月送僧归古寺。"宁甫这次不假思索，立刻脱口道："双木为林，林下示禁，禁云：斧斤以时入山林。"老者颔首道："好，小兄弟你才思敏捷，令人叹服。我这里还有最后一题，倘若答对，就可进洞取剑。听好了，题目是：何水无鱼？何山无石？何树无枝？何子无父？何女无夫？何城无市？"宁甫略作思索，已有计较，当下朗声道："南水无鱼，无山无石，阿人无父，弥女无夫，陀树无枝，佛城无市。南无阿弥陀佛。"讲到'南无阿弥陀佛'六字时，双掌并拢伸在胸前，那模样神态，极为虔诚恭谨。老者点头道："小兄弟现在可以进洞取剑了。"宁甫大踏步走进山洞，见七尺长剑剑身系绳，悬挂于墙壁之侧，便小心翼翼地解开绳索，将剑取了。奇怪的是，宝剑非但没有发光射人，反而焰光熄灭，光彩照人的宝剑刹那间变得黝黑似铁。

老者随即进入洞中，见状笑道："驱魔剑今日得遇明主，所以乖乖服帖。小兄弟，此剑原为太上老君所有，后来辗转数遭，来至凡间。实不相瞒，本土地是奉天界上仙之命，在此看管宝剑，只等有缘人前来，就以宝剑相赠。今番你取了宝剑，以后就是它的主人。"宁甫推拒道："这可如何使得。小生不过是借宝剑一用，用完当即归还。只要殄灭妖魔，事功一成，在下便带同宝剑归来。"老者笑道："此剑颇具灵性，今番霞光寂灭，瞧情形是被你慑服，就算再将它送还，也已无用。从今往后，你往东它往东，你去西它也去西，你们俩这辈子是永远分拆不开了。"大笑声中，老者身子一纵，跃入地底，那山洞瞬间消失无踪。宁甫叫了数遍，没有回应，寻思老土地公说宝剑今后为我所有，不管是真是假，眼下当务之急，是去找费罗先生，商议怎样除魔灭妖为上。

宁甫返回香积山脚，见费罗盘膝坐地练功，就不去打扰。过了好一会儿，那费罗才练功完毕，他睁开双眼，见宁甫手提长剑站在身侧，不免大吃一惊，说道："小哥手里提的遮莫是驱魔剑吗?"宁甫答道："先生猜得没错。"费罗微微一笑，接着从地上缓慢爬了起来，转头见剑身龙纹雕刻，剑刃还未出鞘，一股寒气已经扑面而来。不由得脱口赞道："好剑。小哥可否将长剑试舞一番，以开眼界。"宁甫就拔剑出鞘，唰唰唰舞了起来。他没练过武功，这使剑不过是胡乱击刺，即便这样，那长剑带动的劲风寒中夹凉，丈许之地无不为剑气所撼。费罗示意他不用再练，说道："有了这驱魔剑，要对付那两名妖魔，还有何难。”宁甫把长剑递过来，道：“费先生道法高超，武功想来也是非同等闲，这宝剑在您的手里，一定能发挥它的作用。”费罗稍一犹豫，还是伸出右手去提宝剑，孰料手指刚刚碰到长剑剑身，刹那间光芒大作，费罗虽未受伤，但感到一阵心旌摇动，意乱神迷。他明白自己与这宝剑无缘，故赶紧止了提剑的念头。继而说道：“看来宝剑只能小哥一人使用。我先教你几招剑法，明日自会派上用场。”费罗从地上捡起一根树枝，剥去枝叶后，成为一根木棍，这时就以木棍作剑，手指比划，演练起来。

第十七章　伏魔剑法

费罗所教授的是佛家的“伏魔剑法”，剑招共分二十五式，每一式均是凌厉狠辣，快捷非常。宁甫没有武学根基，骤然学来，不禁有些吃力。只要遇到难解处，便向费罗请教，如此进境奇快。大约有半天的时间，对这套剑法已能大体掌握，但若要做到融会贯通，那还需要天长日久。

白天转眼过去，夜幕徐徐降临。费罗与宁甫稍作休整，即离开山谷，来至城中。两人缓步前行，不多一会儿，来到尚书府门外。这时大门紧紧关闭着，门口左右各挂了一盏红色纸扎灯笼。红色的烛光透过灯纸，洒到外面，显得门厅既冷清又亮堂。费罗对宁甫说道：“小哥，你我只好做一回夜行客了，你且站好了，我施道法，将咱俩送入府内。”接下来念声咒语，大风起处，两人登如飘叶般越墙到了院中地上。费罗伤势未愈，刚才使力过甚，不由得牵连伤处，觉得浑身难受。他默运内功，也就顷刻之间，那伤口不疼了。

尚书府宅不大，前后总也有二三十间房屋，不知那两魔鬼住在哪一间。若是一间一间找去，不晓得要费去多少时间。还在一筹莫展，宁甫背上的驱魔剑不断骚动，渐有飞出之势。宁甫于是拔出长剑，只见那长剑嗖的一下飞至高空，费罗笑道："有驱魔宝剑在此，要找到那两个魔鬼，又有何难。"驱魔剑在前作引，两人相随其后，不多久来到一座大屋前面。宁甫见旁边大屋灯火明亮，窗户上隐隐现出十余个身影，诧异之下，知道是找到魔鬼住所了，忙伸手握剑，把它重新插回背后。两人小心走上前来，侧耳倾听，那屋内的声音断断续续传进耳中，只听得其中一个尖锐的嗓子说道："两位大哥将我等召唤前来，所为何事？"

话音刚落，一个嘶哑干瘪的声音紧接着说道："今天找各位前来，是商量怎样除掉中斗星君，大家有什么好主意，尽说无妨。"宁甫听到这个话音，脑海中立刻浮现出一个高高瘦瘦的模样，还没反应过来，旁边随即有人搭腔道："听说中斗星君下凡尘世，难道就住在这尚书府中？"鬼铃儿嗯了一声，说道："没错，我与谭大哥已打听得确切，尚书府大人名叫徐越，正是中斗星君下凡。他现在不是神仙，没有什么法术，我们自然用不着惧怕。只是据说徐越身边有条青龙卫护，除此以外，还有位树仙化身凡人，在旁照应。咱们要是贸然动手，未必是那青龙和树仙的对手。我与谭大哥混进尚书府，就是为了侦查青龙的行踪，以便先行除去，孰料呆了这几天，仍是半点音信也无。众兄弟皆是魔道高手，遇到这样棘手的难题，该当如何应付，你们可有什么妥善的法子吗？"宁甫直到此时才明白过来二魔进入尚书府的真实意图，没想到徐尚书居然是中斗星下凡，心想自己被困地窖，有条飞龙将己从中救出，十有八九就是徐大人派遣的青龙了。想通了这一层，对徐尚书凭空多了几分敬重，以此也更加坚定了灭魔除妖的信念。心念未已，听见另外有个声音说道："鬼兄莫要担忧，我夜巡游倒有个好办法。"鬼铃儿纳罕道："那是什么，夜兄只管讲来。"夜巡游咧嘴一笑，道："俺有位伙计，原是道教的高手，后来被南国老妖收服，成了我魔教中人。此人道行极为高深，所幸现在就在左近，只要有他出面，区区青龙与树仙又岂在话下。"鬼铃儿说道："既然如此，那事不宜迟，夜兄赶紧把这位高人请来，给大家伙见识见识。"

第十八章　遇见奇人

"不必这么麻烦，在下来到多时了。"这话声好似发自遥远的天际，话音刚落，屋中地上兀自多了一人。此人长脸长身，外面裹一层蓝色长袍，形貌颇为冷酷。群魔齐地惊讶道："好一个隐形变幻之法。"站在屋外的费罗、宁甫看到窗户纸上一下子多了个黑影，也是很觉诧异。夜巡游笑道："好兄弟，你来得正好，来来来，我给大家做个介绍。"他先将屋中数魔指名道姓说了一遍，除了谭让、夜巡游、鬼铃儿三者外，其余几魔分别是机灵鬼、鬼算子、木轰天、春之炸、悠悠南、肩峰和叨客。长脸汉听罢微微一笑，抱拳说道："幸会幸会，我常听夜兄提起诸位，不料今日在此与大家结识。"群魔抱拳还以一礼，夜巡游指着长脸汉说道："这位伙计，名叫敖行，就是夜某刚刚提到的帮手，他原是青峰山逍遥门的弟子，如今改正归邪，入我邪魔之门，大家以后都以兄弟相称。"宁甫听到'青峰山逍遥门'六个字，这一惊真是非同小可。费罗见其神色大变，料想有什么不寻常处。他挥挥手，两人准备离开。走动分际，踩到地上树枝，发出些微声响。敖行功力高深，听觉灵敏异常。一怔下，已知屋外有人偷听，故而双掌运力，猛地朝外推去。只见一股蓝火从他掌中发出，径直扑向屋外。费罗瞅见窗口火光闪烁，叫道不妙，忙伸出右手，抓住宁甫衣领往上一提，两人驾云，同时飞向高空。他们去得快，蓝火来得更快，堪堪就要追上，宁甫背后的驱魔剑脱出剑鞘，剑尖一指，一道白光激射而出，与蓝火相撞，光火激荡中二者一起消亡了。那驱魔剑再度调转方向，从后飞快地追上费罗、宁甫。费罗、宁甫伸脚踏住剑身，呼呼风声中，两人瞬间便去得远了。敖行及诸魔从屋内飞身跃出，看到屋外之人不但毫发无伤，而且还成功逃遁，心下皆有赞佩意味。敖行更直接说道："这人能躲过我的毒蓝火，功力一定非同等闲。"夜巡游不无担忧地说道："我们将举大事，倘若有这人从中阻挠，恐怕又生波折啊。"鬼铃儿点头道："夜兄所言极是，好吧为免节外生枝，咱们尽早动手就是。"

说费罗、宁甫凭借驱魔剑躲过一劫，心下都是暗叫侥幸。他们来到离城门不远的一处土岗上休息。费罗运功疗伤，宁甫就手持驱魔剑，在旁习练降魔剑法。不久，一轮皓月当空，清冷的月光下，岭上岭下皆如披了一层银亮的外衣。青的愈青，黑的越黑，泾渭分明。忽然之间，随风传来一阵浑厚悠长的歌声，声音像是从天而降，穿透人心。费罗停了打坐，站起身来。宁甫说道："费先生，可是伤好了些么?"费罗摇摇头，右手遥指发声处，沉声道："那边来了位道友。"宁甫把剑护身，顺着他手指望去，但见一个跛子右手拄拐，蹒跚着往这边行来，也就顷刻工夫，跛脚汉来到了近前。大约三十余岁的样子，浓眉大眼，模样着实威武，跛脚汉笑道："两位深更半夜不睡觉，却在这里赏月，当真是好兴致啊。"费罗勉强提气道："道兄有所不知，我俩来到此处，实在是有不得已的苦衷。"跛脚汉听他说话，不由一愣，说道："这位兄台中气不足，多半是受了重伤。"费罗苦笑道："背后中了妖魔一掌，以致寒毒侵体了。"跛脚汉回道："魔掌虽毒，尚不至于浸透脏腑，想来是阁下运功使力，加速血液流动，才使寒毒发作得这般厉害。"费罗笑道："师父所言极是，正是这样。”跛脚汉因此伸出右手，掌心朝内，紧贴在费罗背后受伤处，费罗感到对方掌心热气涌出，瞬间游遍全身，不禁觉得通体舒泰，知对方在为己运功疗伤，心下感激，回头报以一笑。跛脚汉将手掌收回，说道：“兄台勿忧，只要好好休息一晚，明天便即好了。”费罗谢道：“多谢师父援手相助。”跛脚汉笑道：“你我是同道中人，理应如此，不用客气。”跛脚汉说完话，正欲前行，转头分际，瞥眼望到宁甫手提长剑，站在身侧，不觉好奇心起，说道：“我看小兄弟全身发光，手中定是提了把宝剑所致，若不介意，能否借给在下一观?”宁甫右手倒转剑柄，递给跛脚汉说道：“师父请看。”跛脚汉小心翼翼的接过，月光下见剑身龙纹雕刻，其光亮华泽，呼之欲出，他是道行高深的行者，一见此剑，早晓得了出处来历，这当口大笑三声，喜道：“好，好，好。”然后把长剑归还，提脚拄杖，头也不回地去了。

费罗望着跛脚汉的身影消失在茫茫夜色中，若有所思，过了好半晌缓过神来，拍掌说道：“这人我总有些印象，只是刚才一直猜测不出，现在终于明白了，他就是铁拐李李凝阳。”宁甫于佛道人物毫无所知，因而听到“铁拐李李凝阳”数字，不过微微点头罢了，并没表现出多少惊讶神色。费罗解释道：“铁拐李是八仙之首。当年八仙横渡东海，羽化成神，此事曾轰动仙界。”宁甫笑道：“这位道兄来到长安城，恐怕是有所为而来，莫非是因为徐尚书一事吗?”费罗沉吟有顷，说道：“这个费某也说不准。若果真如此，那对付妖魔便容易得多了。铁拐李道法不俗，有他出面，再加上驱魔宝剑，收拾几名妖魔理应不在话下。现在天色不早了，小哥现在咱们好好睡上一觉，等养足了精神，明日还有一场大仗要打呢。”宁甫道：“好，先生，你有伤在身先行睡下便是，驱魔剑法我还没有熟悉，估计得多练上一忽儿。”

第十九章　正义与魔道的较量

费罗看他执意练剑，就不再勉强，当下寻了块大石，倒头便睡了。睡梦中，有一位老者手持木杖走上前来，在自己身上一杵，说道：“中斗星君有难，还不快快起身。”费罗一惊，登即醒转，回思适才梦中所见，觉得煞有其事，不似虚幻泡影，所以叫上还在练剑的宁甫，两人稍作休整，就大步朝城内走来。这时天色初明，大街上还没有多少行人。过了城门，再经过一里之地，遥遥望见右手边相隔百余丈处，大火升起，几股浓烟随风飘飞天际。那大火所在方位依稀是尚书府内，二人相互对望一眼，心里均想：看样子群魔动上了手，不知是否已经得逞。念头刚落，从对面呼啦啦涌过来一帮人，他们有男有女，穿着打扮，仿佛官宦人家。其中一个全身绿衣，宁甫认出是尚书府的大小姐。当时得她力荐，自己才能顺利入府。这时见她头发蓬松，身上满是血迹，怜惜之念顿起，问道：“大小姐，你们这是要往哪里去?”绿衣少女听到大街上有人与她招呼，先自一愣，待停下脚步，看见说话人的模样，惊讶之情愈甚，答道：“公子是你啊。诚如阁下所言，那两个进府来的家伙的确是邪魔外道。他俩勾结外贼，欲对我父亲不利。多亏有条长龙相助，父亲方免遭毒手。那长龙背负父亲，一路往南去了。为防止再有什么意外发生，我与家丁得马上赶过去。”

费罗、宁甫见大家如此护主，颇为感慨。费罗对宁甫道：“小兄弟，咱们前去相助一臂之力。看我权施手段，咱们顷刻便至。”说毕默念咒语，两人乘风破云，飞身前往。出了南门，又行几十里，来到一处平原，底下情境尽收眼底。宁甫指着下面说道："先生，他们就在那里。"费罗收起道法，两人平稳落下，就在他们前面不远的地方，十几位人物各逞本领，相互打得火热，正是群魔与徐尚书他们。李玄也混在当中，他右手运使单拐，与一名汉子打得难解难分。李玄吃亏在跛了一脚，行动大受限制，不过他单拐在手，勾抹挑刺无不宛转如意，既可弥补跛脚之憾，并能充当兵器，可说是一举两得。那汉子虽两手空空，然拳脚功夫了得，战斗多时，仍不落下风。在他们旁边，十魔合斗一位老者还有那条青龙。徐尚书就负手站在后面，静静观战。此刻局势说得上十分危险，徐尚书浑然一副无所畏惧的神态，其胆色气度，足可称敬。

费罗、宁甫见李玄纵无必胜把握，一时半会儿尚不致落败。倒是旁边的老者与青龙以寡敌众，大有不敌态势。他俩大喝一声，喊道："鬼怪休得猖狂！我等来也！"俩人各自提剑上前，加入与群魔的争斗。十魔乍闻喝叫，各自一怔，转头见刚来的两人，一个是年方弱冠的书生，另一位衣衫褴褛是那乞丐模样，料想本事平平，心中就不如何惧怕。鬼铃儿识得两人，不由诧异万分，故大声呼道："鬼算子，悠悠南，把他俩干掉了再说。"鬼算子悠悠南听令，立从恶战中抽身出来，一位手提钢叉，一位拎着鬼头刀，分别奔费罗、宁甫而去。费罗以长剑迎战鬼算子的钢叉，两位本事皆算了得，今日相逢，恰如龙争虎斗，双方各奋神威，登时斗了个旗鼓相当。宁甫武功道术均属泛泛，见悠悠南身躯高大，满脸狰狞，竟不如何慌乱。他手执驱魔剑，将新学乍练的降魔剑法一丝不苟地使出。悠悠南难知对方底细，不敢放手应对，这时只得施展小巧腾挪术，躲闪趋避。他要等到完全摸清对手武功路数，这才骤施绝命杀招。是以两位功力相差较大，宁甫却暂无危险。十魔去了两魔，青龙与老者这边的压力顿时减小。他们一上一下实施反击，进击后退，配合得天衣无缝。其余八魔尽管拼尽全力，还是渐觉抵敌不住。鬼铃儿急道："敖行老兄，你还不使出绝招，怕是我们都要毙命于斯了。"

那与李玄争斗的青年汉子，正是敖行。他原是逍遥门弟子，后来受师指派，下山游历。在路过南国地府时，被南国老妖用计擒住。刚开始无论老妖怎样威胁利诱，他始终道心不改，架不住日月轮转，敖行终于屈服投诚，沦为邪派人物。这次来到长安城，也是得到南国老妖的授意，意图是协助诸魔，除去中斗星君。本来一切进行得还算顺利，谁料到半路杀出个程咬金，叫这个跛脚汉子给坏了大事。敖行与之比斗武功，两人不相上下，施展道法，如毒蓝火，金刚掌，乾坤咒，那跛脚汉子一一从容化解。双方斗智斗力，这半天也仍无高下之分。听鬼铃儿在旁呼叫，敖行感到事态紧急，再不施展看家本领，真没准会搞得全军覆没。一念及此，敖行马上提气喊道："这位兄台，你能练就一身本事，着实不易，我劝你还是别管闲事，乖乖离开为妙。在下的'天雷霹雳功'一旦使出，阁下顷刻可变齑粉！不但毁了千年道行，连性命也是难保哩。"李玄见青年汉子适才所使，大部分是道家正宗，心中已在怀疑，此时听他劝告，显得颇具仁心，与那群杀人不眨眼的恶魔大大不同。疑惑之外，不由平添了几分惋惜，进而郑重说道："尊驾的好意李某心领了，不过我是奉旨前来保护道友，岂能因为祸事将至，便弃之不顾，那不是太不应该了么。你有何招数，不妨使将出来，李玄绝不退避。我看你并非十分奸恶之徒，有句金玉良言赠送，那就是天道循环报应不爽，邪魔外道虽能得逞于一时，最后终究逃不过大劫大难。趁现在大错没有铸成，还是早些回头的好。"

第二十章　打败群魔

敖行听对方出言教训，不禁大怒，骂道："这是你自己找死，好我就成全了你。"他双掌并拢，朝天举起，只听一声雷鸣，天地变色，许多片云自四面八方飞来，不多时到了头顶，凝聚成一大块，足有数十丈长宽，颜色宛如黑碳。敖行大叫一声，双掌同时分开，从那黑云之中，忽地降下一道霹雳，直击李玄头顶。这霹雳来势极快，且声威非凡。李玄感到头顶气流涌动，暗叫不妙，他忙将单拐在地上一撑，力道用处，身子立即窜向旁边。几乎就在同时，霹雳落了下来，听砰的一声大响，泥土纷飞中，地面被打了好大一坑，李玄没让霹雳击中，不过余力波及，身体亦受到重重撞击，多亏李玄有深厚的玄门内功，否则定要身受重伤不可，饶是如此，他已是感到头晕目眩，险些便要晕了过去。敖行更不停留，双掌凝聚功力，将第二道霹雳引下，李玄这次不及闪躲，忙举单拐相迎，就听咔嚓一声，单拐瞬间被霹雳劈作了两半，李玄踉跄后退一步，双手手臂给震得隐隐作痛。李玄暗暗骇异，那单拐是由浑铁铸成，在天池水中浸泡十数年，其坚硬结实，远逾宝刀利剑，想不到霹雳威力如斯之大，居然能把单拐劈断。

倘若霹雳再次落下，自己纵有内功护身也是难逃一死。心中七上八下正不知所措，听到宁甫在旁大声道："师父别慌，驱魔宝剑在此，接着。"他恍惚之中，见一道白光划过天际，飞向自己，知道是宝剑。李玄想要伸手去接，岂料那道白光到了半路，又突然折返，往回去了。宁甫见李玄情势危殆，无暇细思，宝剑吓退敌手后，用力掷向李玄。悠悠南看见对方利刃脱手，心头大乐。他喝叫一声，双手横握刀柄，刀锋在前，朝宁甫拦腰斩来。话说驱魔剑只是死物，可灵性未失。此刻感到主人有难，掷出后就再飞回。悠悠南心喜得手，觉察出有物撞向面门。他大吃一惊，当下顾不得击杀敌人，便把鬼头刀收回，护住头脸，孰料鬼头刀还未完全提起，驱魔剑已经来到近前，只听金铁交鸣声，与鬼头刀狠狠地碰在了一起。那鬼头刀也非寻常物事，但只一刹那工夫，片片粉碎。宝剑去势不衰，伴着悠悠南的一声惨叫，很快的削掉了他的半边脑袋，随后越过半空，顺势插入旁边土内。宁甫走过去拾起驱魔剑，低声道："宝剑啊宝剑，接下来就看你的了，快去帮帮大师父。"话音甫落，驱魔剑飞离宁甫手掌，奔向李玄。

驱魔剑一来一回，时间虽短，李玄这边已是险象环生，几乎就要孤注一掷了，那驱魔剑恰于此时赶到。李玄右手把持宝剑，心中才有了几分着落。要知驱魔剑是道家至宝，对付邪魔外道最为有用不过，敖行还以为是寻常物事，根本不将其放在眼里，所以揶揄道："不论是什么破铜烂铁，都挡不了我的雷霆一击。臭癞子，拿命来吧。"说话声中，双掌再合再分，另一道霹雳随之而降。李玄提剑过顶，只见光芒激荡，霹雳与驱魔宝剑碰在一处，无坚不摧的霹雳轻而易举地被驱魔剑给挡了回去。李玄更不怠慢，把剑往空一抛，念咒数声，那长剑如同得了指引，剑尖马上放出无限的光华，去消弭黑云。只消片刻，厚重的黑云登时化作了千万颗雨点从空落下，刚刚还是乌云密布的天空转眼便放了晴。李玄收回宝剑，笑道："邪不胜正，这是自古之理。兄台，这下你总信了吧?"敖行见自己的"天雷霹雳功"轻易叫长剑攻破，方知此剑并非凡品，看来今日之事注定要功亏一篑，再呆在这里也是无益，不如趁此收手为好。想到这儿，不觉哈哈一笑，说道："你不过是靠了那把宝剑罢了，论单打独斗，又怎是我的对手。今番暂且饶了你的性命，若是下次碰到，定要教汝灰飞烟灭。”说完纵身而起，驾起一朵云彩，如飞般去了。剩余妖魔见大势已去，纷纷收起家伙，转身欲逃。青龙与老者从后追来，两位施展道家玄功，喷火吐雾，变化飞箭，那十位恶魔，除了鬼铃儿、夜巡游数魔侥幸逃脱外，别的都被斩杀殆尽。

李玄将宝剑交还宁甫，说道：“小兄弟要好好利用驱魔剑，今后扶正祛邪，还能大派用场。”说话间纵身跃起，往天上行去。不多久，一阵沉厚苍凉的歌声从高空传下，正是：“恰恰用心时，恰恰无心用，无心恰恰用，常用恰恰无。”声音由高转低，终于杳然无踪了。众位本有慧根，听这几句歌词隐含禅机，无不感到心头彻悟。徐越望空叹道：“师父神龙见首不见尾，救命之恩，不知何日才能报偿。”叹息了一会儿，醒过神来，向大家抱拳施礼道：“今日徐某大难临头，幸得诸位鼎力相助，才躲过一劫。在下这厢谢过各位了。”众人道：“不敢当，徐大人客气了。”礼毕，徐大人对宁甫说道：“小兄弟，数日不见，别来无恙否？”徐大人派遣青龙救出宁甫，这事两人心照不宣，他们相互报以一笑，对前事一句不提。宁甫介绍身边的费罗说道：“这位费先生，曾住在香积山修行。”徐越熟悉人情掌故，听宁甫一提，立刻知了，笑道：“原来是费罗费师父，劳动大驾，徐某心里好生过意不去。”费罗道：“大人有所不知，那群恶魔毁了我的庙宇，又把我打伤，我与他们纠缠，主旨虽说是除魔卫道，不过归根结底，还是因报仇雪恨而起，这中间就不免存了些自私自利之心。”徐越听他说话坦率，心中愈喜，说道：“好一个坦诚的君子。如不介意，不如来到舍下盘桓些时，徐某早有向道之心，借这个机会，正要向先生讨教讨教。”费罗点头道：“徐大人有命，那在下就只好恭敬不如从命了。”在他们说话中间，绿衣少女领着家仆人丁，一行约莫百余人，浩浩荡荡来到。大家见徐大人平安无事，全部放下了心，众人寒暄数句，循路往回走来。

第二十一章　死后重生

宁甫随众来到尚书府，一连住了数日。这几日一切相安无事，没有发生什么异常，寻思着自己任务完成，该是时候离去了。故向徐越辞行，徐越挽留劝勉几句，后见宁甫去意已决，就不再强留，当下备了桌酒席践行，众人推杯换盏，至晚尽兴方散。

到了第二日，宁甫起身后，别过徐越费罗等人，就独自出了府宅，觅路往家乡而来。中途来到鹰岭山，欲要将宝剑归还，但那南华洞久已不在，四下里冷风萧瑟，更寻不见一个人影。宁甫为人圆通随和，今见宝剑无有归处，自己留着也未尝不好，遂略作收拾后，背负宝剑踏步而去。他长相颇有儒雅之气，加上一袭青衣几卷诗书随身，那文士风貌愈加凸显。只不过身背长剑，素乃侠客义士所为，与他清秀俊雅的文人气质殊不相称，旁人看了，无不暗暗称异。

这日出了城，看着离家乡不再遥远，便放慢脚步，缓缓前行。行进途中，见到几座高山耸立，生得巍峨奇伟，好不壮观。在山峰的周遭，是幽深望不见底的深谷。宁甫对名山大川颇有喜好，见到这般壮丽山景，不由得触动心情，索性停下步伐，用心观赏起周遭的景致来。稍停一刻，崎岖的小道上隐约传来一阵杂乱的马蹄声。蹄声逐渐清晰，听来不下十余骑。没一会儿，如风般驰来十几匹高头大马。马上人物一式劲装束带，全部蒙住面，手中擎着明晃晃的利刃，看样子不是抢劫的强盗，就是杀人的匪徒。宁甫暗暗叫苦，心道自己流年不利，走路遇到这帮冤家，可说是倒霉透顶了。心念未已，那群蒙面汉子骑马驰到近处。吆喝声中，十几匹马齐地驻足当地。

为首的一人看不清面貌，不过因身材高大魁梧，坐在马上比旁人高了不止一头。他伸出马鞭指着宁甫，用浓重的地方口音恶狠狠说道：“小子你听着，我们是劫财的好汉，你身上有什么值钱的物事，识相的就交了出来，免得皮肉受苦。”宁甫性格倔强，听对方语气强硬，反而激发了他骨子里一股傲狠之意，不服气道：“我自己尚且衣食不全，哪里有什么值钱的物事，要杀要打悉听尊便，从我这儿得到好处，趁早别想。”话音刚落，旁边一名瘦弱汉子挥动皮鞭，劈头盖脸一顿乱打，嘴里兀自骂道：“妈的，我们老大给你要钱，那是瞧得上你，别不识好歹。”宁甫躲避不及，身上顿时挨了三鞭，这三鞭每一鞭均疼痛彻骨，尽管宁甫早有准备，还是险些叫出声来。宁甫寻思与其在这里受辱，不如死了倒好。念头落下，望望云封雾锁的深谷，心中即刻有了主意，说道：“士可杀不可辱，今日你们迫我至死，他日便是化作厉鬼，终不忘此仇。”说完纵身一跃，跳入深谷而亡。

话说宁甫死后，灵魂飘飘荡荡，在山野间徘徊游历。突然间，两名分别身着黑衣白衣的人物手持哭丧棒，并肩走过来，到了宁甫身边，停下脚步，阴沉了脸说道：“姓宁的，我们是阎罗王坐下黑白无常，今奉大王旨意，来取阁下鬼魂，赴幽冥报到，这就跟我们走吧。”跟着白无常从袖中取出一卷铁链，一端执在手中另一端挂在宁甫脖颈之上，拉了就走。黑无常紧随其后。三位走得极快，没多少工夫，到了阴司。交接完后，宁甫被人带到了幽冥殿上，宁甫向上一看，见上面居中坐着位黑脸大汉，生得是满面胡须，头发根根直立，形貌好不威武。在大殿左右，站着许多奇形怪状的人。他还没看全，黑脸大汉把惊堂木一拍，沉声问道：“来者何人，速速报上姓名来历。”宁甫据实说了，黑脸大汉点了点头，说道：“本王查阅典籍，发现你为人忠厚，今番身死，实属意外，来啊，牛头马面，将他验明正身，然后送入轮回圈中转世投胎去吧。”答应声中，旁边走过来两个人儿，一个顶着牛头另一个戴着马面，想来就是黑脸汉嘴里说的牛头马面，分别拽住宁甫的一只胳膊，就要往一面发散着光芒的圆圈中走去。却说他们身体刚动未动，一声喝叫陡地传入耳中，“两位仁兄暂停下来，在下还有话说。”牛头马面一怔，登即停下脚步，转头看时，见有个威武汉子大踏步走入殿内，心中均想：这人能不避邪祟，从容入殿，必是个有来历的。

威武汉子到了大殿中央，朝上略拱一拱手，说道：“秦广王久违了。”黑脸汉子姓秦名广王，是地府的主宰，阴曹的判官。起始见有人大胆闯进，颇感奇怪，这时更听得对方直呼其名，诧异更甚。他琢磨半晌也没认出来者是谁，因而问道：“本王见你相貌似曾相识，只是一时记不起来，在哪里见过?”威武汉子笑道：“我乃天上灵官，阎君上天启奏时，与我有过数面之缘，可还记得?”秦广王经他一提，方恍然大悟，缓缓答道：“难怪本王觉得眼熟。没错，多年以前，本王的确在天庭与你相遇。尊驾不在天上逍遥，怎地今日有暇来到地府呢?”威武汉子手指宁甫说道：“正是为他而来。”此言一出，堂上堂下俱各惊异。听威武汉子继续道：“唉，说起来一言难尽。几百年前因我一时鲁莽，触犯天条，被贬到困胥崖受过，后来得老君相助，玉帝便下了道谕旨，令我下凡重新修炼。如今魂灵躲在驱魔剑中，只待功力完满，就可重返天庭。前些日子，是这位宁公子来到南华洞将宝剑取走，我既魂归驱魔。取走宝剑之人理应就是我的主人，我适才见他贪看景色，料想并无旁事，于是趁机打了个瞌睡。谁知一觉醒来，这位宁公子已经一命呜呼了。也怪我疏忽大意，才致如此地步。老君昔日曾言，谁能拿走驱魔剑，日后定为斩妖除魔的力士，让我到时助他一臂之力。秦兄看在老君面上，能否叫宁公子马上还阳?”

秦广王面露难色，说道：“这是地府规矩，本王也不好触犯。这位相公现已身亡，便是还阳，也需耗费恁多光阴，莫若让他转世投胎，大约二十年后，他已长大成人，到那时你们再续前缘，岂不是好?”威武汉子应道：“秦广王有所不知。驱魔剑练成时分，老君曾下过符咒，让其只忠心一人。宁公子投胎重生虽说元神没变，可究竟换了心智，驱魔剑不能再死心塌地的效劳。何况老君当日一再叮嘱，要照看好驱魔主人。在下戴罪之人，怎敢一错再错，求阎君成全。”秦广王思忖片刻，说道：“这人已经亡故，你若想延其阳寿，须得代他经历煎熬方可。”威武汉应道：“这个使得，什么磨难，阎君尽说无妨。”秦广王道：“在这地底之中，有一座阴阳山，山中有阴阳二气，阴者在下，为冷；阳气在上，为热；本王开一道缝，将兄台放入，只要受得住这阴阳煎熬，便可抵得过生死福禄了。”威武汉大声道：“好好好，不要多讲什么废话，阎君照此去做就是。”秦广王故大施法术，念动咒语，金光闪处，威武汉霎时不见了。秦广王再唤牛头马面，把宁甫重新带回，沉声说道：“如今就放公子还阳，以后不到万不得已，不能再轻言生死。牛头马面，将他枷锁卸了，送上返魂梯吧。”牛头马面依言卸了宁甫颈上锁链，带他来到返魂梯旁，说道：“此梯高约十余丈，共有五十层梯，每层代表一年，阁下攀登上去，即可还阳，不过是在五十年后。”说话声中，伸手在宁甫肩头一推。宁甫浑浑噩噩，双手攀住梯层，脚下用力，使劲向上爬去。没一会儿，到达顶层，宁甫纵身一跃，出了地府，睁眼观看，自己原来还在深谷之内，身上伤处全部痊愈，背后驱魔宝剑却不见了，找了半天也没找到。回思适才地府经历，觉得似梦非梦，迥非现实。他此时也不辨东西南北，只拣一条小路往上走来。大约半盏茶工夫，到了平地上，前后观望，不见有什么可疑人物，所以整一整衣衫，快步离开当地。

第二十二章　踏上学道路

宁甫唯恐多生事端，沿途不敢有所耽搁，径奔家乡嘉兴行来。乘车换马，不到两日，到了宅外。离乡日久，思乡也愈亲切，如今到了家门口，反倒按捺不下那段思念之情，宁甫兴冲冲地跑进家中，忙不迭地喊了声："爹，娘，宁甫回转了。"若在往日，爹娘听到喊叫声，一定会高兴地迎了出来。可是现在，房内房外静悄悄的没有一点动静。宁甫带着满腹的疑惑，推开了那扇阔别已久的屋门。先扑鼻而至的是一股发霉的味道。借助光线，大体可以看到屋内地上长满了杂草，足有半人多高。墙壁周遭则爬着一簇簇幽绿的藓苔。宁甫吃惊不小，"这就是自己日思夜想的老宅吗？怎么变成了这副模样？"他不敢相信也不能不信。大街上传来一阵熟悉的叫卖声，"卖豆腐喽，买豆腐吃喽。"宁甫听到叫卖声急忙跑了出来。从大街那头摇摇晃晃，走过来一名肩挑扁担的货郎，扁担两边各挑着一个豆腐盒子。挑担货郎四十来岁年纪，长得头大腰粗，身形魁梧。宁甫清楚地记得那卖豆腐的货郎姓方名致远，是位很朴实的小伙子。离家不到半载，居然换了一人。"小兄弟，来碗豆腐吃吧，解渴解馋，这个是顶好的。"

挑担货郎行到近处，见宁甫傻愣愣的站在旁边，便有如此一问。宁甫醒过神来，说道："好，那就麻烦盛上一碗。"挑担郎高兴不迭，忙放下扁担，从担旁取了只大瓷碗，当下打开盒盖，用铁勺舀了一勺接入碗中。然后放下铁勺，双手端碗递送过来。宁甫顺手接过，此刻闻到久违的豆腐清香，心里才感觉踏实。他大口将整碗豆花吃了个干净。结了饭钱，宁甫迫不及待地问道："这位大哥，请问方致远常挑担上街，买卖豆腐，今日没来，敢情是生了病吗?"挑担郎诧异之极，他目不转睛地盯着宁甫，缓缓说道："家父去年刚刚过世。他在世时，的确干过卖豆腐的营生，但撂下这份担子，前后总也有十几年时间了。"宁甫这一惊非同小可，问道："家——父?"挑担郎肯定地点点头，说道："俺名叫方大春，在家排行老二。"宁甫离家之时，方致远不过二十出头，尚未娶妻，如今竟冒出个四十多岁的儿子出来，这事当真令人匪夷所思。宁甫顾不得那些纷乱的思绪，进一步问道："这所宅子里住过一对宁氏夫妇，你可清楚他们的下落?"他向自己家中一指，说话时声音颤抖，掩饰不住一股慌乱之情。方大春想了想，道："大概十年前，两位老人家就仙游去了。他们过世时也算高龄，只可惜膝下无子无女。当时还是我爹过来帮忙料理的后事，整个村子没有一个不知。"方大春说完话，道声别，便挑起扁担一径走了。

宁甫恍恍惚惚呆在当地，脑袋里是一片空白，似乎没有了灵魂，没有了意识，只剩下一具干枯的躯壳。过了许久，天色逐渐黑下来。宁甫觉得浑身乏力，提不起半分精神，他漫无目的地闲走。抬头见正好有家客栈，就迈步而进。在店家的指引下，很快地找了间空房，进入房内，一头扎在宽大舒适的床上，宁甫迅速进入了梦乡。在睡梦中，地府发生的一切重新闪现。当被牛头马面带至返魂梯时，他大叫一声，从梦中惊醒。牛头马面最后那几句话仿佛还在耳边回荡，宁甫心想前几日做的梦难道是真的?自己果曾死过，在地府游历一遭。照此说来，现在是五十年以后了，唉，罢了罢了，父母早亡，呆在此地又有何用，不若去学个法术。而且驱魔宝剑为我苦受煎熬，待有了本事，将它救出，才不枉我们缘分一场。这么一想，学道之心更为笃定。自此，宁甫摒弃红尘，终于踏上了修道成仙路。

宁甫经人指点，寻到了父母之坟。在二老坟前磕过了头，洒下一把眼泪，便别过家乡，取道往青峰山行来。青峰山位于极北，离中原较远，宁甫徒步奔波，说不尽路途艰辛。这日晌午，来到曲门峡，再往前稍微一走就进入了荒漠，方圆十几里内都是尘沙黄土，一派荒凉气象。行上一程，路旁有个酒旗招子迎风飘扬，他走了半天已累得够呛，打算吃过饭，继续前行。要了饭菜，刚吃几口，远处走过来两个人，一个是长相慈和的老年道士，另一个是身穿青袍褂子的年轻秀士。他俩你争我吵，相互扭打着来到近处。见到饭馆一并驻了足。老年道士说道："肚子里没有饭食，哪能比拼？这里有家饭馆，等填饱肚皮，再说不迟。"秀士道："正合吾意，我年轻力壮，吃够了饭，你就不是我的敌手。"老道气得吹胡子瞪眼睛，怒道："我们比的是法术武功，可不是搬石头移大树的蛮力。我的武艺纵非上乘，胜过阁下倒还是绰绰有余。"秀士道："你有什么能耐，全部使出来就是，谁强谁弱，到时一试便知。"两人说完这话，就彼此放开手，各找了张空桌子坐下。店家端来酒肉，两位风卷残云般把饭吃完。老道看看左右，除了店家和宁甫外再无旁人，遂对秀士道："咱俩比拼本事，自己说了不行，得找个局外人。那位小兄弟看样子是老实人，想来不会撒谎，咱们便找他做个公证。"秀士道："这个最好。"他们俩一同推桌站起，来到宁甫身边，说道两人均是道门人物，今番要比个本领强弱，请宁甫前来见证。宁甫架不住两位热情相邀，他稍一犹豫，即点头表示同意。

第二十三章　沙漠遇险

三人离开饭馆，往前行了几百米，来到一处空旷所在，就驻了足。老道伸手提一把青钢剑，面色冷峻，低声说道："老道我剑术卓绝，今日让你好好见识见识。小子用什么家伙，赶紧亮出来吧。"秀士摇头道："在下武功稀松平常，所擅长者，无非是召唤群兽之计。这里土干地阔，地兽极少，看我将飞鸟招来，与你战个高下。"接着撮唇作哨，不多时天空黑影闪现，飞来三只兀鹰，每只均为身躯庞大之物。到了低空，分从三面呼啸而至。老道手持长剑，从容刺出，岂料他快兀鹰更快，那兀鹰身躯旋转，立刻避开。老道大声道："好你个扁毛畜生，本道爷不信刺不到你。"收回长剑看准兀鹰位置，长剑唰唰唰分别刺去。那三只兀鹰上下盘旋，左右横飞，犹如武林高手闪避进退，老道把长剑舞急了也刺不到兀鹰身上。舞至酣处，剑光化作一道白光迅疾闪过，只见羽毛纷飞，三头兀鹰的毛片被长剑剑尖割下好大一块，身上皮肤却无半分损伤。

就在此时，一声嘹亮的叫声响彻天空，声音悠远，久久不歇。兀鹰随即飞起，老道还没怎么弄明白，一个清脆的声音轻喝道："谁敢伤了他们，本姑娘就对谁不客气。"众人眼前一花，身边地上早多了一人，是位二十来岁的姑娘，全身裹件绣花衣服，相貌俊俏，她一招手，天上三头兀鹰先后敛翼，降落到肩头，瞧那兀鹰乖顺服帖的情形，一看便知是女子所养。少女毫无征兆的现身，收服兀鹰，本事自非泛泛。老道与秀士晓得这是道门中相当高明的道术，还不如何惊讶，宁甫竟是佩服不已。女子指着老道说道："你作死么，要害我的鹰儿。"老道听对方言语不逊，心中不快，但他涵养功夫甚好，所以强忍怒气，淡淡道：“我们在比拼技艺，是他把兀鹰招来的，贫道不过是见招拆招而已。”说话的同时，扭头向秀士一指。秀士不好意思道：“我见天上有兀鹰飞过，以为是野生之物，哪知是姑娘豢养的，这个真的想象不到，得罪之处，还望姑娘见谅。”

少女听秀士这般说，脸色稍缓，说道：“本姑娘自幼便和鹰儿在一处玩耍，感情非比寻常。今日带它们出来，本想捕几只野兔吃，料不到刚走了一半路突然遇到股怪风，将我们分别给吹散了。要不是姑娘我及时赶到，兀鹰儿还不定被你们怎么着了呢。”说时撇嘴皱眉，神色间显得颇不高兴。老道说道：“这三只畜生个个行动敏捷，看来多半是姑娘平时训练的结果。”姑娘道：“我可没这本事。倒也不是有人刻意教授。爹爹教师兄师弟们功夫，这些鹰儿就在旁边看着，久而久之，也学到了一招半式。”老道问道：“尊亲名讳上下该如何称呼?”姑娘道：“爹爹嘛，复姓夏侯，单名一个连字。”老道喃喃念了数遍，一下子恍然大悟，吃惊道：“难道就是号称‘铁拂手’的天极老人吗?”姑娘笑道：“算你有些见识。爹爹许久不在中原走动，不意还有人识得。”老道说道：“二十年前，‘铁拂手’以道法武功闻名天下，后来不知为何，忽然就失了消息，想不到他的后人会在此地现身。天极老人是否就在左近，贫道有空当前往一见。”姑娘道：“爹爹平日里行踪飘忽，连我也捉摸不透。前阵子他离家出走，说是去追杀什么九指琴魔，到现在还未归来。”老道遗憾道：“照这么说来，那真是不巧得很了。”少女先前对他颇为反感，听得对方言辞有礼，烦厌登时消了大半，说道：“你们刚才是在切磋功夫吗?”秀士笑道：“不瞒姑娘，我俩久仰玉虚门的大名，特地前来投奔，不过玉虚道长说派中弟子众多，只能在我们两个之中择选一人，我们就只好以斗法胜负来决定去留。”少女道：“玉虚道长？就是玉虚子那个老头吗？嗯嗯，这个老头的道法确实不赖，只可惜脾气古怪得很。”秀士问道：“莫非姑娘认识玉虚道长？”少女笑道：“认识还谈不上，不过见过两三面罢了。”

说话之间，地面猛地发生震动，好似要整个翻了上来。众人一惊，只见沙漠上卷起了一场风暴。漫天黄沙中，一头庞然大物朝这边飞奔而来。秀士眼尖，立即辨认出来来者，失声叫道：“不好，沙漠蛟来了。”少女是头遭见到这种凶猛之物，骇然变色。沙漠蛟顷刻间来到了近处，生就一副大枯骨，约莫两丈来高，硕大一个脑袋顶在其上，足有脸盆般大。在脸盆的中部，是一对拳头大小的眼睛，眼睛精光四射，放射夺目的光辉，恰似黑夜中闪烁的星辰，也如飞升天空的红日。老道抽出长剑，和秀士一左一右冲将上去。老道精于剑法及飞行术，虽知沙漠蛟极难对付，却不怎么惧怕。但见他来到沙漠蛟身前，双脚在地上一借力，身子迅疾飞起，待跃至沙漠蛟头颈之时，长剑猛地挥出。那沙漠蛟乃四足之物，身上更有羽翼，此时不等长剑及身，前爪与右翼同时打出。那前爪坚硬如铁，可比刀剑，就听砰的一声，爪剑相交，老道这一剑登被挡住。而羽翼挥至，老道来不及闪避，任其重重打在了身上，老道尽管内功深厚，也还是禁受不住。听哎呀一声惨叫，身体立如断线的风筝给狠狠摔出。秀士武功自是不济，不过他身手敏捷，一方面施展小巧腾挪术闪避沙漠蛟的踩踏攻击，另一方面利用召唤术将天上各种飞鸟畜类招至，从不同体位对其展开攻势。老道身体中招，发出偌大一声惨叫，秀士听见骇了一跳，躲避稍慢，险些被沙漠蛟爪足踏伤。

第二十四章　杀死沙漠蛟

少女见老道败阵，故放开兀鹰，从腰间解开缠丝带，迈步上前。宁甫不懂武功，只能站在后面远远观战。沙漠蛟行动之际，掀起一股狂风，刮得两面脸颊隐隐生疼。他祷告诸位齐心合力，能把沙漠蛟尽快拾掇下来。少女三脚两步走上前来，手中缠丝带随之甩出，去缠沙漠蛟的头颈。这缠丝带是乌金做成，锋利至极。在沙漠蛟颈中绕了两绕，便即拉紧，少女使劲向下一拽。这一拽力道挺大，说不上有十分力气，却也能断树裂石。谁料那沙漠蛟毫无反应，过了一会儿，它的右翼挟着劲风整个压过来，少女忙收回缠丝带，纵身闪躲。老道这时伤处已无大碍，再次持剑上前，击杀沙漠蛟。那边厢秀士迭遭凶险，但因小心谨慎，每次都能化险为夷。十几只飞鸟被他召唤下来，在沙漠蛟前胸后背诸处啄食，沙漠蛟皮坚肉厚，对这等小痛小伤并不如何在意。

这么一来，三人合力对付沙漠蛟，徒然使足力气，竟占不了任何上风。宁甫看够多时，对眼前情形已经了如指掌，寻思再过片刻，己方三人非得大败不可。处此危境容不得多想，大声喊道："三位朋友请听我一言。这头怪物尽管难于对付，可要是配合得法，打倒它其实并非难事。"老道累得精疲力竭，哪还有余暇考虑其他，脱口叫道："小兄弟，你有什么法子，说出来就是，老道全听你的，他们两个谅来也不会有什么异议。"少女和秀士同时附和道："道长所言极是。"宁甫沉思一会儿说道："沙漠蛟行动敏捷，所仗者无非是眼睛与四肢，只要蒙住那两只怪眼，缚住它的爪足，这只怪物便不足为患。那位会使召唤术的仁兄，请你将鸟儿一齐唤来，挡住怪物的双眼，接下来姑娘你可以把鞭子一头拴在树身，另一头结个绳圈，套住沙漠蛟的爪足，这头怪物但有剧烈行动，定会摔倒，到那时道长再施展高妙的剑法，定然奏效。”

老道听后赞道：“这个主意确实高妙。两位，反正现在没有其他路子好走，咱们索性按这位小兄弟说的去做。”秀士接口道：“我瞧这个八九能行得通，就这么着了。看我先把飞鸟唤来，挡住这头怪物的双目。”他默念咒语，手指指出，几十只飞鸟从四面八方先后涌至，遮住了沙漠蛟的双眼。如此一来，沙漠蛟眼前漆黑一团，它又惊又怒，身子在原地团团打转，怎么都摆不脱眼前的飞鸟。少女则身子飞起，跃到旁边一棵大树上，鞭子在上面牢牢缠了一遭，系住后，另一端自己执在手中打个绳结，看准沙漠蛟抬起前足，少女利用飞镖投掷之技，将绳圈扔出，恰好就套在它的一只爪足上。那沙漠蛟不知中计，身子还在继续摆动，因那缠丝带的牵绊，身体立刻失去了重心，便听砰的一声，尘土飞扬，沙漠蛟整个身体头脸着地，重重跌在了地面上。老道忙飞跃其上，长剑顺势插入沙漠蛟的咽喉，一股绯红的血液紧接着从它喉管中喷涌而出，那沙漠蛟一声嘶鸣，惊天动地，挣扎了一会儿，就不再动弹了。

这一战三人齐心合力，费了偌大力气，终于杀死了沙漠蛟，惊心动魄之余，又觉得欣慰无比。在他们欢呼雀跃的时候，半空中飞来一只大鸟，一位道袍装束的老道手持浮尘，站在其上，生就一派仙风道骨气象。见了秀士等三人，沉声赞道：“你们刚才的表现精彩得很，特别是最后那雷霆般的一剑，堪称是道家剑术中的上乘剑道。本道人经过斟酌思量，觉得还是选‘飞远道人’入我玉虚门为佳。紫玉书生，你的召唤术差强人意，武功更为稀松平常。要想进我玉虚宫，今后还须在武功上多下功夫。”秀士就是紫玉书生，他是心高气傲之辈，听对方这样说，甚为不服，可又不好多说什么，只得悻悻道：“玉虚道长既如此讲，那紫玉书生无话可讲。来日方长，总有一天，在下能把武功练成。”玉虚道长点了点头，说道：“到那时候，玉虚宫大门自然向你敞开。”

少女忍不住在旁插嘴道：“玉虚子，别看你们玉虚门门派不大，破规矩倒是不少。”玉虚道人刚刚因为相隔太远，没看清楚，这时将那少女从头到尾仔细打量了一番，才辨认出来，继而说道：“臭丫头原来是你，对长辈说话也这么没上没下的，真是个好礼数！”少女气呼呼地回道：“我爹和你斗了八次，每次都是拼尽全力。说起来你们是敌非友，我这个臭丫头说几句大实话，气一气敌人，那是正常不过的道理，又何错之有呢？”玉虚道人不怒反笑，说道：“好你个牙尖嘴利的姑娘，这得理不饶人的脾气，仍与小时一般无异。好啦好啦，本道爷说不过你，认输了便是。见到你的父亲，替我捎一句话，就说什么时候有空，大家一块出来切磋切磋。我新近琢磨了几式武功，不知道成不成，总要找个有手段的试上一试。”少女道：“我爹正想找人打上一架，你来凑趣，那是再好不过。”玉虚子说道：“嗯，那本道爷就在玉虚宫静候大驾光临。飞远道人，时候不早了，你这便随我去吧。”飞远道人答应声中，身子一纵，轻轻跃上大鸟后背，玉虚道长口中吆喝，那大鸟随即转向，向来路驰去，不到片刻，两人一鸟就失了踪影。少女犹自气愤难平，向秀士说道：“这老头着实气煞人。他不要你也没什么不好，你不如现在随我回去，让我爹爹传授你一身好本领，好歹要羞辱羞辱他。”秀士年纪不大，尚未听过天极老人的名头，不过见飞远道人与玉虚子的反应，明白此人非同等闲，听少女这般说，心中乐的了不得，说道：“若如此，在下求之不得。那就有劳姑娘代为引荐了。”说完，两人提脚迈步，并肩向南去了。

第二十五章　拜古朴老者为师

宁甫愣了片时，随后也离开当地，缓慢向前行来。穿过沙漠，又行五六里路，到了一处村镇。看看天色不早，不便再行赶路，就找了家客栈住下。到了第二日，天刚蒙蒙亮，大街上传来一阵喧哗吵闹声。他走出客栈循声而望，见街上围着一群人，各自在那里指指点点。每个人神情错愕，似乎是看到了什么不可思议的事情。宁甫踱步过去，瞅见地上有滩血，那头被众人合力杀死的沙漠蛟横躺在那里，心想定是村人经过沙漠之时，看到了这头庞然大物，然后搬抬至此。心念未已，果听得旁边有人说道："我与李四本来要去城里买东西的，谁想走到半路，见到了这头畜生，我们俩费了九牛二虎之力，才将它弄到这里。大家平时没少受这家伙的侵扰，如今它不知怎么死了，说起来实在是好事一桩。过会儿咱们就架起大锅，把这畜生煮来吃了，总算是出一出胸中的恶气。"说话之人浓眉大眼，模样极为彪悍。他这话说完，周围的人大都表示赞同。可在一片附和声中，独有一位形貌古朴的老者摇头叹息，断然否决道："沙漠蛟是结群动物，最易报复，你们这样做不啻于在自找麻烦。照我说还是赶快把它抬走，免得惹祸上身，方是上策。"彪悍汉子不服气道："哪里来的老汉，你一个外地人，怎好管我们的事情。你们快别听他的，只管把锅端来，堆上柴，烧上火，大家伙美美的吃上一顿!"众人七手八脚，忙将村西头的那口大铁锅给抬了过来，洗刷干净后，往里倒上七八成水，后用铁丝串起，悬空挂在两支木桩中间，底下放上十余根木柴，点上火，那木柴劈啪作响，不一刻整个燃烧起来，铁锅里的水跟着也沸腾了。

几个人弯下身子，抬头的抬头，提足的提足，把那只沙漠蛟从头到尾，全部投入铁锅沸水中。古朴老者在旁看着，脸上颇有不忍神色。他双手合十，口中念念有词，似在诵佛念经。

在众人忙活一阵后，遥远的天空响起几声鸣叫，声音落下，五片黑影自远处飞来。相距还有数百米时，就有人辨认出来，叫道："大事不妙，沙漠蛟来了，这次一共来了五只。"众百姓领教过沙漠蛟的厉害，见是五只齐来，内心的害怕可想而知。他们顾不得再去添柴煮物，叫喊声里，纷纷拔腿往自己家中跑去。在这里聚集的人数原本就多，大家又慌不择路，不大的街上，马上乱作一团。宁甫给人胡乱碰了几下，险些摔倒。也就顷刻工夫，五头沙漠蛟先后来到近前。这人群走了一半，还有一半走脱不得，就一起抱头蹲下，防备沙漠蛟施以攻击。宁甫学着众人的模样，作势欲蹲，看到古朴老者仍然身体笔直地站在那里，不免大吃一惊，于是在旁喊道："老丈，这些怪兽凶恶得紧，您老人家还是暂且避一避的好。"古朴老者恍如不闻不见，当下冲他微微一笑。不过眨眼的时间，五头沙漠蛟挟风飞至。其中一头扑向铁锅，它两只铁钳一般的前爪在锅沿上一掀一放，铁锅中的沸水与沙漠蛟死尸便同时滚了出来，跌在地上。另外四头怪兽张开利喙，恶狠狠扑向古朴老者。古朴老者轻摆衣袖，劲风到处，身子离地而起，到了高空，再使动飞行术，双脚如同踩到地面上，纹丝不动分毫。宁甫见老者居然身怀绝技，又是惊诧，又是赞叹。

那四头沙漠蛟分别扑了个空，吼叫连连。它们扇动羽翼，转而飞向高空，去袭击古朴老者。古朴老者不闪不避，双掌接连打出，沙漠蛟攻势猛烈，到头来竟占不到任何便宜。一会儿以后，那第五只沙漠蛟也飞了上来，从旁夹击古朴老者。古朴老者以一敌五，不落下风。一人五怪在空中此去彼来，纵横飞舞，煞是奇幻好看。宁甫看老者对付五怪绰绰有余，寻思要是时间稍长，引得其他怪兽前来，胜负就难以预料了。当前要务，是须将沙漠蛟死尸尽快拖走。思念及此不再怠慢。他起身走到旁边，叫上其他几名大汉，大家合力把沙漠蛟抬起，径往村口奔去。这里离村口不到千米，九人脚力极快，前后也花了半炷香时间。到达村口后众汉子还不太过放心，又往外走了一程，看着距村已远，就大胆放下沙漠蛟死尸，急速跑回。这么一来一回，比斗情境已是大为改变。只见古朴老者与五怪间拉开了数丈距离，那沙漠蛟空自张牙舞爪，再难近身。古朴老者手掌略摆，沙漠蛟就后退一步，好像遇到了什么危险似的，避之唯恐不及。过去些时，五头怪物嘶鸣数声，掉头就逃。

古朴老者徒手打跑怪兽，自高空缓慢降下。众人喝彩不断，均上前表示感谢。古朴老者笑一笑，说道："各位不必客气，老头我大半辈子吃斋念佛。今番驱怪正属分内之事。"又来到宁甫身边，问道："这位小兄弟，该怎么称呼呢？"宁甫愣了愣，说出自己名字。古朴老者道："实不相瞒，我是道门中人，如今还俗尘世，已经五六十载。你别瞧我头发未白，其实早就过了百龄。我遍走天下，就是要寻一个可造之才，将毕生本事传授于他，也不枉了这一世所学。适才老朽在旁观看，见小兄弟宅心仁厚，只要假以时日，不难在修行上有所斩获。你可有意向入我之门？"宁甫原就为修行而来，青峰山尚远，这里遇到名师，便没必要再跋山涉水远求。只是自己没有根基，要从头学起，极费时日，不得不将这层顾虑和盘说出。老者捻须笑道："这个不很要紧，修行贵在坚持，只要肯吃苦用功，就是好弟子。"宁甫说道："既是这样，那师父在上，请受徒弟一拜。"说着话，跪在地上，朝老者磕了三个响头，古朴老者含笑受了。从此两人开始以师徒相称，古朴老者自称姓易名行，修行人士有认识他的，都唤他作"开山掌"。所谓开山，顾名思义，是指他手掌力大，有劈山神力。这话未免夸张，倒也形容其道行非同凡响。

第二十六章　破解八解连环

宁甫拜师之后，跟随师父易行来到深山中进行修炼。他先从根基学起，站桩、打坐、练气，等这些小有所成，易行开始教他拳脚套路以及变化飞行术。宁甫用心学习，不出十年，功力相较从前，有了很大提升。

这日晌午，易行把宁甫叫到身边，说道：“多年修炼，不知你进境如何，为师要考一考你。”

宁甫道：“师父出个题目吧，宁甫定当全力以赴。”

易行手指北面说道：“离这儿千米处，有座万草园，园中有株仙草，名叫‘雪灵’，形状同手掌一般。此草非同小可，若是寻常人吃了，可以长生不死，力气大增；如果是修行的人物，灵草一旦下肚，抵得上百年修炼，不但功力提高，而且身轻如燕，可入云巅之上。你现在即可前往，把它采来吃下。只是路上有恁多艰难，得要一一克服，才能到达。”

宁甫在山中呆得久了，早就跃跃欲试，想出去历练历练。听师父如此一说，正合心意，急忙答道：“师父放心，弟子一切记下了。”稍作收拾了，便动身出发。

出了深山，再行两三百米，猛然遇到一条巨蟒拦住去路。那蟒蛇身粗如碗，头上顶着血红色的三角肉瘤，形貌十分骇人。宁甫本想纵跃而过，不料身子未动，那蟒蛇张开巨口，吐出红色毒雾，宁甫吸了几口，觉得眼前发黑，险些昏晕过去。

他连忙后退几步，闭住呼吸，这才觉得好受些。当下一方面潜运内功，将吸入的毒雾慢慢迫出，另一方面暗暗盘算，如何对付这条巨蟒。

还在运功抗毒之际，听蟒蛇口吐人言，说道："这是我巨蟒的地盘，等闲不能通过。你是什么人物，怎地这般大胆？"

宁甫直到将毒雾全部迫出体外，呼出一口浊气，才缓缓答道："我是修炼的行者，今日要去万草园摘取灵草，还请行个方便，不然在下只好无礼了。"

蟒蛇怒道："毛头小子，休得口出狂言。我巨蟒两百年前被佛祖收服，从那以后，就在这里修行。你年纪轻轻能具多大道行，敢与本蛇争持高下。"

宁甫刚刚给毒雾所侵，到现在头脑还混沌不清，知其所言不虚，不过不肯让步，只好硬起头皮说道："事到如今，那也没别的法子，大不了豁出性命不要，总之这一关我非闯不可。"

蟒蛇勉强说道："好吧，看在佛道同源的份儿上，本蛇就不过分难为你。不过也不能这么轻易就放你过去，那样我的脸面须不好看。我得想个两全其美的法儿，嗯，嗯，这样好啦，本蛇除了吐雾以外，还擅长喷火。有一门功夫名曰'八火连环'，是口中吐出八朵蓝火，蓝火飘浮半空，因前后首尾相连，正好组成一个圆环。你被困当中，看阁下如何走法，能脱出火阵，只要出得来，就算你赢，道路任由出入，你看怎样？"

宁甫到了现在，早没有其它退路，慨然应诺道："就是这样，宁甫愿意试试。"

蟒蛇冷冷道："本蛇可把丑话讲在前头，这蓝火是三昧神火，只要有一点沾在身上，就有极大祸患，便是修行弟子也不能例外。"

宁甫答道："宁甫会当心的。"

蟒蛇不再啰嗦，它昂起头，将身蠕动，不一会儿，八朵蓝汪汪的火焰先后从嘴中涌出，大小和灯笼一样，受到蟒蛇的驱使，立刻飞旋过来，围住宁甫，成为一个大火环。宁甫窜高伏低，觑准空当准备跃出，不过他高时火环也高，低时火环也低，如影随形，似跗骨之蛆。

宁甫若是站住不动，八朵蓝火就一朵朵先后撞来，处在这种情况，只能侧身闪避，没用很久，已累得满身是汗。倘若一直这么维持下去，迟早要糟。他躲闪之余，细心看蓝火来势，试图从中找出破绽，然后再行破解。大概过了一炷香的时间，终于摸清火阵属性。蓝火是按八卦分布的，分别是乾、坤、震、巽、坎、离、艮、兑八个方位，由八卦衍生出许多变化，巧中有奇，奇复生险，加上蓝火本身的威力，这阵法愈加艰深晦涩，令人眼花缭乱。

宁甫思量半晌，一个计策涌上心头。他见乾位上的蓝火火焰飞跑过来，本来应该向旁避让才对，可是脚下使劲，居然朝乾位对面的坤位跃去，这一下腹背受敌，不啻于是自寻死路。在旁观战的蟒蛇摇首摆尾，接连叹息道："不知天高地厚的小子，这下你可把自己陷到绝境了。"话音刚落，见宁甫将要跃到坤位时，却猛地顿住身形，随即使出道门里的高明功夫，收腹吸胸，身子马上缩小了数倍，蓝火火焰擦着宁甫身子继续向前飞去，其间相距不过寸许而已。砰的一声，与坤位上的蓝火相撞，两者光芒大耀，片刻之后，逐渐黯淡，终至于无。

这下奇变突生，蟒蛇暗暗心惊，不由佩服他胆量过人，功夫精湛。用上面的方法，宁甫把八团火焰全部除灭。他伸袖擦干额上的汗珠，走上前说道："蟒蛇，我现在破了'八火连环'，你总该让我过去了吧？"蟒蛇笑道："这个自然。咱们约定的事，蟒蛇岂能食言。从今往后，这儿任你走动，蟒蛇绝不再有所阻拦。"说完，头前尾后，钻入地面一个大洞之中，霎时不见了。

第二十七章　桃园奇遇

离开蛇窟，往前又行一程，来到一片桃林。那桃林占地极大，放眼望去，入眼尽是桃树，数目不下万株。这此时正值初春，树上开满了红的花儿，花香馥郁，随风飘进鼻中。宁甫为之一醉，于是迈步踏入。本以为走上一阵就能出去，可是三拐两拐，岔路越来越多，这桃园仿佛是没有尽头，怎么也摸不到边缘。

他从小到大，从未有过如此经历，微觉懊恼。不多时，银铃般的笑声响起。那笑声起伏波荡，如勾魂夺魄一般，令人乍闻之下，不禁全身热血沸腾。转头向笑声望去，但见一株修剪得体的桃树身上，募地现出一名妙龄女子的外形。女子长相娇美，时而捂嘴偷笑，作娇羞状貌，时而嗔怒蹙额，似生气不悦，姿态千变万化，不一而足。少时，女子迎风起舞，举手投足间，显出十足的风韵。宁甫毕竟是成年男子，看到这般情景，忍不住心旌摇荡，他努力震慑心神，方不致有甚失措举止。

女子舞动半晌，兀自消失不见。桃树上又现出一名凶狠丑恶的汉子，一道刀疤七八寸长，从额头穿越鼻梁斜通到嘴角。凶恶汉子疯狂挥动铁斧，在那里胡乱劈砍。宁甫因其一引，不觉心痒，也有要展现武力的冲动。

持斧汉子下去，换上了一匹恶狼。恶狼张牙舞爪，凶相毕露，它将身一纵，腾空跃起，似乎马上要从树内窜出。宁甫全神戒备，掌中蓄满了功力，只要恶狼现身，便施以一击。

这样一个下去另一个再上，此去彼来，接连出现了十多个形象，每个皆是生动活泼，犹如真实。宁甫感情丰富，经他们引动，不由得喜怒哀乐诸般滋味纷至沓来，不一会儿，心力交瘁，他就干脆躺倒地上，闭上双眼，全身放松，很快就进入了梦乡。

在睡梦中，他来到了一个神奇的地方。那里有山有水，花鸟齐鸣。两位身着红衣的童子走到近前，先打了个揖，尔后说道："欢迎贵客光临，我们宴乐刚刚开始，里面有请。"说毕朝一个灯火通明的所在一指。

宁甫谢过了，迈步走上前来。还没靠近，一阵丝竹管乐之声缓缓飘入耳中，中间夹杂着许多人语笑声。当下加快脚步，片刻之间，就到了灯火通明处。是块地势开阔的场地，上面人头攒动，约莫百人，其中有老有少，都在欢乐舞蹈。喜气洋洋之状，充斥此间。宁甫情不自禁，跟着他们一起舞动起来。旁边有个老汉见状说道："小哥，我们这里每日均是如此喜庆，比起外面来，不晓得要好上多少，你不要走了，以后便留下来吧。"宁甫回道："老丈好意在下心领了，只是我尚有要事在身，待日后有暇，再来寻你们一处作耍。"老汉顷刻间变了脸子，不觉大怒道："既无心停留，进来这里干嘛，不如趁早出去的好。"伸手在宁甫肩头一推。

宁甫被老者一推，踉踉跄跄，险些跌倒，睁眼一看，究竟是南柯一梦。心道阵中迷惑太多，只有强行压制，不看不听不思，才能从容走出。他盘膝坐地，运功练气，等脑海中一片澄净时，再站直身子，循路而行，过了小半天工夫，真的出了桃园。

第二十八章　峡谷相救胖汉

出园后继续前行，没用多久，来到峡谷之畔。低头凝望，见谷底水流湍急，是条大河，峡谷两侧相隔百余丈，相互只用一条木桥相连。

宁甫提脚迈步，走上木桥。刚行几步，对面人影晃动，急匆匆跑上一名胖汉。木桥原就摇摇欲坠，经过两人走动，愈显倾颓。宁甫暗叫不妙，念头未落，只听“咔嚓”一声，木桥从中断落，在将落未落分际，他伸出脚尖，在上面轻轻一点，阻住马上下降态势，然后双掌猛地朝前拍出，雄浑的掌力一打出，力道反激，他本人登时跃回地面。

双脚着地后，扭头看去，见胖汉双手死命抓住那一半断桥的边缘，悬在半空中，不知是因为使力过巨产生的痉挛，还是心中害怕，全身抖动不止。宁甫见他情状滑稽，暗觉好笑，下面是急速流淌的河水，掉下去多半没有危险，所以高声喊道：“喂胖老兄，你不如松开那劳什子东西，落到水中至多是全身湿透，性命当无大碍。”胖汉大声道：“你有所不知，这河名叫‘蚀骨河’，河水能销肌腐骨，毒性厉害无比。小兄弟，我听你说话，看来是个忠厚人物，阁下怎生想个主意，救我一救才好。”宁甫听说河水有毒，将信将疑，沿旁边小道走将下去，细看水面，果见有许多泡沫涌出，呈显剧毒症状。两岸相距颇远，他要过河，眼下情势，唯有借助长竿木条等物。可是左右寻了半晌，也没找到一丝半根。没奈何，只好使出全身力气，把不远处长在土内的一棵大树连根拔起，喝叫声中，飞身而起，双手握紧大树在地上一撑，身子立即向前跃出十余丈，待前行之势稍止，大树再行落下，拄地支撑，一连十多次，终于到了对岸。

宁甫抛下大树，随后飞身跃上石壁，向上攀援。到了胖汉身边，伸出左手去抓他的衣领，一使劲，将其拽离石壁，整个人提在掌中。当下只借住右手攀石力道，连续往上攀爬。宁甫练功十余年，手上劲道大得异乎寻常，胖汉肥胖的身体重达两百斤，在他手中直如无物。他们俩一胖一瘦，在绝高的石壁上缓缓而上，齐头并进，恰似给人拴上绳索同时拉拽一样，情形十分奇特罕见。到了顶上，宁甫放下胖汉，此时脸不红心不跳，神色一如平常，说道："你身上的分量说起来不轻，能抓住断桥，落不下去，这份能耐倒也了得。"

胖汉惊魂甫定，笑道："小兄弟过奖了。"接着伸手入怀，取出一个瓷质娃娃，虽然不大，看上去精致可爱，很是不俗。递给宁甫说道："磁娃伴随我多年，现就送给了你吧。"宁甫道："刚才不过举手之劳，何足挂齿，胖兄不用太过客气。"胖子道："你救我一命，我仅送个玩物相还，所谓礼尚往来，那没什么大不了的。你不肯收下，难道是嫌我的东西不值钱吗？"宁甫见对方一片诚意，自己再要推脱，未免有托大之嫌，于是顺手接过，塞入怀内。

便在这时，远处隐隐传来呼啸之声，胖汉听及，脸上露出惊恐神色，向宁甫抱拳道："小兄弟，你我今日相逢，算得有缘，本来有许多话要跟你说，不过我惹下了不少麻烦，唉，咱们只好就此别过，倘若今后还能碰头，一定与你把酒言欢。"宁甫不知他口中说的"麻烦"所指何意，却也不便细问，当下抱拳回礼，说道："一言为定，到时大家喝个一醉方休。"胖汉笑了笑，转过身子，大步流星去了。

第二十九章　九天册页

胖汉的背影在拐角处刚刚消失，从道路的相反方向，身形飘动，劲风飒然，突然出现两名劲装汉子，年纪均轻，一位手提铁棒，另一位拿根皮鞭。

两人来得好快，在几十丈外甫一现身，只片刻工夫，就到了近前。他俩将脚步顿住，持棒汉子粗声问宁甫道："朋友，你在这里，可否见过什么人物路过?"

宁甫怔了怔，尚没作答。提鞭汉子见到旁边损毁的木桥，脸色大变，说道："师兄，他定是从这儿逃了过去，把木桥打坏，好不让咱们从后追上。"

持棒汉点头道："师弟说得没错，胖子脚程极快，咱们赶紧追。"

话音落下，两人移动脚步，迅速从宁甫身边掠过，扑向旁边的悬崖。他二人衣襟带风，一纵五六丈，身手堪称了得。

宁甫被两人劲风带动，身上衣衫给吹得摇摆不定，'咚'的一声，胖汉给的瓷娃从怀内跌出，摔在地上。他弯腰去捡，持棒汉在将要跃下石崖分际，眼光一扫，正好看到了那物事。他的左手在石壁上稍一借力，立马飞起跃回。提鞭汉子不明个中情由，但见师兄如此，料是出了什么意外，便自后跟来。

持棒汉指着宁甫握在掌中的瓷娃说道："这个东西是何人所赠?"说话时一眨不眨地盯着瓷娃，眼中像要喷出火来。

宁甫淡淡说道："是位朋友送的。"

提鞭汉子插嘴道："师兄，不要再问了，这东西胖子片刻不离身，如今在这位的身上，可见两人关系非同寻常。"

持棍汉不答师弟，继续问宁甫道："你的那位朋友，是不是长得圆圆胖胖，年纪在四十来岁？"

宁甫瞧出事情有些不对劲，尚没想到其他，反问道："是又如何？"

提鞭汉一摆手中皮鞭，厉声喝道："废话少说，赶快把'九天册页'交了出来。"

宁甫听他言语无礼，恚怒登生，说道："我还要赶路，恕不奉陪了。"抱了抱拳，欲要迈步离开。提鞭汉子道："想要一走了之，哼，哪有这么容易。先吃我一鞭再说。"言罢举起皮鞭，径砸宁甫头顶。宁甫一个侧身，旋即避开。提鞭汉子使力过大，鞭子打在旁边地上，泥土纷飞，地面马上出现个大坑。

宁甫怒道："为何不问青红皂白，就胡乱动手。"

持棒汉答道："胖子与我们有莫大仇恨，你跟他是一伙儿，就是我们的敌人。师弟，咱俩一起上，这回无论如何也得把'九天册页'给抢了回来。"提鞭汉子收转长鞭，两人一左一右，渐渐迫将上来。宁甫赤着双手，凛然不惧，双方比斗一触即发。这时身后有人喊道："小兄弟，胖子我又回转了。"宁甫听到这个声音，心头一喜，大声道："胖兄，你来得当真不巧，这两个家伙说要找你。"

胖汉笑道："胖子吃饭喝酒最在行，难道是请我去大吃大喝一顿不成，哈哈哈。"

持棒汉冷笑道："胖子你甭说风凉话，'九天册页'乖乖交出，那便万事俱休，不然今日是你的死期。"

胖汉大踏步走过来，缓缓道："姓潘的，你要的东西已被我丢到'腐骨河'里去了，你们要那玩意儿，得跳到里面，好好地找上一找。"

提鞭汉一听，疑信参半，问持棒汉道："师哥，咱们现在该怎么办？"

持棒汉把脸一板，斥道：“这个家伙满嘴胡说八道，师弟，你休要上了他的当。”

提鞭汉顿时醒悟过来，骂道：“好个死胖子，你是吃了熊心豹子胆，居然敢在大爷面前捣鬼。”只见他右手执住皮鞭一端，手腕略一用力，那鞭梢带着呼呼风声，拦腰打出。这一下鞭及两丈，胖汉和宁甫均裹在其中，他二人同时飞身跃起，轻轻巧巧就避过了。

持棒汉从宁甫跃起的身法，看出此人功力高深，实是个劲敌，说道：“师弟，你来对付胖汉，另一个交给师哥好啦。”

提鞭汉答应一声，举鞭与胖汉斗在了一处。两人功力相当，不过胖汉吃亏在手中没有兵刃，战经数回，已处在下风。在拼斗之际，解下腰间镶金腰带，运力与皮鞭纠缠起来。

持棒汉二话不说，抡起铁棒，来战宁甫。宁甫使出师门绝技“开山掌”，掌影飘忽，在铁棒间隙穿插攻拒。双方你来我往，拆到五十多招上，宁甫使招“投石问路”，右掌提起，劈向持棍汉胸口，慌得持棍汉提棒相迎。宁甫这一掌并不用实，当碰到铁棒，五指扣下，马上变劈为抓，向内一拉。持棒汉使劲回夺，这么一用力，小腹空门大露，宁甫看准时机，左掌顺势打出。持棒汉不意对方有此一招，顷刻万念俱灰，不禁闭上双眼，静待对方雄浑的掌力打在身上。孰料小腹处微感掌风扫过，没有半点疼痛。他疑惑万分，睁眼观看，见宁甫飘身退到丈许开外，脸上犹自挂着一些浅笑。持棒汉明白这是对方手下留情，否则凭借适才裂石劈树的掌力，自己焉能还有命在？如此一来，敌意大消，道：“潘某技不如人，多谢兄台手下留情。”宁甫说道：“哪里哪里，我只是侥幸胜得一招半式，要当真比起来，胜负之数那还不一定呢。”持棒汉见他谦虚有礼，心中愈喜，向旁说道：“师弟，这件事到此为止，你还是跟我走吧。”使鞭汉子正在兴头上，岂肯罢手，喊道："师哥，只要多有片刻工夫，保准能收拾下胖子。"持棒汉不悦道："让你住手就住手，你若不听，师兄再不认你这个师弟。"说完拂袖而去。使鞭汉听师兄说出狠话，无可奈何，唯有把皮鞭收起，纵出阵外，接着施展轻功，从后追赶师兄去了。

第三十章　醉酒诉衷肠

等两名劲装汉子走远，胖汉说道："我路过前面村镇时，闻得酒香，就进去买了两大坛，小兄弟暂等一忽儿，容我端酒上来，咱们一起喝个畅快。"转身折回，不到片刻，双手均提着一大坛酒，缓步行来。到了近处，左手向前一掼，手中酒坛随势飞出，道："二十年的状元红，味道是极好的，你仔细试试口味如何？"宁甫伸手接住，揭开封盖，浓香扑鼻，不由先赞一声，提坛就唇，仰脖子喝上一大口，觉得酒味甘醇浓烈，才一人嘴，齿颚间津液登生，说道："辛且不辣，后劲十足，确是上等陈酒。"

两人然后盘膝坐地，举起酒坛，你一口我一口喝起来。过去些时，半坛酒下了肚。胖汉笑道："小兄弟武功不赖，酒量也是一样不俗，适才见你单掌迎战铁棒，丝毫不落下风，不知师承哪位高人门下？"宁甫说道："我师姓易名行，江湖人称'开山掌'。"胖汉说道："怪不得，尊师原来是易前辈，久仰久仰。"两人再说些别的话，谈及姓名来历，胖汉介绍自己道："胖子我名叫周寿，外号铁头，学过几年拳脚。"宁甫也道出自己名姓。

酒到酣处，周寿道："宁兄弟，或许你心中会有疑惑，适才那二人，为何要对我大打出手，他们口中的'九天册页'，又是什么东西？”宁甫说道：“愿闻其详。”周寿道：“实不相瞒，我们三个，其实是同门师兄弟。”宁甫不意如此，忍不住轻呼出声。听周寿往下道：“使棒的汉子叫潘雷，别瞧他年纪不大，入门却比我要早，另一位提鞭的则是师弟张冲。事情还得从一年前说起，那时师父得了重病。有天将我唤到床前，说他大限将至，有部武学秘籍是千辛万苦才弄到手中。自己这一死，秘籍也随着消失，那样觉得怪可惜。于是伸手取出本册子，打开后共有九页，便是“九天册页”。他将此册放到我的掌心，嘱咐我要好好保管，日后倘若遇到有缘人，可以转手相送。过了两日，师父就仙游去了。谁料当天夜里，潘雷和师弟一齐来到我的住处，口口声声要取“九天册页”一观。因为师命在前，我自然没有允诺。他俩大怒之下，便一拥而上，想要借机抢夺过去。我没法，只好挥剑抵挡。胖子边打边退，幸亏当时天黑，身上还带了许多暗器，危急之际使了出来，这才勉强脱身。至此以后，双方就结下了梁子。我一路东奔西走，他们就在后面穷追不舍。今日若非宁兄弟拔刀相助，不但性命不保，连“九天册页”多半也是不能周全。”他一口气说完，如释重负，提起酒坛，仰头再喝上一口。

宁甫知晓了个中究竟，寻思为了一本秘籍，导致师兄弟间反目，这事说来颇为不值。沉吟有顷问道：“老兄往后作何打算？”周寿苦笑道：“从此浪迹天涯，逍遥自在，这儿是不会涉足了。”宁甫点头说道：“远离是非恩怨，也是人生乐事。那宁甫就借花献佛，用这坛酒来给胖兄践行。”周寿笑道：“好兄弟，毕竟不枉了咱们一场相识。”两人接下来对饮坛中酒，扫兴的话一句不再提起。宁甫从小到大极少喝酒，这般狂饮，算是破天荒头一遭，等一坛酒干完，已是酩酊大醉。此时天色黑下来，两人醉卧一夜，到天明时，彼此执手作别，踏上各自行程。

第三十一章　与师父重逢

宁甫途中没再遇到什么阻挠，他加快脚步，当天下午便抵达了万草园。园中草儿极多，这么一一辨别，花掉不少时间。到太阳快落山时，终于发现了师父所说的“雪灵”。大喜之下，忙将雪灵连根采下，用白布包裹好后，小心翼翼的缚在身上。就在这时，前方突然响起哭声，一位老妇人的话声断断续续传至：“大夫说你得了这个怪病，只要能找到雪灵，便可治愈。但在这里过去七八天，仍是没有半点线索，唉，娘亲已尽了力，看来是没法子了。”声音不大，不过宁甫内功深厚，听觉远较常人灵敏，这几句话因而听得是清清楚楚。循声一望，相隔不远处只见有位头发花白的老妇人蹲在那里哭个不住。旁边地上放了一具担架，上面影影绰绰，好像躺了个人。走上前来，低头果见担架中卧着名二十来岁的年轻汉子，全身瘦得皮包骨头。右手探其呼吸，觉得若有若无，那气息断绝，好像也只在转瞬之间。那老妇弓腰曲背，样子显得老态龙钟，故开口问道：“老婆婆，您刚刚说贵公子身体有恙，吃仙草能够治愈，此话是真是假?”老妇人抹干眼泪，缓缓说道：“是啊，大约一个月前，小儿开始变得胡言乱语起来，到后来神志不清，连身子都不能动弹了。大夫找过不少，却没一个能治，还是有个郎中来到家里，见了小儿症状，说这是邪祟侵入，普天之下唯仙草‘雪灵’可以化解。如今家中剩下我与儿子相依为命，老婆子没法子，就一个人拉了他来寻找。”

宁甫点点头，反手取下白布包，递与老妇人道：“里面装着的正是您要找的仙草，老婆婆可拿去喂给令郎吃下。”老婆婆沉声道：“你把它给了老妇，如何向师父交代?”宁甫大吃一惊，吞吞吐吐道：“这——你——怎么知道?”老妇人笑道：“徒儿看我是谁?”摇身一变，换了副模样，慈眉善目，正是师父易行。地上的担架与年轻汉子也同时变作了一块大石。宁甫见状，连忙跪倒行礼。易行扶他起身，说道：“你离开时，为师昼夜担心，生恐中途有什么闪失。后来算准了日子，就提前在万草园里等候。好小子，这一路困难重重，你能不负众望，全部克服，说来着实不易。从今往后，你正式成为我门下弟子。”他从怀中取出一粒红色丸药，说道：“这是百年修炼的灵丹，吃下它可增长百年功力。为师今番就赐了给你。”

宁甫拈起药丸，轻轻抛入嘴中咽下，起初觉得丹田中有股热气涌动，暖洋洋的很是舒服。那热气向四周蔓延，片刻间到达四肢百骸，浑身立感轻松舒适，说道：“好个灵丹。师父，事情处理完毕，咱们现在要回去吗?”易行摆手道：“后日蓬莱府有个地仙大会，为师与众位好友约好在彼一聚，你左右无事，这就随我走上一遭吧。”宁甫诧异道：“师父说笑了，蓬莱距此不下万里，怎能一日到达?”易行拈须笑道：“傻小子，你本来道行欠缺，自然不行，吃了灵丹后，已能驾云而飞。别说相隔万里，就算路途再远，凭你现下的本领，一日内到达那也不在话下。”宁甫修炼十余年，轻功术确实提高不少，可要说驾云飞行，那还差得太远。听师父这般说，不禁狐疑，他按照先前学过的口诀，将气息运行几遍，待到畅通无阻，双脚在地上一借力，马上飞至高空，唤声：“云来”，话音甫落，一片白云从远处飞来，到了脚下停住不动，稳稳的托住了自己，这么一来，才信了师父所说，自己真的能够乘云了，心中的高兴是可想而知。易行这时也飞身纵跃上来，喊道：“时候不早了，咱们现在就出发。”宁甫答应一声，易行驱动白云，呼呼声中，两人一云如旋风般去了。

第三十二章　蓬莱岛遇魔

宁甫与师父驾云走过千山万水。第二日傍晚，狂风陡起，天地瞬间变作一团漆黑。他俩不得不暂时止了前进，本拟等恶风过去，复往前行。孰料怪风刮了整整一夜，风中隐隐挟有乖戾响声，令人听了不觉胆寒。易行说道：“这风邪门得紧，怕是有鬼魔随行。到蓬莱路途不近，徒儿你多加留意些，发现有什么地方不对劲，马上禀告为师知晓。”宁甫应道：“弟子记下了。”

到天亮时，风止云散，两位继续前行。这般半云半雾，速度比原先慢了许多。宁甫遵照师父嘱咐，凝目向下观望，看看是否有别的异常。入眼的若不是市肆村镇，就是野郊荒山，哪有什么奇特怪异处。易行起初还担着心，见一切正常，就渐渐地把这事放到一边，不怎么挂在心上了。话说将到晌午，两人抵达蓬莱岛。岛上草木丛生，环境清幽至极。在蓬莱岛的中央，是面百丈长宽的平台，上面站着几十位道友，都在那里说话谈笑。易行师徒收起云头，从高空降落，看到诸位仙友，不免寒暄几句。不知不觉到了下午，仙友越聚越多，到了酉时，就不再增加。宁甫粗略一查，人数总共有两百多位，其中多数为白须白眉的老者模样，内中也不乏俊雅清秀的人物。

不久，有位白净汉子缓步上前，到了高处略站一站，把手一拱，对众朗声道：“承蒙诸位赏光来我蓬莱岛做客，地仙大会现在开始，请各位入席。来人，酒食全部给我端上来。”平台周围摆了许多石桌石凳，上面写着各位的名字，众仙一一对号入座。宁甫因不在地仙之列，所以自己没有座位，他随便找了块石头当椅凳，紧挨着师父坐下。坐下来后，几名身着道袍的少年端上果蔬菜肴，并酒水碗碟等物。宁甫说道："师父，这个地仙大会，来得不怎么齐啊。"易行疑惑道："何以见得?"宁甫道："多年以前，徒弟去过极北一趟，有缘结识了那里的两位神仙前辈。今日来的诸人中，并没他们在内。"易行微微笑道："和徒弟相识的那两位道友，定是镇守大仙。这次聚会，虽然名为'地仙大会'，邀请的其实多数是散仙，各位有职司的仙家不能前来。万一他们离开镇守之地，群魔趁虚而进，那不是大糟特糟了嘛。"宁甫至此方始明白。

众仙吃喝起来。宁甫无有杯盘碗盏，他也不大在乎，只伸手抓些师父桌上的果子菜蔬吃了。吃饭完毕，一位身材中等的道友站起身来，沉声道："现在魔鬼日益猖獗，大家伙得想个主意，好好治一治这帮妖孽。几个月前在山西齐水村，几十位老百姓被魔鬼杀害，现场惨烈无比。"话音落下，旁边一名稍显老态的青衣长者接口道："云南凤岭山的葛云道长修道多年，前些天也不幸罹难。哼，现今群魔当道，世道益发混乱，看样子仙友们只有齐心合力，才能打败魔道。"别的仙友纷纷附和道："没错，除魔卫道，义不容辞。"

"就凭你们几个虾兵蟹将，妄想对付我们魔道，当真不自量力。"话声来自天上，各位道友齐地一怔，抬头上望，见头顶黑云聚集，没一会儿，从黑云之中发出一股怪风，顿时飞沙走石，天昏地暗。众仙眼前一花，旁边地上多了位劲装结束的汉子。全身黑气弥漫，看出来是邪魔一道。易行寻思在路上碰到的那股怪风，多半便是由此魔所发，他究竟是什么来历，单枪匹马，居然来闯地仙大会。劲装汉子淡淡说道："本魔是鬼蜮玄灵，来这儿是为了捉拿你们回府。"他说到鬼蜮玄灵这个名字，众仙无不一惊。

天下魔鬼不少，单论法力高深，莫过于魔尊、南国老妖和鬼蜮玄灵三位了，被鬼怪们奉为是‘鬼族三杰’。想不到眼前的劲装汉子，便是令人闻风丧胆的‘鬼族三杰’之一。先前的青衣长者禁不住喝道：“鬼蜮玄灵休得猖狂！我们这里聚集了两百名仙友，你一个鬼王纵然不凡，焉能是我等敌手。”鬼蜮玄灵不怒反笑，说道：“你说得不错，要一下子打败两百位仙界高手，本魔的确没有十足的把握。但收拾蓬莱岛上的几位小道友，对我来说那是易如反掌。”青衣长者惶惑道：“此话怎讲?”鬼蜮玄灵缓缓道：“在各位来到以前，本魔已经把蓬莱岛上的主人制服，然后在诸位的酒水中放了点毒药，你们喝了半天，一点也没尝出来吗?”他说着话，右手衣袖轻摆，风声过处，那位白净汉子以及他手下的道袍少年一齐仰天摔倒。瞧样子他们的灵魂早给夺了去，刚才不过是受控于魔鬼，方表现出来种种举止言谈。

众仙来不及拒敌，忙盘膝坐地，想运功将喝下的酒水迫出体外。可是运了半天功，肚子中没有半分反应，而且手臂使不出力气。众仙暗暗叫苦，就听得鬼蜮玄灵嘿嘿冷笑道：“别枉费气力了，毒药是本魔自制的，一旦喝下，三五年内别想迫了出来。各位尽管放心，这毒药只是让大家使不出法力，对你们自身不会造成伤害。废话说得够多了，这就跟本魔走吧。”说话的同时，从袖中取出一面大布袋，扔到半空。那大布袋袋口张开，两百多道冷风吹出，将众位仙家全部卷了进去。宁甫没有饮用酒水，就没中毒，不过他功力较浅，使出本事来仍是挣脱不得，这当口只好放弃抵抗，与师父他们一起给冷风卷进袋中。鬼蜮玄灵重新收回布袋，把袋口系得紧紧的，左掌在上面拍一拍，自言自语道：“这次的收获不小，有了几百名散仙，本魔就可练习神功了。”

第三十三章　神参功

鬼蜮玄灵用布袋裹住众仙，然后提在手中，随后起一阵妖风，飞回自己居住的洞府。群妖见大王回转，纷纷围拢上来，七嘴八舌的问道："大王，你这是从何处觅来的宝贝，收获竟是不少哩。"鬼蜮玄灵打开布袋，露出里面的人物。他们个个精神萎靡，气力全无，恍如大病初愈的一般，笑道："好教大家伙知道，这些是参加地仙大会的散仙，我权施小计，全部擒了来。三日之后，本魔开始习练'神参功'，这一干神仙要紧得很，孩儿们可要好生看管。"众妖魔纷纷答应。

鬼蜮玄灵吩咐下去，小妖们遵照嘱咐，上前拉的拉，拽的拽，把一干仙家押至西面铁笼中关押起来。铁笼足有一人多高，以胳膊粗细的铁栅围就。为了避免诸仙相互串通，将他们分开关押，两铁笼间隔而且不近。众仙受此屈辱，心中都感愤怒，但眼下除了宁甫，其余仙家法力均失，这当口实在别无善法。处在危境，宁甫倍感压力。所以待鬼蜮玄灵走后，伸手来抓铁栅，向两旁使劲，欲要拉出一个大的空隙好从中逸出。费了半天劲，那铁栅纹丝不动，不仅如此，铁栅上反而生出一股弹力，震得手掌隐隐作痛。他缓缓收回双掌，低头看见掌心黑中泛青，不一会儿，手掌整个肿胀起来。

过了些时，不远处负责看守的两名小妖在那里说起话来。一个面色发青，神情狰狞，另一个身形矮胖。狰狞小妖低声对肥胖小妖说道："老哥，大王叫咱们好生看守，实际上用不着多么费心劳力。铁笼放在洞府多年，早就沾上了魔性，别说这些神仙现在使不出法术，便是功力完备，一时半会儿也打不开。"

肥胖小妖恍然大悟道：“难怪大王看上去有恃无恐，刚刚交代完，就匆匆出洞会友去了。对了，小虾米，还有件事哥哥不明白，小老弟你见多识广，定然知晓。”狰狞小妖道：“老哥过奖了，我不过平时听得多些，你有什么难题说出便是，小虾米明白的自然尽数相告。”

肥胖小妖想了一想问道：“大王说要练习‘神参功’，这名字我是头遭听说，那到底是个什么手段？”狰狞小妖笑道：“‘神参功’在上古时期就已存在，传说是邪魔老祖所创。邪魔老祖为诸路天神所灭，功夫却辗转流传下来，此种神功夺日月造化，非同小可。后来机缘巧合，被大王所得。他老人家早有通天彻地的能耐。‘神参功’一旦练成，本领更加高绝。”肥胖小妖说道：“是这样啊，却不知和他们神仙有什么相干？大王出去又访得什么友？”

狰狞小妖答道：“‘神参功’艰深晦涩，三言两语无法全部道破，简单说来就是吸收别人功力，为己所用。这两百多名神仙修道多年，内功加起来不在少数，只须将这许多仙家的功力顺利纳入体内，神功自成。大王出去访友，是要寻找练功时可以在旁护卫的魔界高手。练功到了紧要关头，若是有外敌侵入，走火入魔是小，一不小心便断送了性命。”宁甫闯不出去，觉得有些心灰意冷，听到这里，求生意念又起：如果在鬼蜮玄灵练功到了紧急关头突施袭击，他的所谓神功不但练不成，弄不好还会为此丢了性命。魔界以鬼蜮玄灵等寥寥数魔为尊，他们的头领遭遇意外，群魔定然阵脚大乱，己方到时正好可以借机逃离。

转眼多日过去，鬼蜮玄灵请来了在魔界地位不低的两位护法，一名董天锤，另一位是曾经截击过穆云的魑魅大汉。这两位护法魔法高超，能上天入地，迥非凡俗。有他二位邪灵从旁协助，寻常仙流根本无法近身。鬼蜮玄灵居中坐地，他手一招，两百多只铁笼离地而起，先后朝这边飞来，到了近处，团团围成一个圆圈，环立在自己周遭。鬼蜮玄灵收回法力，只听砰地巨响，两百多铁笼同时落地，震得地面摇晃不已。董天锤与魑魅大汉在外围全神巡视，完全不为所动。鬼蜮玄灵调整吐纳呼吸，双掌则在胸前忽伸忽缩，道道黑气不绝从他掌心发出，向四周蔓延开来，当升至铁笼上方，化成朵朵紫花，紫花光芒闪烁，遍及诸仙身体。众仙察觉浑身炙热，与此同时，真气不绝向外涌出，鬼蜮玄灵开始运功吸收众仙功力，宁甫不由大呼糟糕。原以为对方在施法练功前，会先打开铁笼，放众仙出来，那样自己容易接近鬼王，发出致命重掌。现在双方相距较远，以他现有的功力，尽管能隔空攻击，不过收效甚微，未必能对鬼王有所影响。

这么片刻工夫，全身热得愈加难受。宁甫双手抓住袍子两端，向外一使劲，豁啦啦钮扣立断，袍子继而脱身落地。身上有件物事随着衣服掉了出来，摔在地上片片粉碎。宁甫一瞅是胖汉所赠的瓷娃。在那瓷片的旁边，有卷白色物事，像是帙卷布帛之类，弯腰拾起，乃是一团绸布，打了开来，共有九份，每份均以黑字写就。在第一份的开头，触目是“九天册页”四字，下面紧跟着有行小字：《九天册页》为我正宗武学秘籍，得有百年道门内功为根底，方可练习，不然于自身无益。练成可增续三千年功力。功行圆满后，即可凭此除魔卫道，光大我修行正义宗旨。

再往下看，绘了许多字符，都是些运气法门。宁甫心想“九天册页”藏在瓷娃中，定是胖兄怕我推脱不要，故意如此。上面说练习者要有百年玄门内功，自己前日吃下过师父赠给的丸药，加上早先的多年修行，功力当不止百年。现在倘有三千年深厚内功，没准能打破铁笼，冲了出去。宁甫把九份布帛平铺地上，自己盘膝坐在旁边，按册页上的记述运气练习起来。

第三十四章　洞府恶斗

九天册页上记载的法门精微深奥，幸亏宁甫跟随易行学道多年，对诸般道法了然于胸，练起来才没感到那么艰难。纵然如此，从头至尾全部学会，也花了他大半个时辰。一方面他感到自己头顶真气外泄，另一方面丹田中所聚真气越来越多，这正如百川入海，而大海旁生岔口，水流向外溢去，只是溢出者虽多，终抵不过百川汇入的气势。当体内真气多到无法控制，双掌顺势朝外一挥，两股极强的劲气挥出。轰鸣声里，周遭围着的铁栅被打得稀烂。宁甫不意“九天册页”上的功夫会有这般威力，不由惊喜逾恒。这时见鬼蜮玄灵仍是一动不动地坐在那儿，头顶上方冒出了丝丝白烟，看样子对方练功到了要紧处。这个时机万分难得，遂一个箭步冲向鬼王，这下迈步之快，步幅之大，连他自个儿都有点吃惊。也就那么一步，来到了鬼蜮玄灵身前，宁甫不假思索，提起右掌，打向他的头顶。这一掌是其数千年功力所聚，只要击得实了，对方难逃一死。可掌到中途，遇到了由鬼王身上散发出来的一股强大气流阻挡，右掌不但击不下去，反往下滑动数尺，卸去一半劲力后，结结实实打在了鬼蜮玄灵的胸口。鬼王痛叫一声，练神参功发出的黑气与紫花瞬间消失不见。宁甫一掌得手，心下大喜，几乎同时，对方身上浑厚的功力自然而然的产生抵御，直将自己向后震出十余步。

鬼蜮玄灵吐出一口鲜血，身子歪斜着，不住运功为己疗伤，宁甫见他虽然受伤，性命暂无危险，提脚再欲上前，守在外围的董天锤魑魅大汉两位念动咒语，手指分别放出黑白两道寒光，射向宁甫。宁甫不懂如何化解，只好双脚在地上借力，跃起闪避。本来一跃之势，不过几丈来高，哪知这次将要冲到上面的石壁，还没有要止住的样子。宁甫忙伸出双手，在壁上尽力一撑，就听砰的一声，土石纷飞，头顶的石壁给他胡乱按出了一洞。宁甫没料到自己随手这么一下，就能石穿壁破，惊慌失措之中，身子离开石壁，开始向下坠落。魑魅大汉大怒道："臭小子，你坏了我魔教大事，休想轻易离去。"说完了话，嘴巴张开，有道更为耀眼的白光从中发出。宁甫身处半空，没法躲避，眼瞅着会被寒光击中身体，下面有个苍老的声音沉声说道："徒儿勿慌，用开山掌迎击。"听到师父的话声，心头稍宽，这时来不及去想许多，遵照师父的命令，左掌开山掌立即打出，与白光相碰，掌心微觉冰凉，那白光却也给挡住了。

宁甫顷刻落了地，董天锤与魑魅大汉两位魔怪一个在左，一个在右，各使出凶狠的法术上前夹击。有时火，有时飞箭，有时毒水，宁甫给他二位弄得手足无措，狼狈不堪。看看就要不敌，师父的话接着传来："管它是什么毒蛇猛兽，恶风大雨，徒弟啊，你只用好你的开山掌，即便不能取胜，也足以自保。"宁甫法术平平，开山掌的火候竟练到了八九成，今番习得了册页上的神功，功力何止增加了数倍。只是他临敌经验太少，遇到眼花缭乱的招数，心神错乱下，开山掌使得似是而非，失去了它应有的章法。在如此危急关头，师父的话无异于是当头棒喝，宁甫屏气凝神，在脑海中努力思索开山掌的诸般变化。片刻以后，再使出来时，已与刚才的大不相似，转变成了现在的大相似，开山掌威力一出，二魔怪登时处在下风。三位打斗多时，早惊动了洞府中的小妖，他们执着叉提着棒，先后蜂拥而来。看那架势，是要将一众仙家戳死于铁笼中。

宁甫见妖魔越聚越多，继续打斗下去，对己方大为不利，弄不好还会全军覆没。他不敢多有恋战，躲过毒水飞箭后，接连打出四记开山掌，迫得两魔退后几步，自己趁机施出风云咒，狂风卷起二百只铁笼一齐飞出洞外，自己落到最后，刚要出洞，二魔追了上来，死命缠住。宁甫打又打不过，逃又逃不掉，懊恼实已到了顶点。见二魔的飞箭与毒水飞至，他把牙一咬，不去抵挡，任由飞箭射在背后，毒水浇了全身。二魔惊愕万分，怔得一怔，猛觉小腹疼痛无比，两魔哎呀一声，先后倒地不起。宁甫见不能取胜，拼着自个儿受伤也要打中魔怪。飞箭毒水还可以稍作忍耐，开山掌击在身上，非得立马倒地不可。他击倒两魔后，忍住疼，纵身跃出洞府。

第三十五章　哪吒相助

宁甫出了魔洞，飞行多时，不见铁笼及众仙踪迹。正自纳闷，不觉身上毒水发作，痛得他牙关紧咬，全身冷汗直冒，没法子，只得收起云头，来到地面上，稍作休整，即准备与追来的妖魔做一番生死决战。

这时，半空霞光瑞霭，现出一位脚踏火轮的少年。这少年打扮非俗，只见他项带乾坤圈，手中执一柄丈八长枪，模样极为清秀，当下立在高空，厉声喝道：“三坛海会大神哪吒在此，幺麽小丑休得放肆。”这声喝叫，好似天上起个霹雳，震得四周树木瑟瑟发抖。众妖魔纷纷停下脚步。内中有那领头的妖怪，名唤独角恶，闻得叫喊，不由吃了一惊，为避免节外生枝，只好强忍怒气，沉声道：“这位小哥遮莫是李天王的少公子么？尊驾不在天上享福，跑到凡间来干什么了。眼前的事与你无关，奉劝李公子少要多管闲事。”哪吒冷冷道：“你们这群妖孽，倒识得小爷面目。本神奉旨前来助同道一助。识相的赶快缴械投降，要是冥顽不灵，等小爷使出手段来，定叫汝等后悔。”独角恶闻言一怒，骂道：“敬酒不吃吃罚酒，兄弟们，大家并肩子上，不信拾掇他不下。”一众妖魔奋力上前，手中利刃脱手掷出，哪吒取下乾坤圈，用力抛去，叮叮当当声中，掷来的各样兵器全被打落在地。众妖魔还不死心，欲先放出迷雾扰乱，然后再施毒手，哪吒手持长枪，前挑后拨，片刻间，将那团迷雾打得影踪全无，他哈哈一笑，张口吐出烈火，烧的那群小妖屁滚尿流，各自掉头逃亡。

哪吒战败了妖魔，飞身来见宁甫，见他脸色发黑，就唤出土地山神帮忙照看这位受伤的道友，自己又踩着风火轮匆匆上天去了。差不多有顿饭工夫，从天上飞下，此时掌中托了一粒金丹，递与宁甫说道：“这是我在老君处要得的仙丹，专解魔毒，道兄不妨吃下它，看看效果如何?”宁甫谢过了，接过金丹一口吞下，不大会儿，疼痛稍解，可运气之际，仍觉得运转不灵，哪吒笑道：“道兄刚刚飞行许久，这魔毒中毒已深，金丹虽有解毒功效，一时半会儿尚不能全解。离这儿不远有座灵水观，那里的观主和我颇有旧交，道兄亟需休养，我便送你过去吧。”有这样一个好去处，宁甫自是乐意，只是担心师父及众位师叔伯安危，不免问道：“三太子前来救我，想来师父他们已经周全，前辈们现在身在何处?”哪吒回道：“小道友无需多虑。玉帝得悉散仙有难，所以派了我与雷神前来接应。我们下凡未久，就见二百位道友困在铁笼内，从对面飞至。本来我俩欲合力劈开笼子，救出众仙，只是担心力道拿捏不准，万一伤到里面的道友，那样反为不好。雷神说南方有匠仙数名，炼得开天匙，能开此笼。大家合计了一下，决定由他带领散仙南下寻找匠仙，我则在此等候小道友。雷神脚程极快，这会子估计早到了南方地界。”宁甫听说师父他们无碍，才放下了心，说道：“那就好，麻烦三太子再辛苦走上一遭了。”哪吒笑道：“这个不妨事。”这时起一阵烈风，将宁甫送到灵水观来。

第三十六章 遇到故友

灵水观享名已久，观主是位相貌庄严的老道，外号列洪道人，有六百余年的道行，听哪吒说明来意，拈须呵呵一笑，说道："三太子放心，宁公子住在观中，老道定会好好照看。"哪吒交托完毕，看看天色将晚，故而辞别众人，踏火轮回天复命去了。列洪道人吩咐小童将宁公子领到厢房中住下来，接连过了五日，无有别事。这日清晨起床后，宁甫打坐调息些时，功力察觉恢复了半成，高兴之下，就步出房门，准备活动一下筋骨。走着走着，前面花园内传出一阵笛声，声音错落有致，十分耐听，宁甫听到精彩处，不禁轻轻赞了一声，赞声极轻，不想已被园中人听见。那笛声戛然而止，紧接着有个女子的声音问道："是谁?"宁甫暗呼不妙，自己一时兴起，不想有所唐突，听对方询问，只得如实答道："晚生宁甫，偶然听到姑娘的笛声，致有忍俊不禁之举，唐突失礼处，还望包涵。"话音甫落，那名女子轻轻发出一声惊呼，断断续续道："宁——公——子?可是六十几年前上京赶考的士子?"话声颤抖，内中显是充满了疑惑和惊喜。

因有围墙阻隔，宁甫无法望到里面的景况，不过单听说话，感觉有些熟悉，听对方提及多年前的往事，愣了愣即应道："不错，六十余年前，宁某的确去过长安城，敢问姑娘是如何知晓的?"听女子继续说道："尚书府外数会，宁相公是否还记得?"此言一出，宁甫脑海中马上浮现出一个绿衣少女的倩影，不由脱口叫道："大小姐，你是大小姐?"只见花园门口人影晃动，有位绿衣女子手持竹笛，从里面缓步走出，还是那样的容貌，还是那样的身形。宁甫仿佛立刻回到了几十年前，似乎有千言万语，又不知从何说起，沉默半晌，终于先开口道："大小姐，一晃几十年过去了，别来安好么?"绿衣女使劲点了点头，说道："托赖公子挂念，诸事还过得去。"略一停顿，又道："宁公子，恁多时光不见，风采依旧啊。数十年前我初见你时，依稀记得便是现在这副模样。"宁甫道："大小姐也是一样。"绿衣女笑道："要不是修行得法，现在早变成老婆婆了。"两人起初有点生涩，说了一通后，越来越觉熟络，在他们彼此心中，一股说不清道不明的感觉悄然袭上心头。

绿衣女子正是尚书府徐越大人之女，名唤徐婷。六十多年前宁甫孤身来到长安城，无意中发现有恶魔混入尚书府邸。他本欲进府揭穿两魔的真实面目，不想遭到门卫的强烈阻挠，徐婷那时恰巧赶到，才使宁甫从容入府。后来更有几次见面，尽管时隔多年，不知怎地，当年情景仍历历在目，宛如昨日发生似的。徐婷则从小拜列洪道人为师，学习道术，到成年时小有所成，徐越见女儿如此醉心道学，索性便绝了要她婚配嫁人的念头，至自己咽气升天，徐婷一直是虔心向道，从没倦怠过。由于她功力深厚，几十多岁的人了，看上去还与十七八岁的无异。徐婷等到双亲先后离世，就一心跟着师父列洪道人修行。三十年前，列洪道人离开长安城，来到灵水观担任观主，徐婷就也一起跟了来，自此扎在道观里，没大离开过。两人将数十年发生的事一一道来，讲到惊心动魄处，均不免有些唏嘘嗟叹。

宁甫每日但有空闲，便到徐婷这里来，若有一日不见面，心中不知为何，竟会感到偌大失望。两人谈天说地，发展到后来无话不聊。徐婷教给宁甫吹笛之法，怎样调节呼吸，手指该当如何按法。笛子与琴瑟相同，声调也分宫商角徽羽六种，一旦出错，不免失之毫厘谬以千里，发出的笛声相应大大不同。

宁甫聪明好学，不到几日，已学了个十足十。他的功力现在恢复了将近一半。这日还是像往常一样前来相会，话没说上几句，天空骤然乌云密布，一会儿后，出现许多手持钢叉的妖魔。站在中间的那两人，是与宁甫交手过的董天锤和魑魅大汉。他俩身受宁甫开山掌重击，在洞府养了数天方好，伤好后两魔带上一众小妖，日日逐风驾云，四下里寻找宁甫，就是为了要除去这位魔教头号死敌。不意今日来到灵水观上空，从高空往下看时，正见着宁甫在观内走动，两魔大喜下急忙现身，魑魅大汉发号施令，上前捉拿宁甫。众小妖听命，个个欢呼跳跃，争先恐后跃下。

第三十七章　花园打斗

群妖还没落到地面，自灵水观内飞出许多灵符，全部化成金色小人，手提刀剑，与妖魔们展开厮杀。这一场恶斗好不激烈，直打得昏天黑地，日月无光。董天锤和魑魅大汉趁他们激斗，拨开云雾，从旁绕道而下。宁甫尚未痊愈，但开山掌掌力非凡，自信以一敌二，还能抵挡片时。因此见两魔走至，便双掌开山掌同时击出。一击董天锤面门，一打魑魅大汉小腹，掌风凌厉，刮得地面飞沙走石，端的非同寻常。董天锤与魑魅大汉早就吃过开山掌的亏，见如铁石般的厉掌挟风扑来，他们心存忌惮，只好纵跃闪避，殊不知宁甫身上毒性还有，这两掌不过是虚张声势较多，力道说来实在是微不足道。俩魔怪铁了心要与宁甫纠缠到底，怎肯轻易犯险。数招过后，宁甫发出的掌力越来越觉微弱，而额头冒汗，呼出的鼻息稍显粗重，更让恶魔瞧出了其中破绽。

董天锤冷笑道："鬼蜮玄灵猜得没错，这小子身上沾了魔毒，不可能在几天内完全康复。前些日子臭小子你大闹魔界，结果搞得群妖个个自危，今日须得拿命来赔。"说话声中，向魑魅大汉使个眼色，二魔同时发出寒光，宁甫以开山掌相迎。孰料与之甫一接触，自己功力不够，不由得后退几步。稍一运气，感觉气息如常，并没受伤，欲要拔腿再上，身旁劲风飒然，一道绿影掠过身畔，径自冲向董天锤。原来徐婷见情势危殆，就用竹笛当做兵刃，来接下董天锤这个劲敌，以减少宁甫的压力。她的竹笛并非寻常竹子所做，乃是道观中长了千年的仙竹，因此竹笛不只坚韧逾恒，舞动之际，上面附带的仙气散发出来，帮助驱魔降妖。董天锤被打了个措手不及，险些招架不住。宁甫又是感激又觉惭愧，双掌一错，来对阵魑魅大汉。

他明白当前情势，只有尽快收拾下魑魅大汉，再与徐婷合斗董天锤，方有取胜之机。可是魑魅大汉绝非泛泛，自己功力减半，一时三刻间怎能打败魑魅大汉？魑魅大汉瞧出了对方的心思，对董天锤说道："董老弟，你得加快些啊。臭小子一旦侥幸取胜，咱们的计划可就全盘落空了。"董天锤笑道："魑魅不用担心，这个妞儿功力差了老大一截，对付她本护法自有法子。"左掌一伸，毒水飞箭从中发出。徐婷侧身闪避，头顶随即露出破绽，董天锤抓住时机，右手五指先后射出五道寒光。这下徐婷绝难抵挡，闪躲也来不及了，眼看被寒光击中脑袋，便是头破殒身之祸。宁甫"哎呀"一声大叫，刹那间心神慌乱，双掌开山掌不由缓得一缓，董天锤与魑魅大汉以为奸计得逞，脸上同时现出得意之笑。

二魔笑到中途，就僵住了，那寒光将及徐婷头顶，只见从其身上，闪现许多红光，来对抗寒光。那寒光抵敌不过，俱地一起消失不见。魑魅大汉倒纵而出，嘴里大叫道："怪事了，怪事了，难不成这个小姑娘年纪轻轻，就已练到了混元大仙不畏异术的地步。”说完这话，略作思忖，好像又想起了什么，恍然大悟道：“啊我知道了，珠子在她身上，是魔界苦苦寻找的天火珠。这趟总算没有白来，魑魅，不用再打了，咱们赶紧去见鬼蜮玄灵尊者。”魑魅大汉不明所以，不过单打独斗，自己不是宁甫对手，再呆下去也是无用。见董天锤扯云要走，也即把身一蹲，起风腾云飞去。数千名小妖跟在他们身后，纷纷离开。适才还是黑气弥漫的花园，顷刻恢复了正常。

宁甫忙跑到徐婷身边，火急火燎地问道：“怎么样，受伤了没有？”徐婷听宁甫语气慌乱，关切之意真诚流露，心里暖暖的甚是受用。她笑着摇了摇头，顺手撩起秀发，露出头顶肌肤，说道：“刚刚感到头顶发麻，宁甫你给我看看，是不是有什么损伤？”宁甫见她头顶肌肤壮健平滑，并没受伤迹象，不由一喜。他心中反复思量的，是董天锤临走前说的那几句话。想了半晌，仍不得其解。这时惊动了列洪道人，他带着道童从前院走过来，问清了始末，郑重说道：“妖魔猖狂无比，大家往后可要千万小心了。大殿中有许多道符和神像可以辟邪，你们都随我过去。”

第三十八章　又起波澜

自打妖魔走后，数日工夫，众人均是在灵水观大殿中度过的。宁甫内功尽复如初，寻思凭自己现下的本事，要取驱魔剑又有何难？此念一起，再也不可遏制。向列洪道人问明了地府所在，便趁着夜色飞去。过鬼门关，来到地府门口，登即停下脚步，对把守的两名阴卒说道：“修道弟子宁甫，前来索取驱魔宝剑，请两位代为通报阎君。”阴卒转身进去，不到片刻出来，言道：“阎君说了，驱魔剑在阴阳山中苦受煎熬，阁下若要进去，要有千年功力护身，否则身体抗受不住，定然化作一具焦土。”宁甫答曰：“宁某机缘巧合下，也得了些意外法力，加起来总有千年之数。”阴卒道：“你这么说，我们也不好拦阻，进去以后，只要劈开那山，劫难就算过了。”说罢伸出双手，在地上画了个圆圈，圆圈起始有些光亮，到后来化作了一座山的模样，此山并无树木山石，只是由冷热之气混合而成。宁甫纵身进去，从上到下，先是觉得热得难受，热气过后，冷气侵体，那冰凉刺骨，犹如堕入地窖之中一样难熬。宁甫聚集起数千年功力，方始抵受得住。四下里一望，迷迷茫茫，瞧不太清，于是出声喊道：“驱魔剑何在?”话落远处出现一道亮光，这亮光由远及近，迅捷飞了过来，到了跟前，看清楚正是睽别多年的驱魔宝剑。大喜之下，急将它取了，低声说道：“宝剑，你受了这许多年苦，今日终于可以重见光明了。”他举起长剑，朝前一劈，剑光闪处，阴阳山立马开了道口。宁甫持剑跃出，离开地府，又转灵水观来。

到了第二日，天降大雨，从观外匆匆走进名壮实汉子，指名道姓要见宁甫。宁甫忙过来厮见，互相叙过了礼，眼前之人自称是南方地界神，进而说道：“几天前我在山间行走时，听到对面有人打斗，转过山头一看，只见平地上整整齐齐摆放了两百只铁笼，每只铁笼中均关得有人，后来才知全是修行的朋友。在铁笼旁边，两名汉子斗得很是激烈，其中一位我认得是雷神，跟他比斗的是位头角峥嵘的长脸汉子。雷神不敌那长脸汉子，我就上前相助。不料合我两位之力，仍不是他的对手。我当时气愤不过，遂使个激将法，说道‘你要是好汉就留下姓名来历’，长脸汉子哈哈一笑，说道自己名叫敖行，本是青峰山弟子，如今入了魔道，还说要用两百位散仙练成盖世神功。雷神大声喊我离开，我见那样的确不是法子，便及时撤了出来，到那九重天上，请来几路神仙下凡。哪吒太子说是此事与宁公子有莫大关联，叫我来灵水观告诉一声。”宁甫听说师父又陷囹圄，惊怒交迸，提了宝剑，就欲与地界神同起前去搭救众仙。徐婷在旁说道：“天火珠在我身上，到危急之时，没准能起些作用。”宁甫考虑再三，答应带她一同前往。

第三十九章　宝贝灭魔

他们拜别列洪道人，乘云启行，约有半个时辰，走出百里路程。飞行之际，遇到一股黑雾。从黑雾中连续飞出三魔，分别是鬼蜮玄灵，董天锤与魑魅大汉。鬼蜮玄灵站在中间，阴冷说道：“臭小子，前几日你在洞府大闹，不止坏了本魔好事，而且将我打伤，今日好歹让本魔给撞上了，我可以让你生不如死。不过本魔大人有大量，只要肯交出你身边的女娃子，以前的过节可以既往不咎。”宁甫怒道：“少做白日梦了。你害我师父不说，今日又来说这等混账话，宁甫拼尽全力，也绝不与你干休。”董天锤魑魅大汉狂叫道：“小子找死。”说完飞过来，手中寒光跟着发出。宁甫持剑抵挡，挡过寒光，长剑继而顺势挥出，只两下，就把董天锤魑魅大汉打得影踪全无。

他不料驱魔宝剑在自己手中，居然有如斯威力，高兴之余，未免有些惊奇。鬼蜮玄灵更没想到对方手底下如此硬朗，不过几招，就将两名魔教高手击败，但暗忖自己功力深厚，纵然不能取胜，尚不致落败，当下挥掌发出两股毒雾。这雾气含有剧毒，而且能迷乱双眼。还没近身，三人鼻中就闻到了淡淡腥臭，中人欲呕。鬼蜮玄灵沉声道：“本魔这一关，可没那么容易过。”趁毒气弥漫开，从背后取出一柄钢叉，叉头在前，径刺宁甫胸口。这钢叉是魔教之物，剧毒猛烈，只要给刺中，全身非得溃烂不可。宁甫心神微乱，见叉头堪堪来到，猛举宝剑挡格，砰的一声，剑叉相交，宝剑丝毫无损，钢叉却出现了一个豁口。鬼蜮玄灵收转钢叉，使力再刺，宁甫将剑左遮右架，百余招过后，钢叉被削去了长长一截。鬼蜮玄灵兀不死心，双手执叉，整个扑了上来。宁甫大喝一声，以驱魔剑迎击，宝剑斩断钢叉，去势不衰，又把鬼蜮玄灵身子一分为二，鬼蜮玄灵是由邪气组成，经风一吹，四散飞扬，再也拼凑不起了。

三位略作结束，继续前进。差不多有半天时间，来到了南国地界，因而扯落云头，降到地面。见四周旷野平地上，群妖与天兵天将恶斗一处，双方你来我往，各使出看家本领，大有将对方置于死地的架势。在中央位置，四位人物分成两组捉对厮杀。其中一组是哪吒与一位长髯黑脸汉子，另一对中有个额头长眼的怪汉手持三尖两刃刀，和某位长袍汉子斗得难分难解。地界神在旁介绍道："那头上生眼的汉子是我仙界二郎显圣真君，又名二郎神。跟他对敌的名叫魔尊，是魔界响当当的头领。三坛海会大神的对手则是与魔尊齐名的南国老妖。"宁甫与徐婷暗暗点头，欲要上前相帮，哪吒喊道："多谢朋友远道前来帮忙，我与显圣真君还支持得住，敖行练成了魔教神功，与我众多仙家在东面缠斗，你们赶快过去。"

宁甫三人按哪吒指点，迈步朝东行来，过了几百米，果见八名神仙手持兵刃，跟敖行斗得正紧。诸位神仙手中兵器互不相同，法力却均是不弱，李玄恰在其中，除此以外，其余七仙宁甫都不相识。一位手提棍棒的汉子边斗边喝道："你背叛师门，改投魔教，有何脸面再去见昔日故友？"敖行笑道："道不同不相为谋，不见也罢。我现在做了鬼魔，练成了'神参功'，还有哪个是我的对手？今日我心里高兴，暂就不大开杀戒了，若还纠缠不清，休怪我不讲情面。"'面'字刚说出口，接连发出八掌，这八掌刚猛雄浑之至，就听'哎呀''哎哟'响声不绝，八位神仙身中魔掌，个个倒地不起。

宁甫三位轻声叱喝，上前夹击敖行。敖行冷笑道：“我现有神功在身，你们神仙就算一起来到，敖行也不惧怕。”他一脚踢翻了地界神，双掌左右齐施，分别打向宁甫、徐婷，本以为这两掌发出，定能将他两位收拾下来，孰料打向宁甫的左掌到了中途，感觉微微的刺痛。他心中一惊，侧头看时，见宁甫手中拿着的是把锋利绝伦的宝剑，马上认出是当年李玄借此破了自己‘天雷霹雳功’的宝剑，晓得不能与其硬拼硬碰，不然手掌多半会受伤，所以改击为拍，在剑刃上稍一用力，那宝剑立刻就荡了开去。右掌将及徐婷肩膀，从她身上豁然发射道道红光阻挡，这一掌无论如何打不下去。敖行纳闷，寻思那汉子手中提了把宝剑倒也罢了，这女娃子身上不知藏了什么物事，居然不惧我的“神参功”。转念一想，登时明白，说道：“踏破铁鞋无觅处，得来全不费工夫，我们魔界苦苦寻觅的天火珠就藏在你的身上，嘿嘿，这真是好得很。”敖行把功力全部凝于右掌，来与徐婷身上的红光抗衡。那红光逐渐微弱，当渐有渐无时，从他的掌心不绝发出黑气，慢慢遍及徐婷全身。宁甫提剑在旁击刺，敖行纵跃闪避，不过右手手掌始终不离徐婷肩膀，直至黑气灌输完毕。

敖行待黑气发完，将手掌收回，说道：“这女娃子被我法术控制，你们的”天火珠”看来起不了什么作用了。”

“只要集齐金刚琢、仙灵符、驱魔剑、天火珠四件宝贝，邪魔外道立化乌有。”苍老的话声从天上飘下，声音温柔而祥和，充满了冷静深沉的感觉。

众仙皆道：“驱魔剑天火珠均在此地，老君，您说的金刚琢和仙灵符现藏何处?”

那苍老声音接着说道：“金刚琢和仙灵符一并给了你们，下面的事就要靠自己了。”

说话声里，从天上飘下一只琢子，一道灵符，它们自然便是老君口中的金刚琢和仙灵符。

敖行仰天笑道："“天火珠”在女娃子的身上，现如今这女娃子已沦为我手中的傀儡，便是那两件宝贝聚齐，还能管个屁用。"

众仙见徐婷神情木讷，双眼通红，明白敖行所言非虚。她的确受邪魔所制，不是之前那个心智健全的人儿了。

就在敖行得意众仙沮丧的当口，一阵悠扬的笛声传入众人耳中。声音高低起伏，若合符节，听来十分受用，是宁甫从袖中取出竹笛，心无旁骛地吹奏起徐婷以前教授的曲子。

众人还没清楚到底是怎么回事，只见徐婷神色间起了些异样。那沉静的气质逐渐变得狂躁不安，她运使真力，进入体内的黑气一点点被她迫出。随后口一张，一颗鲜红明亮的珠子从中发出。

宁甫掷出驱魔剑，彼时天火珠、驱魔剑、金刚琢、仙灵符聚在一处，光芒闪耀，明亮异常，鬼哭狼嚎中，所有邪魔顿化无形。

敖行死了，可他练就“神参功”所吸收的一众散仙功力在他临死前从体内喷发出来，经由李玄等神仙指引，重新归入诸位散仙身体。散仙们功力恢复，心中都感喜慰，也使他们以后行为处事愈加小心谨慎，从前的大意没再出现过。“神参功”这种邪派功夫刻在魔洞墙壁之上，众仙发现后将其毁了个彻底。

在夕阳晚霞唯美的画卷里，两个人儿并肩朝北行来。一人身后背了柄长剑，本是清秀儒雅的脸上，因着岁月的雕琢，多了几分沧桑与成熟，另一位明眸皓齿，是位挺俊俏的姑娘。

第四十章　不速之客

敖行的死讯传到南海，龙宫上下齐地震惊。老龙王伤心欲绝，连续多日未曾进食。这天觉得好些，便召集群臣商议报仇之事。下午时分，守门水怪忽然来到，说是殿外有人求见。南海龙王打叠起十二分精神，命令立刻宣进。水怪出去没有多久，从外步履匆匆，走入名黑脸汉子。黑脸汉子中等个头，名叫邹坤，自称是异域人士，这次来到南海，是为吊唁敖行亡灵而来。南海龙王听他提到幼子，不禁有些伤心。站在殿中的鳖丞相见状劝道："人死不能复生，王上还须节哀顺变。"南海龙王尚未答言，从班部丛中忽地跃出一人，众人视之，乃是大将冯化。冯化善使双斧，有万夫不当之勇，当下紧一紧腰带，向上奏道："听说害死小主的，是个名叫宁甫的道家弟子，微臣愿率军前往讨伐。"邹坤从旁说道："你的本事再大，终究不是驱魔宝剑的对手。"冯化骂道："无知小儿，竟敢挫吾锐气，岂有此理！"邹坤淡淡回道："不是邹某小瞧于你，驱魔剑是道家至宝，威力非同小可，南海将领便是聚齐了，也不准胜得过它。"

这话一说出，站在殿中的诸将无不大怒，纷纷骂道："小子胡说八道。""你这般长他人志气，八成是敌人派来的奸细。"大家你一言我一语辩个不停，邹坤只是冷笑不止。待诸人说完，才不急不缓地说道："别说驱魔剑，区区在下，你们都不易打得赢。"冯化听他叫阵，哪里还能忍耐得住。他从背后卸下双斧，手指邹坤说道："大爷不用双斧，也能胜你。咱们比拼比拼内力吧。"说着走上前来，双腿分开，成马步之形，右拳猛地向前击出，拳已发出，这才高声喊道："我这掌有断碑裂石之力，看你能否接得下?”这一拳来势劲急，确属非凡，大殿被劲风带动，登时风沙走石，尘土飞扬。其余将领为避掌风，纷纷跳到旁边躲避。邹坤见拳招急促，不敢怠慢，忙提气灌顶，举拳相迎。就听砰的一声，双拳相交，两人功力相若，均不自禁身子晃动。

冯化把身一躬，喊声“变化”，即变得身躯庞大，头脸无形，一霎时身子捣穿了龙王殿，巨脸伸到了云层里。

邹坤不甘示弱，也是提气凝神，变化身形。两人变得一般长大，在高空中你望我来我瞧你。冯化大喝一声，双手用力，将旁边地上的一座大山使劲举起，说道：“我南海东南两面均无人居住，我们两个投山入海，看看谁能填满海域。”言罢举山过顶，一使劲，将其远远扔出。他投掷的方向是东面海域，就听轰然响声，大山落到海中，溅起无数的水花，山体虽大，不过眨眼之间，就完全没入了海中，消失得无影无形。

邹坤运转丹田之气，将附近的另一座大山移动过来，投向南方。两人一个用力一个使气，不到片刻功夫，就已经累得气喘吁吁。

南海龙王在下面观战多时，见他们各自使出浑身解数，形同拼命，再过些时，也分不出胜负。便提气高声道：“两位且请还原真身。你我都是豪杰武士，坐下来一块喝喝酒，岂不痛快。”

邹坤与冯化听令齐收了法相，同时飞到南海宫殿。

龙王命人摆上酒席，他居中而坐，其余将领则在下首相陪。邹坤是新来的客人，遂将他桌椅安放在龙王对面。

酒过三巡菜过五味，南海龙王问道：“先生远道来此，殊为可敬，与我儿不知是何关系?”

邹坤放下酒杯说道：“晚辈和少公子有过数面之缘，虽说不上熟络，倒是有些义气相交。前些时日，听闻少公子为人所害，伤心之下，便马不停蹄地赶了过来。既为祭奠朋友，同时也想相助龙王伯伯报仇。”

南海龙王手拈胡须道：“本王正有此意，只是那驱魔剑并非泛泛，再加上宁甫武功高强，若想一举除之，实非易事。”

邹坤阴测测一笑，说道：“龙王伯伯有所不知，那驱魔剑是天上之物，如今下凡已久，想来不日便要重返天庭。只要驱魔宝剑一走，要对付姓宁的那还不是轻而易举吗?”

南海龙王闻言大喜，说道：“若果如小侄所言，我儿之仇就不难报了。”刚一说罢，门外便有人喊道：“王上，两位法师到了。”

南海龙王吩咐道：“快宣进来。”守门水怪答应一声，转身匆匆离去。未到一刻，两名青衣汉子从外走入，这两人一胖一瘦。那胖子满脸横肉，但走动之际，脚下尘沙不起，轻功之术可谓登峰造极。瘦子则是皮包骨头的模样，虽然消瘦却不失干练，眼神中似发出一股阴鸷恶毒的凶光。两人到了殿上，朝上略拱一拱手，说道：“龙王请了。”

南海龙王点点头道：“两位先生远途劳乏。”

胖汉说道：“王上言重了，我们不过走了几千里路程，哪里谈得上劳乏。”

南海龙王知他轻功卓绝，这数千里路程对常人来说异常艰难，在此人眼里，却等同泛泛，不值一提。

南海龙王向胖瘦两汉说道：“坐在我对面的这位朋友姓邹名坤，是敖行生前挚友。”说完这句，又指着胖瘦两汉对邹坤道：“那个肥胖身材的名叫尚荣，绰号‘立地太岁’，与他同来的兄弟姓仇，论年纪当比你小，你称呼他小仇便是。这两位皆是我南海高手，你们相互多认识认识。”邹坤便站起身子，与走上前来的尚仇两人分别握了握手。那尚荣手掌冰凉，仇姓瘦汉则是柔软暖热的感觉，明白他俩修行内功有别。尚荣练得是寒冰掌等阴寒功夫，小仇与之相反，想是热焰功一类强心护身功夫。

邹坤正要收手，小仇皮笑肉不笑道："幸会，幸会。"最后一个字说罢，手掌突然使力，一股极强的暖热之气立刻从他掌心传了过来，邹坤猝不及防，不由得浑身抖动。不过极热之感一闪即逝，马上又即恢复正常。邹坤见对方试探自己功夫，淡淡说道："热掌非同小可，有机会得好好领教一下。"小仇冷冷道："很好，很好。"

三人握手后分别坐下，当下有小厮送酒送菜上来。邹坤执壶倒满了酒，说道："适才领教了仇公子高强的功夫，邹某颇为叹服。这杯酒算是敬奉尊驾，请无论如何赏光喝下。"言罢伸手掌在桌面上一拍，内力到处，酒杯中的酒水立如水线般向小仇射去。只听得风声呼呼，来势竟是异常劲急。小仇原可纵跃闪避，但这么一来，不免落了下风，危急之际不及细想，忙举杯往空一抛。那酒杯似被施了魔法，以一种较为和缓的速度飞向半空，方向部位，正是酒水落下之处，便听见嗤嗤嗤响声不绝，邹坤的酒水尽数落入了杯中，没有半滴洒落在外。

旁观众人见两人各自露了手上乘功夫，均是忍不住喝声彩。

尚荣坐不住了，在旁说道："小仇喝了你的酒，我这个做哥哥的厚颜也来讨一杯吃。"不等邹坤作出任何反应，便吐口气息，将邹坤面前的酒壶整个吹起。那酒壶由仙气托着，一时半会儿还不致落下。而壶身倾斜，壶中之酒便不由自主朝外溢出。尚荣也不拿酒杯盛装，他直接张嘴去喝，那消片刻，已喝得一滴不剩。

邹坤自忖凭己功力，尚达不到吹气倒酒的地步，心里不由得暗暗骇异：想不到南海僻处一隅，龙宫之中居然有此等人物，我内力纵高，可与他相比，那又大大不如了。

南海龙王吩咐手下道："来人，给邹朋友端上酒来。"

尚荣说道："不需如此，酒我早就喝饱了，这壶酒还剩下许多，现就给了他吧。"说完一使劲，将自己面前的那壶烈酒扔了过来。

邹坤伸手接住，道：“小弟不胜酒力，此酒还是物归原主好些。”说话声中，右手用力，再把酒壶送回。

那酒壶还在半空之中，座位中忽有一人跃起，身法异常迅捷，大家还没瞧清楚，他伸出手掌，就将酒壶抓握起来，笑道：“既然你们谁都不喝，这壶酒不如给了我。”

跃起之人身材瘦长，头发半数发白。此人非别，乃是南海的善舞长者田云青。田云青圆脸薄眉，形貌颇为朴实，他拔开瓶塞，仰脖子喝上一口，说道：“酒是好酒，如此干喝，怎能尽兴，还是让我跳个舞吧。”

身形一起，跃到大殿中央，便此自舞起来。

田云青边舞边喝，到了微醺之时，恍然几近疯癫，众人但见场中一团灰影，如陀螺般不停旋转，分不清哪里是人，哪里为物，耳中只闻得呼呼风声，眼前所见，全是模糊的影像。

第四十一章　海面变故

田云青跳舞多时，仍没有要止住的样子。龙王见状不妙，不由发话道：“云青快请停下。”谁知接连说了数遍，没起任何作用，田云青好似得了魔怔，继续在那儿疯癫舞蹈。

龙王向众人说道：“云青是个痴人，今番深陷其中，需要诸位同心协力，把他救转。”

大家齐地答道：“怎样救法，龙王吩咐就是。”

龙王思忖片刻道：“大家须将功力聚齐，彼时只要使出定身法儿，云青自然无碍。”

殿中众人凛然遵行，片刻之间，大家聚集起内功光圈，龙王借光圈使动定身术，没一会儿，便把田云青定住不动。

大家纷纷收转内力，龙王命人带田云青下去，众人刚松口气，守门水怪又进殿来，到了殿内，忙丢下钢叉，叩头朝上禀道："不好了王上，大事不妙。"

龙王皱眉斥道："大呼小叫的成何体统，有什么事情，慢慢讲来。"

水怪咽了口唾沫，吞吞吐吐说道："启奏王上，我南海海面不知何故，突然出现大股橙光。那橙光化作狂风，起波澜，弄神通，将我海面搅得片刻无宁，情景堪称凶恶。小的知道事情重大，不敢擅专，因此特来禀报。"

龙王挥手让他退下，即转头对诸人道："大家如何看待？"

陈留见识广博，听龙王问及，就在旁说道："照那水怪描述的看来，似乎是有异人在附近施法。"

龙王沉吟道：" 既是这样，不妨前去查看查看，大家随我去来。"

言毕取了披挂及紫金锤，跨上狮虎兽，一径驰出南海。余人稍作收拾，从后跟至。

出了海面，眼睛望向四周，但见白茫茫一片水波，哪里有什么异常？龙王不觉动怒，唤来水怪责问道："为何妄言欺骗。"

水怪辩解道："适才所说千真万确，并无半分虚假。"

南海龙王怒气稍歇，问道："依你说，那些古怪物事都去哪儿了？"

水怪惶惑道："这个小的不敢断言，或者有什么突发情况发生。"

龙王说道："发生之地在何方向，你这就前面带路，领我们过去。"

水怪答应一声，遂起身跃起去，南海龙王同诸人从后相随，大家先向北行了一阵，走出百十里路，再转而朝东，这么半云半雾，行出若干里路，远远望见一座高崖。

山崖有百丈来高，还没靠近，阵阵轰鸣声随风飘来，与此同时，大股橙光从山崖顶上升起，直冲天际。

龙王与众人情知有异，先后扯落云头，缓步走上前来，迎着落日的余晖，可见崖顶上盘膝坐着一人，面目有些模糊，但依稀可以瞧出是位浓髯汉子，此刻他微闭着双目，正在那边打坐修炼。在其周遭排列着粗细不等的橙色光束，约莫数十根。崖石为光束感应，不停跳跃波荡，有的径直冲到崖边，咕噜噜从上滚落下来，崖顶距底不近，石头碰撞地面，发出闷雷似的巨响。

浓髯汉感到有人走近，就停了修炼，站起身来，低头见崖下站着许多人，不由大怒，冲着下面喊道："你们好大的胆子，打扰洒家练功，是不是嫌命活得久了。"

冯化脾气暴躁，一闻此言，那火气腾地窜上，他也不征求龙王同意，就跳出人群，戟指骂道："杀才休得胡乱编派，若不是你侵袭南海在先，我等又怎能追到这里。识趣的赶紧陪个礼儿，要是牙缝里敢吐出半个不字，小心我的斧头不认人。"

浓髯汉哈哈一笑，说道："我的舌头从来不会打卷，你要打要杀，尽管放马过来，啰里啰嗦的说这些个做什么。"

冯化愤怒，他从背后卸下双斧，一纵身便上了高崖，说道："浓髯贼，先吃俺两斧再说。"

举起斧头，作势欲砍。

浓髯汉从地上拾起钢刀，劈手来迎。

两人各逞本领，在高崖上打斗起来，这场比斗好不精彩，他们一个是英勇无畏的壮士，一个是浑身胆气的好汉，双斧使开，犹如雪花飞舞，大刀遮砍，恰似长蛇吞吐。

两位旗鼓相当，登时斗了个不分胜负。

邹坤小仇见冯化拾掇他不下，两人一摆兵刃，分别加入战团。

也不知过了多久，浓髯汉渐渐的抵敌不住，双脚不住往后退去。

再拆数招，冯化等三人完全控制住了局面，在邹坤小仇的牵制下，冯化左手挥动斧头劈飞钢刀，右手斧一划，架在了浓髯汉的脖颈之上，斧刃擦在浓髯汉的皮肉上，其间差距甚微，只要冯化右手稍稍用力，浓髯汉非得头身分家不可。

冯化说道："怎么样，现下你还有什么好说的？"

浓髯汉闭眼扬眉，浑然一副要下手就赶紧的神态，这么一来，冯化反倒不知该如何应对了。

南海龙王率领众人陆续登上高崖，见到浓髯汉的神色，倒是一怔，一会儿后随即说道："瞧你武艺不凡，不知是个什么来历。"

浓髯汉答曰："我姓沈名杰，在距离此地十里外的大王庄居住，多年前机缘巧合，曾遇到一位异士，蒙他青睐，授以武功异数。现在还没有多大的神通，倒能敌得过七八十人。适才胡乱修炼，不料气息忽然走岔了路，幸亏及时调整，才没酿成大祸，如今被你们擒住，只能怪我学艺不精，任凭你们怎么处置，但要我屈辱苟活，却是不能。"

南海龙王说道："阁下气概了得，不如现在随我一同回去，将来我们要做件十分棘手之事，到时免不了借用你这样的身手。"

沈杰将南海龙王上下打量一遍，好奇地问道："你又是何人？我为什么要听你的命令。"

冯化在旁插嘴道："小子休得无礼，这是我南海之主。"

沈杰脸上闪过一丝诧异之色，只顷刻工夫，就恢复正常，说道："啧啧啧，是南海龙王驾到了，当真了不起，别人或许对你五体投地，我沈杰可不稀罕。"

第四十二章　半路遇难

此言一出，众将无不震怒，冯化欲挥动铁斧，斩将下去，南海龙王忙从旁阻止道："这人虽有些凶恶，却是率性而为的汉子，算了，反正我南海并没发生大厄，暂且饶他一命。"

冯化便把斧头收起，沉声道："姓沈的，龙王不跟你计较，这就快些走吧。"

沈杰心中五味杂陈，不知是喜是悲，是怒是恨。他仰天一声长叹，转身迈步从容去了。

待他走后，余人也纷纷跃下山崖，向来路而去。

走了半程，空中忽然降下鹅毛大雪，那雪花飘飘扬扬，顷刻间将整个天地都染白了。

这是六月时节，天气本甚炎热，温度如此急遽变化，说起来实在怪异无比。

龙王等人均是修炼高手，纵然心头诧异，倒并不如何担心。

哪知再行片刻，那雪花下得愈加大了，同时狂风骤起，风中隐然挟有凄厉之声。

落在地上的雪花一瞬间全变成了冰棱，冰棱有大有小，并且上面产生无数的突刺。突刺分散四方，全部诡谲突兀，看上去似是张口的巨兽，又仿佛坚硬的利爪。同时，龙王等人感到一股凉意透骨而来，众位运功抵抗，方觉得好些，可过了片刻，又冷的难受。如此下去，众人非得力竭冻死。

南海龙王看出了事态的紧急性，他缓上口气，就下令道："再呆下去将必死无疑，大家赶快飞离此地。"

众将个个施展轻功，纵身跃起，怎料甫一起身，极寒之气迎面扑来，众位咬牙强忍，不过飞出两三里，便再也支持不住，伴着一阵阵叫喊之声，大家纷纷从空坠落。

狮虎兽因有皮毛护身，还不觉得如何痛苦难捱。在此危难时刻，向来忠心的它迅猛如一只猎豹，不过几个纵跃，就来到龙王身边，并用身上的皮毛不住去摩擦龙王身上衣衫，神态温驯而急切，似是要马上带其离开一样。南海龙王与狮虎兽朝夕相处，自然明白它的意图，只是除了自己深陷危境，尚有别的武士将臣，自己这一走不要紧，未免辜负了一众手下。可是时机稍纵即逝，一旦错过，对己方众人将会更加不利。

龙王素有大将之风，纵处窘境，可不慌乱。他思忖有顷，就当机立断吩咐道：“施恩、陆凯，你们两位一个擅于奔跑，一个长于传音，现在孤王命你俩坐上狮虎兽即刻前往龙宫求助，只要将火神请来，我们的困厄便可解了。”

施恩和陆凯是两名年轻的后生，俩人犹豫半晌，始终拿不定主意，不知是遵照龙王的旨意前去报信，抑或该当留下来与众人共同抵抗冰雪。

迟疑之际，龙王又开口道：“你们若不去，我们几个都将死在此处；这是命令，你们必须如期完成。”

龙王这么一说，施恩陆凯猛觉得肩上担子重了许多，两人答应声中，同时纵身跃到狮虎兽背上，他俩一个提缰一个击臀，驱赶狮虎兽立刻向前驰去。

狮虎兽极擅奔跑，尤其在这样的生死边缘，它的灵敏性愈加惊人。只见狮虎兽东游西走，当闪避过冰棱等坚硬异物，便又迅速朝前跑去。经过一刻，终于带着施陆二人走出了冰棱世界。

狮虎兽带走施陆二人后，南海龙王及诸人就在冰棱中耐心等候。时刻一长，未免有些焦灼之意。

龙王估摸着这里相距南海不近，要想在一时三刻之间盼得援军来到，殊非易事。眼看众人脸色难看，这么呆下去，迟早要全部葬身于此。惶急之下，不由想起联功御寒的法子。所谓联功御寒，就是大家互相手掌相连，通过传递功力来彼此取暖。他吩咐下去，诸将依令而行。

过了片刻，大家感到背后有热气涌动，那热气向四周扩散，没有多久，已周游全身。众人心头顿觉一松：此法纵不能驱尽严寒，性命总算可以保住了。

孰料心念未已，旁边地上发出‘*滋滋滋*’的响声。这声音贯穿连绵，从身边一直响到远处去了。众人齐相诧异，转头望去，但见地面上的冰棱纷纷脱去表面质地，一个个全部活了过来。原是冰棱造型的死物，摇身一变，俱地成了别样物事。龙王等人大吃一惊，他们连忙收转功力，站在旁边静静观瞧。

那张口的冰兽成了真的怪兽，它的牙齿如刀似剑，晃动之际，不时闪烁青色的光芒；另外黑白相间的羽毛在冷风中飘荡飞扬不止，令人既感美妙，又觉诡异。还有冰棱化成的利箭、响尾蛇和锯齿怪等物。利箭是头呈三角的金色箭镞，身上遍发光芒。

响尾蛇则是全身花斑的毒蛇，相较寻常蛇儿，这儿的响尾蛇个个面貌狰狞，不仅如此，它们身子颇长，站在当地，与常人一般无异。

噬齿兽更加怪异，此怪拥有一个极大的头颅，脸上除了眉毛鼻眼挤在一处，便只剩下了血盆大口。利箭现在停在半空中动也不动，好像是被隐形细丝拴住了悬挂起来一般。而张口怪兽、响尾蛇和噬齿兽均作张嘴咆哮状，样子欲要择人而噬。

这么对峙片时，就听一声凄厉的吼叫划过天际，在叫声的指引下，利箭、怪兽、响尾蛇与噬齿兽同时向龙王诸人发动攻击。

南海龙王发话道：“大家多加小心，只要等到援军前来，便可无碍。”

众人运功抗寒多时，内力几乎消耗殆尽，对这般怪物说不上如何忧惧，也不能泰然处之，听龙王鼓舞士气，精神又自一震：我们纵然打它不过，支持片刻倒是无妨。未已，异兽飞速来到，众位各自取出兵刃，与之展开了殊死搏斗。

且说扑向龙王的是一只噬齿兽。那噬齿兽生相本就吓人，此刻张开血盆大口，形貌愈加可怖。龙王鼻中闻到一股淡淡的腥臭之气，作呕欲吐，他努力调整呼吸，没多少时候，便气定神闲，见噬齿兽向自己左臂扑至，急忙侧身闪避，右手并挥动紫金锤，朝噬齿兽面门砸了过去。就听砰的一声，紫金锤与噬齿兽正面碰撞在了一起，惨叫声中，噬齿兽头脸在前，被狠狠摔出。

第四十三章　龙王的危机

龙王这一锤力道不是很大，但也使出了全部力气。噬齿兽在地面翻了几个身，立刻站起。它把双脚扒在地上，力道用处，又即迅速攻上。南海龙王再次挥动紫金锤，打向噬齿兽。噬齿兽忽在半空转弯，轻轻巧巧间，就避了开去。龙王这一锤瞬间落了个空，尚在诧异之际，背上骤觉一痛，不禁暗呼糟糕。这时顾不得别的，忙把外衣一脱，向前纵跃数步。转身看去，只见噬齿兽撕扯着外衣，没有半分追过来的意思。刚想喘口气息，那噬齿兽昂起巨头，发出嘶哑吼声，声音起伏跌宕，久久不歇，没一会儿，从远处如飞般驰来三物，正是利箭、响尾蛇与张口怪兽。四物变换位置，将龙王团团围在中心。南海龙王寻思凭我现下的功力，便噬齿兽都拾掇不下，其余三物一起来到，胜算更是无从谈起。不过当前情势，也已无法，唯有拼尽全力以求自保了，思念及此，乃觉坦然，说道："孤王许久没有运用保命锤法了，今日只得试上一试，你们四个全部上来吧。"噬齿兽咧嘴笑道："龙王爷有胆有识，可敬可佩。那我等只好冒犯了。"他念个暗语，怪物们马上围攻上来。

那利箭箭头闪着金光，射向龙王前胸；噬齿兽与张口怪兽都张开大口，分别咬向他的头颅、小腹；而响尾蛇摇头摆尾，盘旋游至，试图卷住龙王的身躯，待其力乏，再施毒手。南海龙王猝临大难，不慌不忙，他舞动紫金锤，先行护住头脸，待四物近身，紫金锤又闪电般打出四下，这四下力道沉重，是对准了四物的基本要害施以攻击，这招先发制人，是攻其不得不防。那利箭为精灵幻化之物，其本质与人兽无异，当紫金锤击来时分，利箭一个转折，登时返回，其余三物一样个个避让闪躲，不敢直撄其锋。如此一来，龙王功力衰竭了，短时间内仍没多大危险。又过些时，怪物复行攻来，龙王欲还用之前的法子进行对付，可惜他漂亮的击出前面三锤，第四锤打向利箭之时，因为气力消耗殆尽，手掌提握紫金锤不稳，击出的方向不免有所偏颇，所谓"失之毫厘，谬以千里"，得到的结果当然便大大不同。

利箭轻松地躲过攻击，更不停留，当下箭头在前向着龙王胸口射来。龙王大吃一惊，急借力闪躲，可惜利箭来势极快，他才只转了半个身子，利箭已经射到，就听嗤的一声轻响，利箭穿透龙王的左臂，余势不衰，仍然向前快速飞去。龙王左臂血如泉涌，顷刻间染红了半面衣衫，所以运用仅存的法力封住还在留血的口子。怪物们见龙王受伤，心中均自大喜。它们呼哨一声，各自围将上来，这次势在必得，定要将南海龙王毙于当场不可。龙王看大势去了，不由得长叹数声，语声苍凉，充满了寂寞无奈意。

在这千钧一发之时，随即有人用传音入密的功夫，向龙王说道：“先行往北走上两步，然后后跃。”南海龙王不由一怔，即知有人暗中指点，心想说话者声音洪亮，应非身边之人，反正现在并无旁的主意，不如照此做去。念头落下，忙提脚迈步，朝北跨出两步。守在圈子北边的是响尾长蛇，见龙王靠近，高兴不已，它扭动身躯，快速迎了上来。南海龙王逗留片刻，欲向后跃至。谁知瞥眼之间，望到张口怪兽张着大嘴，正站在那里等候，心头不禁一凛：我这一跃不打紧，可把自己直接送到怪兽嘴内去了。这一刻时间较短，对龙王来说竟犹如天人交战，千百个念头翻来覆去在心里不住地打转，最后将牙一咬，暗道罢了罢了，既然到了这一步，还有什么好顾忌的，大不了性命不要，总强过在此束手待毙。龙王双脚在地上连续借力，身子猛地朝后飞来。

怪兽见了大喜，想要伸长脖颈，一口吞之。俗语说螳螂捕蝉黄雀在后，就在怪兽准备吞掉龙王的时候，自背后走来一名汉子，双手拎着口铁锅，叫道：“看我铁锅。”说着话，锅口朝下，整个盖将下来，怪兽身躯不小，居然给大铁锅盖了个严严实实，南海龙王双脚平稳着地。见身前地上并肩站着两人，其中一个是劲装女子，看上去有二十多岁的样子。另外一位面目黝黑，颌下一丛胡须密密麻麻，却是适才在崖顶所见的浓髯汉子沈杰，个中情由不甚了了，但知是他出手相助自己。刚要开口道谢，沈杰右手一摆，说道：“龙王不须这般，适才你斧下留命，我现在不过是做个人情，还给你罢了。”龙王听他说得直白，不由会心一笑，道：“沈兄弟是性情中人。”沈杰道：“闲话咱们过会儿再说。这几只怪物，我已用铁锅盖住了一个，其它的三只，咱仨一人收拾一只。龙王手臂还能使力吗？”

南海龙王休息半晌，功力恢复了不少，寻思我的内功还有大半使不出来，可招数一招不落，全记在了心里，用此对付一只怪物不在话下，听他询问，所以道：“这个无妨，我的右臂完好无损，尚能拉起硬弓，劈断竹木。”一边说一边右手使力，把紫金锤高高抛起。那紫金锤重达百斤，若想提起都很困难，龙王能将其抛掷半空，手上的劲道确乎不小。只见紫金锤旋转着飞上天空，没多久从上坠落，到它落下时，龙王运功，先卸去下坠力道，随即手一伸，轻轻接了下来。沈杰道：“这就行了。那三个家伙张牙舞爪，看样子是要随时攻击过来，龙王爷如果无碍，我们最好趁早动手。”南海龙王点头道：“早一刻动手，便早一刻结束。”三人略作休整，各自分散开来，准备与三只怪物做个生死对决。

第四十四章　打败噬齿兽

沈杰使得兵器为钢刀，与他同来的女子姓岳名宛儿，使的是一杆红缨枪。沈杰宛儿是义兄妹，而且还一起在同门学艺，拜的是云苍派高手苍龙道人。苍龙道人武功极高，他教授弟子因人而异，见沈杰力大，就将钢刀功夫传授。沈杰用功勤勉，不到一年便已学会，经过这些年历练，那刀上的功夫日益精熟，到了现在，儿已达到炉火纯青的境地。与冯化在崖顶比斗，两位旗鼓相当，各胜其长，当时若非有人在旁牵制，胜负之数实难预料。宛儿在十五岁上与沈杰相识，两人性情相投，故彼此结为兄妹。宛儿不爱红妆，偏要磨着哥哥去学功夫，沈杰推脱不得，便带她来见师父。苍龙道人见小女孩聪明伶俐，所以没设多少考验，遂收了宛儿为徒。苍龙道人有钢刀、棍棒两项绝技可以教授，心道女孩子舞个大刀太不像话，于是把棍棒之技略加变化，演变成枪法教给宛儿。岳宛儿从头习练，大约过去多少年，就到了颇高的地步，如今说不上有十成本事，对付寻常武士可谓绰绰有余。

沈杰宛儿一人提刀一位持枪，分站在龙王左右，与对面的三只成彼此对立态势。那三只异物或怒目圆睁，或跳跃起伏，俱地表现出气势汹汹的样子。尤其是噬齿兽，它的眼眉鼻梁本就堆在一处，现在愤怒之下，加倍集中，大有连成直线之态。宛儿观察一会儿，按捺不住，呵呵笑道：“喂，你把鼻子往下拉拉吧，那样会好看些。”噬齿兽叫道：“妮子，你胡说八道什么。”言语急切，一股怒意沛然而出。沈杰本是个严肃的人，听妹子打趣立刻也来了兴趣，从旁接口道：“妹妹说错了，那个鼻子，照我说该当挪到头顶才对，这样鼻孔朝天，既能广纳天地灵气，下雨的时候不喝水，同样可以饱了。”宛儿噗的一声笑了出来，连连点头道：“哥哥说得对极了，嘻嘻。”噬齿兽气得哇哇大叫，骂道：“敢拿本兽开涮，小子我瞧你是欠揍。”说话声中，身子纵起，径扑沈杰。沈杰一个转身，轻轻避过，然后看准噬齿兽位置，右手提刀兜头劈去。话说噬齿兽是灵敏之物，感到疾风灌顶使劲摆首摇尾，使个侧身就躲过去了。钢刀挟着呜呜风声，一下打在结着厚冰的地面上。钢刀沉重，加上来势奇急，冰片表面立马出现多条裂痕，在刀刃接触冰面的地方，更加有条深约尺许的凹陷，笔直通到冰内，刀刃顺势砍了进去，一时三刻提不出来。

噬齿兽哪肯错过这个良机，它叫喊一声，合身跃了过来，借着这一跃之势，前面两爪一上一下，抓向沈杰面门咽喉。沈杰势危，只得撒手弃刀，身子朝旁滚动。噬齿兽伸出双脚，在刀背上踩了几踩，那刀刃及柄，登时没入冻冰之内。沈杰想过来抢夺，已然不及，寻思对付这只畜生，不用兵刃又有何妨。他拽起衣衫一角，在腰带里胡乱一塞，喊道：“来来来，先战上五十回合再说。”噬齿兽从嘴中吐出一杆三四尺长的铁棒，上面光滑圆润，没有任何棱角，恶兽将之提在掌中，嘿嘿冷笑道："你不知天高地厚，我只好送阁下去死。"说时纵身过来，铁棒举起，狠砸沈杰面门。沈杰提掌抵挡，听砰的一声，掌棒相交，铁棒给内力弹回，而沈杰也感到手掌接触处有股炙热的感觉，吃惊之下，急地收回手掌，借力后跃。低头细看，但见手掌接触处通红一片，上面烧起了无数的燎泡。噬齿兽冷笑道："小子好让你知道，这是火焰棍，是我的防身宝物，这世上除了我之外，但凡有人触摸，就会浑身难受。轻者像你这样起些水泡，重者全身瘫痪，顷刻便送了性命。"沈杰不屑道："那我今日得好好领教领教了。"噬齿兽听对方话中大含轻视意味，不由愤怒，它紧一紧火焰棍，又即攻上。

尽管沈杰看不惯噬齿兽那般张狂嘴脸，但也不便跟火焰棍直接碰触，他施展轻功，接连躲避火焰棍的攻击，如此一来，噬齿兽的火焰棍打不到沈杰身上，而沈杰若想收拾噬齿兽，更非易事。

这般胶着许久，噬齿兽变得焦躁起来。它见沈杰身子晃动，像要跃向右边，因而手腕使力，将本来打向左边的火焰棍改变方向，沈杰避无可避，没办法，唯有挥掌击挡。就听"砰"的一声，火焰棍与手掌再次碰在一起，沈杰疼痛难忍，险些昏厥过去。

危急时刻，他的脑海中一片澄净，当下忍住疼，把左手五指牢牢抓住火焰棍，右脚借势向前跨出一步，这一步跨出，已到了噬齿兽面前，喝道："给我松手。"说话声中，右掌掌缘如刀，猛地切下，这一记重重击在噬齿兽的手爪上面，噬齿兽大叫一声，那握着火焰棍的五爪随着松开。火焰棍掉在冷冰之上，溅起不少的冰片碎渣。沈杰正喜得手，喉咙间觉得一痛，气息立刻为之一塞。原来噬齿兽右爪被切，剧痛难忍下，不禁伸两爪扼住沈杰喉咙。看它怒发如狂的样子，似要将沈杰当场扼死。

沈杰呼吸越来越感艰难，生死攸关分际，身体里生出一股力气，使他两手探出，分别抓住噬齿兽的上下两颚，向外使劲一拉，便听得‘嗤啦嗤啦’响声不绝，噬齿兽的血盆大口，硬生生给分作了两半。噬齿兽嘴中吐出大片鲜血，登即仰天摔倒。

沈杰抹去脸上血渍，走过去，把钢刀从冰中抄起，转头见龙王与宛妹跟敌手打得难解难分，他提一提钢刀，便欲上前相助。

第四十五章　脱险

宛儿持枪与利箭斗在一处。龙王的对手则是响尾蛇。

龙王的紫金锤忽上忽下变化莫测，响尾蛇使足了力气仍是不能近身。而宛儿施展紫林枪法和利箭纠缠一处，那箭势头虽然强劲，不过宛儿持枪击刺，章法丝毫不乱。沈杰在旁看了会儿，心中暗暗赞叹：宛妹入门要比我晚，想不到她的枪法如斯神奇，我一向自顾自地练功，到头来连小妹的功夫到了何种地步都不知道，如此看来，她的本事即使在我之下，其实也相距不远。

沈杰说道：“宛儿，要不要大哥帮忙?”宛儿心气颇高，听哥哥如此一说，现出满脸的不高兴，噘嘴道：“这只箭儿小妹还应付得来，哥哥你千万别过来，不然我可要跟你哭鼻子。”语声清脆，中间还夹杂着少许娇嗔之意。

沈杰明白妹妹的个性，笑了笑，就提刀走向龙王那边。南海龙王的功力衰退不少，能够支持到现在，那全是靠了神乎其神的招数。眼瞅着龙王额头见汗，看来内力耗光仅在转瞬之间。

沈杰见响尾蛇从平地跃起，尾巴一卷，将龙王的紫金锤强行夺了去。他于是反转刀柄，当下刀刃在前，照准蛇儿的肚腹使力掷去。钢刀去势极快，呜呜划过空际，把响尾蛇的肚腹来了个前后对穿。响尾蛇自空坠落，在地上挣扎了几下，便不动弹了。

就在这时，宛儿也提枪击落利箭，一径的走过来，说道：“哥哥你瞧。”说话声里，右掌摊开，露出掌心放着的那枚短箭。

沈杰顺手拿起，左右观瞧了半晌，脸色突然变得凝重起来。宛儿见大哥脸色发生变化，情知有异，所以问道：“怎么了？大哥。”

沈杰将箭交还宛儿，说道：“你瞧中间那是什么字。”宛儿仔细查看，箭的中心以灰色作底，清楚的刻了个“坎”字。那“坎”字龙飞凤舞，笔力很为强劲。见到这个字，她依旧如丈二和尚摸不着头脑，不禁问道：“‘坎’字嘛。小时候教书先生都曾经教过的，那又有什么稀奇。”

沈杰缓缓道：“宛妹还记得师父教过的八卦图吗？”宛儿听大哥一提，才恍然大悟，说道：“啊，不错不错，乾为天，坤为地，震为雷，巽为风，坎为水，原来是这个贼子，这真是冤家路窄，呸呸呸。”言罢掷箭于地，右脚在上面接连踩了几脚。

南海龙王在旁看着，着实疑惑不解，寻思人家自己的事，不问也罢，他望望周围还在激战中的众位臣属，多有招架不住之势，便道：“小兄弟，我还要请你帮一个忙。”

沈杰听龙王如此一说，霎时明白，回道：“龙王不用说了，我们兄妹这次索性帮忙到底。宛妹，哥哥现在前去相助其他朋友，你稍微缓口气，等会儿也上来吧。”

宛儿道：“大哥这么说，未免把小妹瞧得太也轻了，刚才不过是牛刀小试，对我没有任何妨碍，接下来要对付这群妖魔鬼怪呢，自然还是妹妹跟大哥在一起。”

沈杰笑道：“是哥哥说错了，那你一切小心。”

宛儿说道："大哥放心。"

沈杰手提钢刀，当先进阵。宛儿龙王紧随其后。

众臣与群兽争斗多时，身体已是强弩之末，此刻陡见龙王等三人来到，心中均自喜慰。

可过了半晌，大家气力渐渐消失，那冰兽张牙舞爪，疯狂反扑，诸人只好围在一起做殊死反抗。

危急时分，远处传来一阵若有若无的蹄声，龙王听了眉头一松，向众人说道："援兵到了。"

话音甫落，果见天地交接之处，出现一匹浑身雪白的四蹄动物。那动物头生数角，后背上更稳稳坐着两名健壮汉子，其中之一，便是龙王派去南海求救的陆凯，另一位头发灰白，年纪似乎不小。

长者是南海火神，姓薛名丰，外号金甲神人。他的右手持着根黑色铁棒，有四五尺长短，上面隐隐围绕着一层金色光圈，这棒子是求火神物，唤作"祈火神棒"。

薛丰纵骑来到近前，身形微晃间，从坐骑上一跃而下，抱拳说道："薛丰持祈火神棒来到，请王上示下。"

南海龙王点头道："薛将军来得正是时候，请你施展火功，将这群冰兽一并除去。"

薛丰高高举起祈火神棒，没多少工夫，那棒身变为通红，由棒端产生无数火苗，不断向四周扩散。冰兽转身欲逃，但为时已晚，它们被火苗追上，片刻工夫就全部化作了冰水。冰兽一去，众人如释重负，立刻松了口气。

大家个个盘膝坐地，运功疗养，到了子夜时分，方才恢复过来。睁眼旁观，见周遭黑咕隆咚的瞧不大清，目力所及，远处仅有微光闪烁。

南海龙王见大家疲累过巨，便吩咐在原地休息，命令一下达，登有多人起身捡拾干柴，准备生火。地面上枯枝本多，不过多数被冰水浸湿了。大家四处寻觅，找来找去，觅到百余根如手指粗细的木头。

木头上冰水混合，很有尾大不掉之势。薛丰持祈火神物发射火苗，费了好大劲儿，终于把上面的冰水一点点给烘烤干净，火儿再行发出，整堆木柴便即点燃。

望着势头强劲的篝火，大家不由想起白日里惊心动魄的战斗，一念及此，每个人心头都沉甸甸的，纵使身处黑夜，竟没丝毫困意。

沉默半晌，龙王先行发话道："白日里的这场遭遇战真是莫名其妙，大家有谁知道对方是何来头？"

邹坤接口道："从没听说过有冰棱化兽的，这事不但稀奇古怪，简直是匪夷所思啊。"小仇骂道："我们糊里糊涂的跟人干了一架，到头来若还不晓得对手底细，这口气如何能够咽下。"说时声音发颤，内中掩饰不住一股怒意。

"那是多头兽，手段歹毒得很。"

大家听语声清脆，齐地一怔，循声望去，若明若暗的火光下，只见一位面容姣好的女子双手托腮，正在凝望火堆发呆。

这名女子约有二十来岁，相貌俊美，她红扑扑的脸蛋叫火光一照，越发秀丽。

南海龙王认出此女是沈杰之妹，名字叫做宛儿，便进一步问道："宛儿姑娘可否将对方来历详细说一下。"

宛儿还没答言，坐在她身畔的一名汉子接口道："多头兽原是水中之物，这一身本事不知从何处学来。他手下有两员战将，分别是吞天吼廖白、冰魔荣兴。廖白可以移形幻影，身法堪称无敌。而荣兴则是使冰唤雪的高手，刚刚那场冰雪多半就是这人下的。因其许久未曾露面，所以我们一开始没有想到是这个对头，直到适才宛妹击落利箭，在那箭儿的中央，刻着一个'坎'字，按八卦来说，便是水儿的意思，多头兽常以天水将军自居，因此这才想起是他。”这名汉子就是沈杰，他语音洪亮，侃侃而谈，在旁诸位听得是暗暗点头。

冯化骂道：“奶奶的，搞了半天，是这人从旁捣鬼，我冯化提着双斧，非把他劈成两半不可。”他说着话，身子同时的站起来，双手挥动斧头，自然而然从下往上劈去，但听风声呼呼，去势极为迅捷，那斧头走到一半，突然停滞不动。

第四十六章　大战之后

冯化白日里先受寒冷逼迫，后来再与冰兽大战，身体几近虚脱，这时心情激动之下，过于使劲用力，斧头居然提不起来。

龙王说道：“冯将军身体未复，坐下来请休息会儿。”

冯化叹口长气，只好遵令坐下。

沈杰沉声道：“冯大哥不须如此，多头兽与我有绝大仇恨，这个仇我替大家报了便是。”

冯化诧异，忙问端的。

沈杰望着火堆出了会儿神，这才说道：“大概两年以前，我的家乡发生一场大旱，庄稼地里粮食颗粒无收不说，连喝水都成了问题。庄人信神敬神，祷告多时，仍是无用。就在大家失去信心的时候，从村外摇串铃来了个术士，说是能解此厄，当时大家病急乱投医，便请他来作法施雨。作法后的第几日，天上果然降下大雨。那术士依恃自己有功，非要大家拆了村中庙宇，塑成以他模样的真身供奉。老百姓都是老实巴交的乡人，哪里有什么主意，后来经过商量，决定照他说的做去。过了两个来月，终于竣工，于是便请术士前来观瞻。怎料那术士看了后哈哈大笑，大家犹疑之际，术士把脸一抹，却变作了个面目狰狞的恶汉，身上尚有闪闪发光的鳞片。老百姓见是只妖怪，发一声喊，全都跑向家中。恶汉起阵妖风将许多人摄将去，至今多少年不曾回来。从那以后，那恶汉每年都要进村劫掠一次，庄里人受其骚扰苦不堪言。到后来才知道，庙宇佛像皆有庇护地方安宁，除魔去妖之功，若是庙宇安在，那魔头还不敢怎样，今番既已毁了，它便可以肆无忌惮，因此一众百姓都懊悔不迭。大家想要另建庙宇，不想那恶汉派了手下驻扎附近，老百姓只要有什么风吹草动，恶汉就已知之。所以大家只好忍气吞声，直到如今。我因在外修行，还没碰过这个恶贼，今番回来，就是想将之除灭。”大家听他提到恶汉，虽没细说，也知指的是多头兽。

龙王见沈杰脸色发青，晓得他内力颇有损耗，今番前去，不一定顺心遂意，想了想即道：“沈兄弟和宛儿姑娘前往除贼，半路可能要遇到重重阻挠，我大部分兄弟受了重伤，只有薛将军身子无碍，让他随你们一同前去。另外我的坐骑一块交了给你，到危难之时，或能帮助一些儿。”沈杰心想多一份臂助就多一份成功的指望，点头应道：“多谢龙王好意，沈某竭尽全力，必会护得他们周全。”再过会儿，众人都觉得有些倦怠，看看夜色渐浓，故和衣倒头睡下，至天色大亮时醒转。诸位睡这一觉均感到精神奕奕，比昨大是不同。临别分际，龙王将薛丰和狮虎兽托付于沈杰，并不忘嘱咐道：“从今往后，你们要仔细听沈壮士的话，不能有半分违背。”薛丰大声听令，狮虎兽不会说话，仰天吼叫一声，当作应答。

沈杰随即抱拳，团团做了个四方揖，粗声道：“沈杰在这儿跟大家告别了，咱们青山不改，绿水长流，后会有期。”宛儿在旁也略施一礼。大家都抱拳回道：“沈兄弟，宛儿姑娘，你们路上多加保重。”

沈杰宛儿略作结束，便带上薛丰、狮虎兽转头离去。行出若干里，遇到一条大河阻路，那河道宽阔，几位不能一跃而过，见狮虎兽屈蹄躬身，做出异常举止，无不心头诧异。还是薛丰与其相熟，明白此物的秉性，过了片刻会过意来，说道：“狮虎兽水陆两栖，它见河水波荡，不易通行，所以要驮大家伙过河。”几人道一声谢，就各自展动身形，一一跃上兽背，狮虎兽挺起身躯，逐渐的蹚水而去。

走到中途，河水汹涌澎湃起来，不多时水面分开，从中走出许多持戟汉子，个个鹿皮系身，头裹白布，面相生得好不凶恶，趁沈杰等人不备，就上前使力，将狮虎兽拖拽下水。沈杰急跃下相救，不意水中满满当当，全是鬼魅身影，他双脚无论怎样使力，始终踏不下去。举刀斩向水面，那河面只是溅起小小水花，钢刀沉重，一时居然砍不下去。

沈杰数位接连飞到岸上，见水面慢慢归于平静，而狮虎兽一直不见踪影，都是焦急的了不得。沈杰把身一纵，就要跃进河中，薛丰在旁伸手拦住，道：“这河名叫鬼难渡，河中有许多夜叉鬼兵，沈兄水性不熟，若贸然下去，恐怕要吃大亏。薛丰在海中遨游多时，鬼难渡纵险，对我来说却不成问题，待我下去探个虚实再说。”沈杰说道：“那就速去速回，别在里面耽搁太久。”薛丰答应一声，耸肩纵身，跃进河中。

第四十七章　沈杰进河

薛丰入河多时，始终不见出来，沈杰内心忧急如焚，过了些时，再也按捺不住，对宛儿说道：“我进河寻觅一番，一会儿后要是哥哥还不露面，宛妹你须得自行离去。”

宛儿虽然性格坚强，可到了此时，那小女儿的心性毕竟显现出来。只见她珠泪莹然，在眼眶中不住地打转，过上少时，眼泪终于夺眶而出，一滴滴皆顺着雪白粉嫩的脸颊流将下来。这哪里还是平素那个英气勃勃的女中豪杰，俏生生、羞答答，活脱脱是个弱不禁风的邻家女孩儿。

沈杰见她伤心，心中也自难过，于是钢刀插入旁边土内，伸出双手，揩干了宛儿脸上的泪珠，轻声道："记着我刚才的话，不然大哥便立刻死了，也是心中着恼。"宛儿点了点头，轻声泣道："宛儿听大哥的话就是。"沈杰略觉踏实，他离开宛儿，快步来到岸边，当下使个"鲤跃龙门"，头前脚后整个的扑进河中。

沈杰到了河中，将眼四望，但见其中水草丛生，除了鱼虾穿梭往来，并不见别的活物，所以拨水前行，同时注意观察周遭情境。等前进里许，前面猛然出现了一面白色大门，门板上金光闪闪，左右各钉着如碗口大小的两块门环，大门与坚石相连，向外一直延伸到望不见边的远处。

沈杰径直游到门前，尔后止住脚步，提气喝道："快将狮虎兽和薛将军交了出来。"一连说了五遍，门内都是没有回应。沈杰大怒，他把钢刀举起，使劲向门板上砸去。

吱呀一声大门打开，从中走出许多执戟兵卒，个个以兽皮裹身，模样极为诡谲。那为首的一人，青面獠牙，长相威猛，他右手提着杆七尺大锤，到了门外，将锤子倚在身侧，厉声问道："来者何人？速速报上姓名来历。"

沈杰道："我只是个走路的人，名姓倒不太要紧，刚刚过河时，狮虎兽被你们捉了去，后来我的一位朋友下河探寻，现在未回，估计也被你等捉拿。你我素无瓜葛，为免大动干戈，请把我的两位朋友尽快放还。"

提锤汉子仰天打个哈哈，冷冷道："你便不说，难道我就不知么？你夺我田园，杀我族人，今番又来巧言令色，分明想对我们施这最后辣手，武令北就是拼了性命，也要跟你周旋到底。”

沈杰不懂对方究竟在说什么，但听其语气，好像跟自己有着深仇大恨似的，狮虎兽和薛将军多半是这样糊里糊涂给他捉了来，想到这里，一腔怒火登时发作道：“既然这样，那还有什么好说的，你我还是兵刃上见高下吧。”

恶汉提锤走上前来，喊道：“小子给我拿命来。”说话声中手腕使力，重锤遂挟着呼呼风声向沈杰拦腰打去。沈杰见大锤堪堪击到，情急下只好挥刀抵挡。

他的水中功夫本就稀松平常，此时施展全力，气息登时用尽。

听砰的一声，刀锤相交，沈杰气息衰竭，不由得脚下一滑，险些摔倒。

武令北见状大喜，当下挥动铁锤，向沈杰疯狂打来。沈杰勉强举刀抵挡，他气息不足，力道便也微不足道，拆了数招，渐处下风，寻思这样下去迟早要遭，即便躲得过对方毒手，最终会窒息而亡。如此一想，就力贯足底，打算跃出水面。

武令北身经百战，见他情状，立即看穿，故大声呵斥道：“这小子的闭气功夫实在太弱，大家伙快围拢过来，别让他跑了。”众河妖纷纷上前，举戟攒刺。沈杰不住纵跃闪躲，心里暗暗叫苦。再过些时，气息已然用尽，沈杰感觉异常难受。这时七八根铁戟从旁刺来，他将牙一咬，身子微动，躲过刺向要害部位的利戟，而其余的数枝，则尽数插进了体内。

沈杰趁众河妖错愕惊慌的刹那，猛地拔身而起，跃离河面，在外呼吸几口，身子又落进河中。一众河妖见他去而复返，手执铁戟，复行攻来。沈杰目前的气息仅能维持片刻，倘若稍有稽延，不免又处下势，于是右手握刀，砍劈横削，下手再不留情。走在最前的几名河妖一一被砍翻在地，其余人物见势头不妙，各自跑回河府之内，将两扇门板紧紧关闭。

沈杰在外叫喊了一阵，河府大门始终没有动静，他便跃出河面来到岸上。岸边是一片平阔的地面，除了冷风与暖阳交汇，地上还有稀疏的杂草，以及不成规则的鹅卵形石块。别无他物。“宛妹去哪儿了?”这个念头才一产生，心中另一个声音又即说道“啊，是了，是了，我刚刚让她离开，她一向听我的话，或许早早便走了。”这么一来立感释然。

可当他的眼光落到地面一件物事上时，松弛的神经又给提起。那是一只白色鞋子，上面好像混有泥土的踪迹。沈杰上前捡起，握在手中仔细观瞧。鞋面上丝线纵横，刻画着一朵并蒂牡丹。牡丹是宛儿钟爱之物，几年前去市集玩耍，还特地买了一双牡丹鞋穿在脚上，到现在过去多年，仍不舍得扔掉。这鞋子式样尺寸与宛妹的不差两样，一见此鞋，一股寒意蓦地袭上心头。

他左右察看，见地上一条拖拽的痕迹颇为明显，从脚底开始，弯弯曲曲，斜通到河中。沈杰大脑是一片空白，过了会儿醒过神来，不免自怨自艾起来。一时暗骂自己粗心大意，一时又担心宛妹安危。他与宛儿朝夕相处，感情早就坚固，在沈杰眼中，宛妹便似自己亲人一般。

第四十八章　对弈老者

沈杰又跳进河中，用力敲打大门，但过去多久依旧无果。这时到了丑时，后飞离河府，看到周围地上摆着若干石块，心道我搬来大石，把河水搅得稀巴烂，不信河妖不露头。

当下拽开大步，往前走去。沈杰行路较快，可是过了半晌，竟没找到多少石块，心里正觉诧异，前方不远处随风传来一个苍老的声音，“奎灯兄，我这一子下在此处，可要将你逼死了。”话音落下片时，又有个清亮的声音笑道“多日不见，王肃兄的棋艺真是见长啊，小弟甘拜下风。”

声音宏阔，在深夜听来，尤显嘹亮。沈杰凝神而望，月光之下，只见相隔身前十余丈的所在，摆了张长形石桌，桌上黑白分明，放着若干棋子。石桌左右各坐了位老者，左边的那位弓腰曲背，样子很显苍老。右边的是位瘦弱汉子，年纪在五旬开外。两人分别拈起一枚棋子，盯着桌面发笑不止。瞧他们神态举止，看来在相互对弈。

现在已是深夜，而身处荒郊野外，闲坐弈棋，这事若非沈杰亲眼所见，决不能相信。诧异的念头甫一产生，就被他强行压下，寻思人家的事与我有什么相干，我现在去搬石救人，方是头等要事。思念及此，提脚迈步，便欲离去。

右脚刚向前跨出一步，那苍老的声音继续说道：“在南面十几里的地方，有条大河名叫‘鬼难渡’，奎灯兄是否曾经听过？”

沈杰听他提到“鬼难渡”，不觉一怔，提起的左脚轻轻放下，清亮的声音答道：“听说连鹅毛经过都会坠落其中，那‘鬼难渡’的名头，当真是半点不假的。”

苍老的声音接口道：“是啊，在这河中住着一只怪物，唤作‘河中圣手’，是由泥鳅变化来的。”

清亮的声音续道：“如果我所记没错，他的俗名似乎叫做武令北。”

苍老的声音说道：“他原本无名无姓，平常以‘圣手’自居，后来遇到一位有缘人，便认其为师，那有缘人姓武，他自然也就跟着这个名姓了。”

清亮的声音疑惑道：“这个事情我却不知，王肃兄还须将它一五一十地说给我听才好。”

苍老的声音缓了一缓说道："数十年前，泥鳅脱化成人，某日在山中时，无意间碰到一匹恶虎，那恶虎正感饥饿，见到'圣手'泥鳅，便起了生啖之意。'圣手'泥鳅功力还弱，不是恶虎的对手，没过几招就败下阵来，看着就要成了恶虎的腹中之物，恰好一位武姓猎户经过，他弯弓搭箭，射死恶虎，将'圣手'泥鳅救了下来。'圣手'泥鳅感念武氏猎户恩德，遂将'圣手'二字去了，平日里只以武姓自居。武令北现在本事也非泛泛，但对武氏猎户却是始终尊重。"

苍老声音继续道："要是过河遇到麻烦，不妨去找武姓猎户帮忙，便是天大的难事，也能给你解决。"清亮的声音问道："原来如此，但不知他是何方人士，又该如何称呼？"苍老声音答道："这人名叫武昆，就住在前面的红叶谷中。他功夫虽高，为人竟是孤僻怪异，不易靠近。"清亮声音说道："就算是困难重重，总还有一线希望。现在时候不早了，你我下完这盘棋也该离去了吧。"

沈杰听到这里，似有所悟。他上前两步，想要开口动问，谁知猛抬头时，只见前方月光铺地，花影重重，弈棋的两位老者早已不见。至此才知是有高人前来指点，心中感激不尽，他双手抱拳朝着对面拜了几拜，然后手提钢刀，迈步前行。

过去许久，到天快亮时，终于来到红叶谷。谷中有座山丘，丘上有间石屋，四周纵无浓荫遮盖，倒也清静安逸，站在当地，仿佛有种凉风拂面的湿润之感。沈杰缓了口气，朗声喊道："沈杰前来拜会武老前辈，未知可否现身相见。"话声远远传送出去，就听扑哧扑哧响声，群鸟被齐相惊动，皆振翅而起。

恍惚间，远处有道黑影闪现，随后似弹丸星跳，如飞般驰至，到了近处停下，方看清是位四五十岁的长者，双手执一杆铁槊，见了沈杰，露出满脸狐疑神色，不由问道："你是何人，为什么来我这个所在？"沈杰通过对方武功年纪，猜测眼前之人就是武令北的师父武昆，所以思忖有顷，便即答道：“我与朋友昨日过‘鬼难渡’时，被河妖拖拽下水，沈某奋力死战，才侥幸得脱，今日经人指点，前来寻找武前辈，就是想让尊驾开口劝谕令徒，将我几位朋友赶快放还。”武昆听罢脸色骤变，喝道：“小徒昨夜托人捎信给我，说是仇家过河，刚好被他逮了个正着，竟不想你一人漏网，偏偏撞到这里来，嘿嘿，这真是天赐良机，小子你不要跑，武某人今日要用这杆铁槊，把你擒捉。”‘捉’字一说完，铁槊摆动，向沈杰身上戳来。

沈杰纵身躲过，大声说道：“前辈休要妄言，我与令徒昨日才刚见面，怎能跟他结仇。”他一边说话，一边闪避对方的攻击。‘风云乍现’、‘翔飞凤舞’、‘和光同尘’，武昆快如闪电击出的三招，均被沈杰以巧妙身法避过。武昆的铁槊递得快，沈杰闪躲更妙。武昆看他身法非同寻常，心里挺感惊异，不禁低声喝道：“好小子，怪不得能从容过河，果然是有备而来。阁下休要花言巧语，哄骗与我，老夫在江湖游历多年，难道还看不出你是什么路道吗?”沈杰见老者是非不分，立时气往上冲，怒道：“你再如此，那沈某只好无礼了。”边说手腕边抖，持刀猛往铁槊上磕去。

第四十九章　意外发现

砰的一声，刀槊相碰，沈杰力气占优，功力毕竟稍逊一筹，武昆身子微微一晃，沈杰却接连后退数步，拿桩方始稳住。武昆赞道：“好小子，居然能挡住我拼尽全力的一击。看好了，这招你可没那么容易躲过。”说话声中，槊尖挟风，笔直向沈杰咽喉刺来。沈杰见这一槊劲力十足，格挡固然不能，闪躲也已不及，危急中不暇细想，忙使出师门绝技“幻影刀法”，刀刃在前，斜向武昆头脸劈去。

这招不去防守，反而攻敌要害，乃是一招两败俱伤的打法，武昆看到禁不住轻轻咦的一声，声音中掩饰不住一股惊奇之意。他如使槊到底，自然能将沈杰当场戳死，但如此一来，自己也定为刀刃所伤，武昆哪肯轻易冒险。他将铁槊收转，自己双脚不动，上半身斜向后仰，使出“铁板桥”功夫，险而之极的避开了对方一刀。

武昆奇道：“你使得是‘幻影刀法’？要不就全部要出来吧，我对这套刀法也挺了解，只是许久没见有人使过了。借这个机会，正要领教领教。”语气虽仍严苛，相较刚才却大为缓和了不少。沈杰回道：“这套刀法沈某练得不大纯熟，前辈倘要讨教功夫，并非不可，只是生死相搏之际使出来，未免有些不符。”武昆激将道：“你要是贪生畏死，这套刀法还是不必使出来的好。”沈杰傲然道：“哼，我便练得不熟，拿来与尊驾比斗也是绰绰有余。”

武昆笑道：“这样最好，老夫倒要看看‘幻影刀法’的传人功夫还剩了几成。”沈杰刀法登即一变，章法严谨的招数瞬间变得大开大阖。武昆提槊小心应对，两人你来我往，少时拆了七八十招。沈杰性格豪迈，这套刀法师法自然，原就走的是纵横开阖的路子，两者说来实有相通之处。因此沈杰学习分际，并不觉得如何费劲艰深，只是幻影刀谱早已遗失，苍龙道人在弥留时分将这套镇派功夫传给徒弟，未免有丢三落四，照顾不到之处。所以沈杰学得幻影刀法不过是一鳞半爪，大部分刀法实际上没能领悟贯通。武昆与他对拆半晌，暗暗摇头，非常可惜地说道：“凭你的资质，学习这套功夫本也恰当，但阁下学得太不像样，和武功寻常之辈比试尚可，一旦遇到功力深厚的高手，就不免缚手缚脚。”沈杰怒道：”你先破了我的刀法，再来说道不迟。”

两人又酣战多时，还是胜负未决，沈杰的幻影刀法虽然只有寥寥数成，可这套功夫威力太强，每当沈杰处在下风，他便施展刀法中的其余招数进行抵挡。武昆始料不及，攻势为之一缓。多拆数招，武昆现出不耐之状，大声喊道：“‘幻影刀法’原是天地间独一无二的功夫，却让你使得似是而非，全然失了本来面目，当真气煞人也。”沈杰皱眉道：“前辈既然认为沈某耍得不好，尽可将它攻破就是。”武昆气道：“老夫打你不过，可偏偏心里不怎么服气。嗯，这招‘梨花朵朵’刀尖应该是上提而非下击，‘春回大地’招数是使对了，但劲力拿捏不好，若仅用三分力，攻击就远远不够。如果力气过大，难免有招数用老之嫌，对方一旦反扑，你必势危，照我说用上八成劲道才最合适。至于阁下嘛，力气相较常人为大，那么使上六成、七成劲力，也无不妥。”他口中呼喝，手上比划丝毫不停，纵在紧张打斗时分，一招一式依旧从容不迫。

沈杰听他指出自己刀法中的诸多破绽，很觉诧异，不过片刻之后又想：此人一味胡搅蛮缠，我怎能受其蛊惑？这么一来，就凝神拆招，对武昆的话不理不睬，斗到紧处，武昆连连跌足道：“‘山外来客’需要连贯合成，中间不能有半分停顿，你要过一遍，我已经说过了，为何到现在还是重蹈覆辙，哎，这可有点太不成话了。咳咳，不打了不打了，老武再看片刻，非得气炸心肺不可。我下面就好好试练一番，你要瞧仔细喽。”说完收槊回身，双脚稍一使劲，已跃到旁边地上，当下挥舞铁槊，现场演练起来。

沈杰看了会儿，越来越觉惊异。武昆所展示的功夫，确乎是“幻影刀法”无疑，只不过他用的是铁槊而非刀儿，劈斩横削之时，威力虽减，气势犹在。这套刀法是云苍派的独门秘术，武昆能够完整演绎，或许与云苍派有什么深厚渊源？沈杰心中一闪过这个念头，就将眼睛牢牢盯住前方，到了精彩之处，不觉高声赞道：“好一个‘黄河之水天上来’，端的非同小可！前辈请接刀。”他右手运力，掷出钢刀。武昆感到身旁疾风冲至，便知刀已来到，于是急忙弃了铁槊，伸手将钢刀紧紧握住。

武昆执刀施展“幻影刀法”，一招一式若合符节，真如天外游龙，矢矫飞至。沈杰自从练成刀法至今，除了自己，更没见有第二人使过这套武功。师父颇为擅长，但疾病猝来，以至于他老人家未能好好传授，就撒手他去。沈杰见武昆身法快捷，那刀儿在他手中如团花般层层展动，心神俱醉下，浑忘了时间之过。

半天后，武昆将刀法从头练习完毕，呼的一声，收刀立身，重新走到沈杰旁边，问道：“这才是正儿八经的‘幻影刀法’，你看清楚了么?”沈杰闭上双眼，将适才招数在脑海中过上一遍，当再次睁眼，大约有了七八成底儿，说道：“‘幻影刀法’繁复至极，我还得自己再琢磨琢磨。”言罢夹手夺过钢刀，一纵身跃到场中，自顾自地要将起来。

第五十章　同门师兄

“幻影刀法”前后共分八十九式，刀法以进手招数为主，势道汪洋恣意，莫可能匹。沈杰练了会儿心中越来越觉澎湃激昂，这是他练刀到了颇高境界的反应，只是现在功力较弱，还达不到磅礴气势。即便如此舞刀之际，举手投足间隐隐挟有风雷响声，仅此一端已足骇人。

过了多时，心绪终于渐归宁静，沈杰收转钢刀，稳稳站于当地。武昆鼓掌道：“好刀法，好身手，‘幻影刀法’的传人，确实非凡。”沈杰提刀上前，抱拳说道：“幻影刀法向来是我云苍派秘术，前辈何故知悉内中诀窍?”武昆说道：“师弟，师父他老人家身子安好么?”沈杰听对方称呼自己师弟，不由一怔，缓过神来，方才说道：“你，难道是卢杨师哥?”武昆喃喃自语道：“卢杨，卢杨，哎，自从被师父逐出师门，这个名字我已许久没用了。”沈杰叹道：“卢师哥，师父生前常挂念着你，我和宛妹若知你在这里，早就寻了来，也不至于让师父遗憾而终了。”

武昆大吃一惊，道：“什么?师父他，他，他……”连说了三个“他”字，后面的就没接下去。沈杰点头道：“师父是去年六月份得的重病，到了八月份严重起来，便只能卧在床上。他老人家当时的心愿除了要见你卢师哥最后一面，就是传授‘幻影刀法’。只可惜天意捉弄，卢师哥你没能见着，那‘幻影刀法’也是口传了一些，就一命呜呼了。”武昆向天叩头道：“师父啊师父，弟子不孝，当年如果不是弟子年轻气盛，聚众约斗，您老人家也不能一气之下，将我逐出师门。您老人家今番驾鹤西去，徒弟唯愿您一路安宁。”说时早泪流满面。沈杰走过去扶起武昆，劝他道：“卢师哥快些起身，师父在天有灵，定然知之。”

武昆站起身子，很久才止住悲伤，不禁问道：“师妹现在何处?”沈杰苦笑道：“在令徒的河里呆着哪。”武昆一拍脑袋，恍然大悟道：“老夫差点把这茬给忘了。我那个劣徒无法无天，此番做出这等悖逆之事，你看我不好好收拾他。”沈杰说道：“左右不过是认错了人，只要宛妹他们几个无碍，卢师哥勿用大动肝火。”

沈杰武昆两位故施展轻功，来到“鬼难渡”。武昆在外喊道：“为师在此，徒儿还不速速出来相见。”说话之间，河面汩汩流动，一众河妖执叉挟棒，从内涌出。最前者是个青面獠牙的汉子，双手提着铁锤，就是河妖之首武令北。见了师父站在岸边，先是一喜，待将目光移到沈杰身上，满腔的喜悦化作愤怒，怒喝道："好小子，你也来了。"他吆喝一声，便要率领众妖过来相斗，武昆斥道："孽徒休得无礼。"武令北一愣，前行之势登止。

武昆将自己出身门派以及沈杰来历备细说了一遍，末了向徒弟说道："按辈分来说，你该称呼师叔才是，还不快点过来赔礼。"武令北半信半疑，见师父脸色阴沉，方知其言不虚，他倒提铁锤走上前来，说道："师侄不知师叔来到，几番多有得罪。"双腿微曲，就要拜倒下去。沈杰右掌发出一股劲气，托在武令北腋下，武令北感到大力托举，登即拜不下去。沈杰沉声道："这些繁文缛节暂可不必理会，请将我的三位朋友一起放还。"

武令北派遣河妖下水提人。一会儿后河水滚动，河妖与宛儿三位同时现身。沈杰望到他们身上湿淋淋的，薛丰与狮虎兽是海中之物，水性精熟还不怎地，宛儿却是神情萎靡，脸上有些惨淡颜色，当下见了哥哥，失声喊道："大哥，小妹还以为今后再也见不到你了。"声音呜咽似要哭了出来。沈杰见妹妹有些惨淡光景，性命倒是无碍，不由先放下了心，对宛儿说道："宛妹，你可受苦了。"宛儿咬了咬嘴唇，将快要滚落的泪珠硬生生给逼了回去。

沈杰转头朝薛丰狮虎兽道："薛将军，狮虎前辈，你们全都无恙吗?"薛丰恨声道："我从小在海里长大，在河中呆这多时，权当在里面睡了一觉罢了。只不过此河臭味熏天，闻起来令人作呕。"狮虎兽低吼一声，声音中也满是愤懑之意。沈杰晓得他们给河妖关在水底，心中怨气难平，说道："大家先到岸上歇会儿，等养足了气力，便即离开。"

大家运了会儿功，将寒气逐渐逼出体外，才觉得好过点，身上纵还有些水珠，已不妨事了。沈杰知会宛儿三人后，起身向武昆辞行，说了几句彼此珍重的话，便与诸位执手作别。武令北心中有愧，站在师父身后一言不发，沈杰等人也不去理会，大家收拾好东西，随即动身出发。

走了些时，宛儿慢慢把阴霾心情抛诸脑后，见狮虎兽走在前面，步子既快又稳，心中感叹，对沈杰说道："大哥，你瞧狮虎兽如此乖顺，什么时候你也养一只给我玩玩。"

沈杰摇头道："狮虎兽虽是坐骑，不过岁数早已不小，恐怕你和我加在一起，还及不上它的一半年龄，像这样的灵兽原就极少，宛儿若是想要，恐怕哥哥得向龙王讨要了。"宛儿伸伸舌头，扮个鬼脸，说道："那还是算了吧，龙王伯伯为人这般和善，我可不忍要他的玩意儿。"

狮虎兽骤然顿住身形，四只蹄子同时向下一弯，宛儿不明其意，只听薛丰在旁说道："狮虎兽挺有灵性，它见小姑娘善解人意，因此要驮你走上一程。"宛儿向狮虎兽笑道："那可要多谢你了。"说着扶了一扶，借力坐上兽背，狮虎兽站直身子，向前而行。

第五十一章　和尚

这日午间，来到一处荒郊。天空彤云密布，颇有风雨欲来之势。大家望见远处有处房屋，就施展轻功，快速奔去。到了近处发现原来是座庙宇，许是长久没用了，庙宇破败衰落，其势甚颓。门板有一扇已经完全掉落，另一扇在寒风中摇摆不定。在大门的上方有块六尺长两尺宽的木匾，上面笔画纵横，书写着"钟山寺"三个大字。

沈杰等人先后走进，也就眨眼之间，大雨倾盆降落。这庙宇前后共分两间，外面是间大厅，靠近东墙处有尊佛像，半面早就倾颓。佛前设着供桌，桌上从左至右，分列着香炉木鱼等物。内屋较小，放了尊观音泥塑。观音左手斜托净瓶，右手执着柳枝，向外作洒水状。

大家盘膝坐地，正说些江湖趣闻。屋外这时响起一阵急促的脚步声，声音不大，不过众位听得是清清楚楚。惊疑分际，那脚步声移近，转头望去，但见门口人影晃动，一位满面油光的和尚衣袖飘拂，从外走入。和尚圆脸大耳，相貌说不上丑恶，自然更称不上清秀俊逸。进到庙中先伸出双手，掸去落在头顶的水珠。

和尚看到庙中有人，不觉一怔，尔后笑道："荒郊野外淋雨，当真说不出的晦气。想不到还有同道中人在此，看来和尚这次不寂寞了。"沈杰说道："大和尚一块过来歇歇脚吧。"和尚答道："好。"大步走过来。到了众位身旁，一屁股坐下。片刻后和尚又即站起，说道："容我寻些柴来，就地生个火儿。"他走到旁边，把木柴一一拾起，尽数摞在中央地上。和尚双掌相互揉搓，那掌心产生点点火星，不知是不擅取火，还是手掌沾水的缘故，过去多时，木柴依然如故，没有半分燃起的意思。薛丰见状取出"祈火神棒"将木柴点燃。

和尚惊愕道："和尚走南闯北多年，这东西还是头遭碰见。来，给我瞅瞅。"他右手五指如勾，笔直来抓"祈火神棒"。薛丰觉到棒端有大力拉拽，自然而然向内一夺，和尚右手顺势上前，只一霎工夫，来到了薛丰手掌前面，后伸出食中两指牢牢捏紧棒身，余下三指伸缩变化，径点薛丰的关冲、中冲、尚阳三穴。若是对方善言相借，薛丰多半会把祈火圣物交了给他。见和尚不由分说前来硬夺，忍不住大为恼火。他手掌上移，避开穴道位置，五指还是死命抓住祈火神棒，毫不放松。

穴道偏移，和尚这几指自然不会对薛丰造成致命损伤，但指力沉重，仍然不可小觑，便在和尚指尖将要触碰薛丰手背的刹那，旁边劲声飒然，一股疾风径冲和尚手背的合谷穴。和尚大惊，五指松开棒身，急变为拳，向风声来处撞去。听砰的一声，与另一拳头相碰，和尚察觉有大力涌至，这一拳立马收转。

和尚惊疑不定，向强风来处望去，见适才相邀自己前来的浓髯汉圆睁虎目，冷冷地望过来，脸上不禁一红，兀自抗辩道："和尚只是要看看那物事而已，谁知他死命不给。如此小气，不看也罢。"他探手入怀，掏出一只早就烤好的猪蹄，大口咀嚼起来。

边吃还边赞道："好香，真好吃。"

宛儿皱眉道："你是出家人，怎么能吃荤？"

和尚说道："和尚肉吃得，酒也喝得，在我眼里，任何清规戒律都是放屁。"

宛儿本就对其反感，听对方这般说话，心头愈加厌恶。

和尚吃完猪蹄，抿了抿嘴巴，望到庙外大雨已停，嘴角露出一丝常人难以发现的恶笑。

他也不招呼众人，拍了拍衣服，起身离开。

沈杰等人困意袭来，所以待和尚走后，便随便找了个地方倒头睡下。

沈杰靠门最近，睡到寅时，颈部忽觉一痛，立马醒转过来，睁眼不由一惊。只见身上毒蛇盘绕，总共有八条之多，其中一条牙齿尖锐，正盘在自己颈中吮吸。这当口来不及去取单刀，双手各自伸出，抓住长蛇的尾巴，将之扯离身体，丢在地上。毒蛇在地面张牙舞爪，摇摆不止，沈杰提刀砍去，就听"砰砰砰"响声不绝，八条毒蛇均从肚腹中间给一一斩断。余人被声音惊醒，看到眼前情景，无不惊得呆了。而庙外地上，更是爬满了毒蛇。

薛丰阅历丰富，稍一思忖，便知异常，所以三脚两步，来到和尚先前所坐之处，右手抄处，地上柴草纷纷飞离，露出一滩血迹。

“好个恶贼，竟使出如此阴毒手段。”薛丰恨恨说道。

沈杰宛儿闻言走近，一看地面，皆感诧异。

薛丰说道：“蛇类均喜腥气，这滩血渍就是招惹根源。”

话音甫落，和尚沙哑的声音从外传进，“庙外毒蛇最多，只要给咬上一口，万难活命。你们自作自受，这就去死吧。嘿嘿嘿嘿。”

宛儿怒道：“好个不要脸的家伙，本姑娘决不饶汝。”说话声中，摆动红缨枪，就要出庙。

沈杰在旁一把拉住，说道：“外面毒蛇忒多，你这样闯了出去，不啻于是寻死。”

宛儿见哥哥脸色发黑，不禁心乱如麻，跺脚急道：“大哥，你……”说了几个字，声音哽咽，下面的没再接下去。

沈杰笑道：“放心吧，哥哥命大，轻易死不了。”说时牵动身上伤处，感觉痛楚难当，多亏薛丰从后扶住才没摔倒。

过上一刻，沈杰已在半梦半醒之间，薛丰将他扶上兽背，察看周遭情势。前面地上爬满了毒蛇，出口除了大门，还有小屋中的一面窗户，思忖片刻，对宛儿说道：“宛儿姑娘，如今形势艰险，咱们要想出去，看来只有冒险一试了。”

宛儿道：“薛叔叔，你说该怎么办，宛儿照你吩咐行事就是。”

薛丰伸手向窗户处一指，宛儿会意，便牵着狮虎兽，来到内屋。

窗户离地丈许，有两尺长宽，下面是那尊观音法像。

要想从窗口跃出，自非将观音法像搬移不可。

宛儿双手并拢，默默念道：“观音大士，我们被逼此处，实是迫不得已，冒犯之处，还望你能见谅。”她向上行了行礼，然后使动真气，把此像移开。

第五十二章　身中蛇毒

观音塑像刚一移动，后面墙壁上一首四句诗登时显现出来，读来是：枝条依依春日新，叶儿片片随风展，解除南国多少怨，独行侠客义当先。

这首诗平仄一般，宛儿念了数遍，感觉并无出奇之处，心想此诗刻在这里，定有深意，所以先将它暗暗熟记，以便将来有空之时，慢慢再行参解。

薛丰随后赶到，见窗户不够一个人进出，就提起沈杰用的单刀，照着窗沿用力砍去。只几下，石块泥土纷纷坠落，伸手在上面扒拉扒拉，大小尺寸足够出入。

诸位先后出庙，庙后有条大路笔直通向远方，周围有若干毒蛇，却不太要紧。薛丰取出“祈火神棒”，火苗一经发出，毒蛇先后避开。

此时薛丰在前宛儿殿后，将狮虎兽紧紧围在中间，沿大路向前行去。

沈杰身体虚弱，趴在狮虎兽背上一路起伏颠簸，浑身觉得轻飘飘的，使不出任何力气。

行出几十里，宛儿瞥眼看见哥哥脸色黢黑，心中只有愈加着急，向薛丰道：“薛叔叔，我大哥毒性发作，看样子是不能多走了。咱们得找个地方，歇上一忽儿。”

薛丰回头见沈杰情状，心下也颇焦虑，当下苦思对策。

不妨有人在旁喊道：“你们便跑得再远也是没用。”

薛丰闻言一惊，寻思我们行路太慢，终于给敌人追上了，他从袖中取出“祈火神棒”，低声道：“宛儿姑娘，贼子有毒蛇助威，待会儿可要当心些。”

宛儿怒道：“这个恶贼来得倒好，除了暗箭伤人，没想到还有胆子前来。大哥的解药，还要着落在此人身上。”说话之间，停下脚步，准备迎敌。

两人各把兵刃护身，遥遥相望，远处地面上四股黄沙滚滚而来。三股在先，一股随后，两者相距约莫一二里。那在后者落下些许距离，但行速远较前者为快，只要再过片时，非得让其追上。

薛丰看见有武功高手在急速奔行，疑惑不定。那后面黄沙中不时有声音传出：“你们偷了师父的人参，就想逃之夭夭，哼，天底下哪有这样的道理？听师兄一句劝，师父他老人家性子宽和，只要你等回去认个错，包管没事。”

那在前的三股黄沙之中，有个女子的声音说道：“师兄，那两株人参其中一株已被我们分着吃了，剩下的一株倒是还在，如果这样还能免于责罚，我们情愿跟你回去。”

在后的那人大声道：“什么，人参给你们分吃了！哎呀，这可是师父花了十年心血找来的稀世珍品。吃上一片就能长生不老，要是给师父他老人家知道了，那还了得。唉算了算了，那株人参珍贵是珍贵，不过说起来也不是如何了不起的物事，我在师父面前多给你们求求情，没准能少受些惩罚。师弟师妹，师兄都这样说了，你们总该跟我回去复命了吧？”

薛丰听到这里，已知他们之间有什么过节，适才的言语，并非针对自己。

后面黄沙中的人刚说完，前面有两股黄沙立即停下，另外一股仍裹挟风沙，做急速奔跑状。

后面黄沙中人大声道：“段师弟，事情我说得明明白白了，你为何还是这般执迷不悟？”

前面那人答道：“高师兄，那两株人参师父爱如珍宝，今番被我等分吃了一株，师父不大发雷霆才怪。反正已经出来了，万没有再回去的道理。”

后面之人道：“师弟，师命在前，恕我不能通融，你我师兄弟一场，咱们还是轻功上分个胜负吧。”

两人一路追逐，前面那人只顾低头赶路，却不知方向直奔狮虎兽而来。薛丰大声呼喝，让其马上停下。宛儿则手持红缨枪，走到狮虎兽身前，对面冲来之人能停下脚步最好，万一收刹不住，说不得，那红缨枪便用力将对方打退回去。

段姓汉子听到旁边有人大声喊叫，心生纳罕，抬头望时，吃了一惊。他行速本快，当此非常之时，只得双脚借力，身子向旁侧让，由于使力过大，那劲力拿捏不准，便斜斜飞出，砰的一声，头脸着地，身体重重跌在了地上。

姓高的赶上前来，将段姓汉子一把提起，怒责道：“师兄说的话你不听，怎么样，又栽跟头了吧。走，这就跟我见师父去。”右手拽着段姓汉子就要前行。

经过狮虎兽身边时，闻到股异味，转头见怪兽身背一人。那人脸色黑紫，全身同时现出浮肿迹象，模样显然是身中剧毒，不免问道：“这人中了什么毒?。”

薛丰回答道：“是蛇毒。走了这半天，那毒性已然蔓延。”

姓高的脸色凝重，说道：“此毒依我看来异常凶恶，你们继续走下去，这人将必死无疑。幸好家师住在附近，他是位行医高手，你们如不介意可移驾前往一看。”

宛儿听他这么说，心中欢喜，问他道：“你的意思是尊师能治好我大哥的毒吗?”

高姓汉子缓缓摇了摇头，道：“我也吃不准。一般蛇毒家师都是手到擒来，只是他这个中毒太深，能不能治愈说不一定，但能有一线生机，总好过了你们在此束手待毙。”

薛丰对宛儿道：“这位朋友说的极是，宛儿姑娘，不管如何咱们得试上一试。”

宛儿点了点头，她牵起狮虎兽，与薛丰一左一右，跟随高姓汉子行去。

到了另两位同门身边，高姓大汉右手提着段师弟，往地上一掼，说道：“你还是自己走吧，不能再生别的主意，不然师兄可真要生气了。”他这一掼之力很是轻微，段师弟身刚着地，即使个“鲤鱼打挺”，跃起身来。段师弟这时臊得满脸通红，哪还有逃跑的想法，轻声道：“师兄放心便是，师弟想通了，我们做错了事，就该勇敢承担。一味躲闪，不是好汉行径。”高姓汉子道：“这就对了嘛。走吧，师父恐怕已经等急了。”说完这句，再回头望一眼昏迷不醒的沈杰，两道眉毛又逐渐凝聚起来。

第五十三章 人参风波

众人步行十余里，来到一座庄院。

庄院前后均植有大的槐树，树高数丈有余，顶上状如伞盖，浓荫非常。

那庄院大门洞开，门内有树有石，庄院虽大，环境竟是异常清幽。

高姓汉子将众人领到一处大厅跟前，止住步，朝内禀道：“徒儿带领师弟师妹们来到，请师父发落。”

少顷，自屋内传出一个浑厚的声音：“你们都进来吧。”

高姓汉子一招手，众位先后迈步走入，宛儿等人跟在最后。对面太师椅中静静坐着一位白发老者，面色很是难看。在他身边，还站了位肤色白皙的少女，身上穿着戎狄装束，一双妙目忽闪忽闪，看上去颇为灵动。老者就是高姓汉子的师父，名叫胡元成，女子是他的侄女，叫做陈乐海。

胡元成低喝道：“人参呢，赶快交了出来。”

高姓汉子取出一枝巴掌大的人参，上面有须有突，枝节横生。他上前一步将人参递交上去。

胡元成见到这枝人参，微微一笑，接着问道：“怎么只有一枝，另外那个呢？”

高姓汉子不善说谎，到此时只好强装镇定，结巴说道：“适才过山道之时，不小心掉进了深涧里面，我们寻觅多时还是无踪。”

胡元成闻言大怒，说道：“岂有此理，你们可知那人参是我花了多少心血才弄到手中。你们这帮不肖弟子，太不像话。”说话声中，衣袖轻拂，劲风到处，桌上一碗热茶向众弟子身上打去。

那热茶带着呼呼风声，劲力显然不小。高姓汉等弟子虽身负武功，却是谁也不敢躲让。眼看热茶泼到四名弟子身上，免不了要将众弟子烫伤。突然间斜刺里飞出两人，各伸出掌袖，在半空一兜一转，那茶碗及热茶尽数给他们夺了去。

胡元成见这两人身形轻盈，不用细看，也知其中一位是自己的侄女乐海。那一位好像也是位女子，轻功佳妙，不在乐海之下。他眉头微皱，轻声斥道：“海儿，你给我赶快退下。”那飞起接住茶碗之人便是乐海，听叔父相责，脸上一红，马上躬身退下。仔细看向另一人，见果然是位女子，二十来岁年纪，那相貌不但俊美，且内中透出一股女子英气。她的右手衫袖已然全湿，想来是把热茶全部接了过去。那茶碗个大，接住毫不稀奇，若将茶水这种柔软易散之物截住，自非高强深邃的功夫不可，如此一来，对眼前这名女子不禁起了刮目相看之意。

胡元成问道：“小姑娘年纪轻轻，居然学得一身好本事，不赖，不赖。奥对了，我云家庄不轻易待客，你为何前来？”

这名女子便正是宛儿，说道："我大哥中了毒，宛儿来到这儿，是想请您给他治一治。没见你以前，我还以为尊驾定是位德高望重的前辈，哪知接触之后，才知大谬不然，前辈年纪虽大，行事竟是荒诞可笑，令人不齿。"

宛儿这话说得很是大胆，胡元成听罢震怒，可转念一想，女娃子说话不知轻重，老夫何必与她计较，这么一想，那升起的怒气又即压下，只是板脸斥道："这个'大谬不然'从何而来，你倒是说说看。"

宛儿手指高姓汉子说道："他一心一意为你奔波，中间不过出了些小小差错，你就如此对待，就算你是师父，也不该这般肆意妄为吧。"

胡元成不知中间曲折，心中委实糊涂，听女娃子说得理直气壮，也觉得自己有些过分，不过碍于面子，那认错云云无论怎样说不出口，支吾半晌，含糊道："他是大师兄，凡是师弟师妹做错了，他都要担着责任。为师今日就不重罚徒弟们了，但丢掉人参非同小可，你们几个都到大门口站着去，没师父点头，不能擅自离开。"高姓汉子及几位师弟师妹答应一声，转身走出。

薛丰见他们之间的事情处理完结，大喜过望，因而向上道："老哥帮中的事务解决完了，能不能大施妙手，给我这位朋友诊治诊治。"说到后面，朝沈杰指上几指。

胡元成深谙医道，向来对疑难杂症好奇，看到沈杰所中之毒非同小可，早就有些心痒难耐，忍不住要伸手治上一治，只是对方那位姑娘刚刚说话太过直接，让自己在众弟子面前下不来台，这个疙瘩暂时解不开，所以听汉子开口，心中生厌，不免断言拒绝道："老夫近几日身体不适，这给人治病的功夫一时半会儿调整不过来，故此没法子给他诊治。你们还是另请高明吧。"

宛儿暗呼糟糕，寻思自己徒逞口快，反将大哥逼上了绝境，想要动口相请，见到老头儿乖戾怪异的脸色，心肠便又坚硬：大哥，小妹对你不起，要是你有个三长两短，小妹绝不苟活人世。这么一来，立感释然，对薛丰说道："薛叔叔，跟这个老头儿多说什么。我大哥是死是活，他一点不放在心上，咱们留在这儿不过徒惹笑话，还不如赶紧离开。"

薛丰说道："这个，那个，哎，好吧。"他转过身，就要与宛儿离开此地。

还没迈步，就听得风声呼呼，一个人影如飞燕掠空，跃过两人头顶，稳稳站在他们之前，看时却是胡元成。宛儿怒道："怎么，你不给治病，怎么又来拦阻?"胡元成哼了一声说道："你们不让我治，我还非要治治不可，老夫天生就是这样的脾气。来，你们如要这小子活命，就赶快走开些。"宛儿薛丰一听，连忙向旁走动，腾出中间通道，胡元成迈步上前，两手抓住沈杰身体，用力给翻转过来，轻轻放在狮虎兽背上。狮虎兽明白老头儿在为沈杰施诊，站在那儿一动不动。胡元成伸手摸了摸沈杰脉搏，脸色更加凝重。宛儿在旁看得着急，不住问道："怎么样，我大哥的毒能解吗?"胡元成一言不发，接着他走进内屋，取来看病用的药箱，盒盖打开，从中拿出若干铜针。

第五十四章　转危为安

胡元成手法熟练，将几根铜针一一插入沈杰穴道，自头顶百会穴开始，经由神庭、耳门、人中，然后檀中、气海要穴，最后汇在足底涌泉穴上。

这几处穴道均是人身要穴，铜针插放其中，可暂缓毒性发作。

他又从箱中取了一颗定心丸，给沈杰和水服下。

沈杰原本已经奄奄一息，经过施治，气息恢复了不少，只是他脸色苍白，身体仍是极度虚弱。

宛儿喜动颜色，胡元成摆摆手道：“别高兴得太早。你大哥性命一时无碍，不过我的法儿只能护他两三日，两三日后，要没找到对症解药，他依旧难逃一死。”

宛儿薛丰听对方这么说，又觉焦虑，心道短短数日时间，无论如何也要找到解药。

两人把沈杰抬到旁边厢房中住下。

第一天宛儿薛丰或在庄内寻觅，或出外探寻，费了许多功夫，始终毫无头绪。

到了第二日，薛丰交代一下，便外出查找。宛儿决定留在庄中查阅药典，看看能有什么线索。

一上午过去，宛儿阅读了几十本药典，书中所载，大多是关于伤寒杂症以及寻常毒伤的治疗，关于大哥的毒症书中没有任何记载。到了下午，宛儿继续埋头阅读。只见日头偏西，天色逐渐黯淡下来。宛儿想到明日就是最后一天，而解药现在半点踪迹也无，一颗心不禁慢慢沉了下去。在清静的氛围中，有一个顽童的声音随风飘进耳中，“风吹沙，树扬叶，水入江，冰现冬。风树水冰。”这是当时小孩普遍玩的一种游戏，叫接头连字。玩法是将句子或成语开头的第一个字提出来，进行前后相连，这样不仅锻炼孩子的记忆力，又能用来与其他小孩互动。

宛儿乍听这个小孩的声音，脑海中电光石火，闪现出一首四句诗来。那是雕刻在庙宇墙壁上的诗句，它是隐藏在观音泥塑之后的，后来因要挪动观音塑像，刻在墙壁上的诗句立马就显现出来。这首诗作此时重新出现在眼前，宛儿几乎不假思索，便将四句诗的头一个字拿出来拼在一处，出乎意料的是，那四个字正是她这几日苦苦寻找的答案。原诗是：

枝条依依春日新，叶儿片片随风展，解除南国多少怨，独行侠客义当先。

四个字连在一处，是：枝叶解独（毒）

这首诗出现在观音塑像之后，里面的“枝叶”明显指的是观音右手中所持的枝叶。庙宇四周多有毒蛇出没，此诗多半是为化解蛇毒所作。

想通了这节，宛儿大喜过望，她也不等薛丰回来，独自提枪出庄，直奔破庙行来。

到了晚上，薛丰回到云家庄，在庄内没找到宛儿，疑惑殊深，到灶间草草一番果腹后，就移步到沈杰房内探视。沈杰脸色越来越黑，照这情形看来，最多呆上半天工夫，他便性命难保。薛丰与沈杰相识时日较短，不过沈杰待友谦和，所以几日相处下来，对他挺有好感，见其转危，心头感到沉甸甸的。

砰的一声，房门打开，一股凛冽的寒风从外吹进，与寒风同时进来的，是那个英姿飒爽的宛儿。宛儿唇齿发白，泥土相混，将大半张脸都遮掩了。如果不是那双炯炯有神的眼睛，令人过目难忘，第一眼看去还真辨不清进来的是哪位人物。

“宛儿姑娘，你快过来瞅瞅沈兄弟吧，他看样子要不行了。”薛丰说话的声音有些慌乱，其中难掩悲伤之情。

宛儿快步来到沈杰床前，望望躺在床上的哥哥后，就左手扒开沈杰嘴唇，右手中的两片叶子顺势塞了进去。

说来奇怪，沈杰吞下叶子后，脸色很快由黑转红，进而黄白，呼吸似乎也比刚才顺畅了许多。

宛儿长吁口气，她双手对齐，向天祷道：“谢天谢地，大哥终于得救了。”

薛丰如堕云里雾里，宛儿便把观音像后藏诗之事讲出，说道：“这真是机缘巧合，让我听到了小孩玩闹，否则侄女说什么也想不到‘诗头连字’。”

薛丰笑道：“小兄弟命大，我们之前的担心看来纯属多余了。”

两人放下心来。过上多时，没别的异常就各自回房安寝。

到了半夜，沈杰觉得全身发热，肌肤好似要寸寸爆裂开来，他从没受过如此煎熬，身子一滚，立从床上摔到地面。

宛儿、薛丰闻言一径跑了过来，见此情状齐吃一惊。

“大哥，你这是怎么了?”宛儿边喊叫边往前跑。

她伸出双手，甫要触及沈杰身体，有股极强的真气蓦地向己涌来。这股真气冷热交织，宛儿向后直退出十余步，才顿住身形。

沈杰体内气息翻滚不停，当下大喝一声，身子笔直向上飞起。

沈杰跃起之势太过强劲，当穿过屋顶，来到半空，那势头仍旧急遽迅捷。

庄内之人被声音吵醒，纷纷披衣起床，走出屋子。

黑黢黢的夜空下，除去一轮皓月当空悬挂，还有个全身发光的人儿。他不仅遍身闪光，而且在高空跳跃奔腾，不住变换位置。

众人感到眼花缭乱，心下皆有惊骇之意。

到了次日上午，沈杰将身子顿住，从高空缓缓落下。

沈杰不只去了剧毒，亦倍感精神奕奕。

身上的气力似也增大许多。

薛丰抱拳笑道：“恭喜小兄弟又练成一项奇功。”

沈杰说道：“薛将军，我自己睡了好长一觉，自从被毒蛇咬噬，以后的事可就一概不知了。”

第五十五章 庄内风波

“这都过去多少天了，大哥你自己不觉得，我们可是担心得要命。”随着话音宛儿缓步上前。沈杰痴痴凝望宛儿憔悴的脸庞，料她这几日奔波，定为自己操心不少，不由心生歉疚，可是千言万语在口，临到眼前，却又一句话也讲不出来。宛儿噗哧一笑，说道：“怎么了，我的好大哥，睡了这些天，是不是连脑子也一起睡坏了？”沈杰道：“是啊，大哥变成了傻子呆子，你还认我不认？”宛儿笑着摇了摇头，而嘴角略微上扬，那神态模样，分明是不管何时何地，大哥永远是宛儿的好大哥，宛儿永远是哥哥的小妹妹。沈杰心下喜慰，说道：“好宛儿，真不枉了哥哥疼你一场。”两人说话之时，从旁边走过来许多人，有老有少，沈杰一个不识，薛丰给双方做了介绍，他们是庄主和一众弟子，跟在庄主身后的年轻女子，是胡元成的侄女乐海姑娘。大家互相见过了面，看看晌午将至，胡元成就在厅中设宴，邀请沈杰等人进膳。

吃饭中间，有只灰毛猩猩从外闯进。那猩猩体态如牛，不但肥壮，行动兼且迅捷。只见它跳跃奔行，略无停留。众人手臂才要伸出，那猩猩展动身躯，已然避开。桌上酒食丰盛，几乎被其踏了个干净。大家起身离座，欲相拦截，猩猩反而将身一拧，整个的扑向庭院。

看着猩猩就要逃脱，便在这时，狮虎兽跃到院中，它身如闪电，任凭猩猩朝何方奔跃，狮虎兽总是紧紧相随，两者身法一样，继而在院中你争我逐，大打起来。

沈杰见两个打斗，领悟殊深，因他练成了“幻影刀法”，这些时日更苦受蛇毒侵扰，体内不禁阴气大盛。那枝叶解毒，自然就是极阳之物，它们一经汇合，在沈杰体内产生神奇作用，不过半天时间，沈杰内力就大大提高。他功夫提升，悟性便也随之增强，所以对很多招数、身法都能洞若观火，了若指掌。

猩猩与狮虎兽相斗虽以身法为主，打斗为辅，沈杰却看得津津有味，酣畅淋漓。进击分际，何种扑跃最为凶猛，闪避之时，又该使哪个身法比较迅捷，两兽来往斗了百余回合，沈杰已从中悟出一套腾跃趋避的功夫，配合上大刀刀法，气势应该愈强。

斗到急处，狮虎兽卖个破绽，向后急跃。猩猩大喜，两爪并拢朝之抓来。狮虎兽待对方袭到，足底使劲，猛地向上蹦跃。猩猩一扑扑了个空，正觉诧异，那头顶呼呼风声，一股大力自上压下。猩猩退避不及，听嗤嗤声响，胸前皮肉被狮虎兽利爪狠狠抓出两道血痕，这还是它避让得快，不然难逃开膛破肚之祸。猩猩见势不妙，嘶吼数声，纵身跃出庄院，眨眼没了影踪。

狮虎兽赶走猩猩，众人俱地鼓掌称扬。

胡元成吩咐重整杯盘。大家说了会儿话，又吃酒数盏，方自离开。

沈杰等人回转厢房。坐上片刻，沈杰记忆适才步法，不觉起身。

院中突然脚步声响，一名女子的声音在外喊道：“请沈世兄出来一见。”

沈杰感到诧异，推开房门。见院中地上站着位年轻女子，长得眉目清朗，脸上显现怒容，正是陈乐海。她身后站着七八位壮实汉子，偷人参的那位段姓汉子杂在其中。他们全部脸色难看，似乎是来兴师问罪一般。欲要开口动问，陈乐海厉声道：“听说沈世兄刀法高强，小女子想要借贵刀一观，未知允否?”

沈杰听她言语有异，还没觉得怎样，说道：“这个有什么难的，你们暂等一会儿。”转身进房，想取单刀出来，可是左翻右找，没发现半分踪迹，寻思单刀平日与我形影不离，今番想是疏忽，不知给掉到了哪里。宛儿与薛丰跟着走进，问他们时，也均摇头不知。稍缓片刻，宛儿补充道：“大哥，刚刚吃饭之时，小妹好像记得刀儿就放在桌边，路上反没有多少印象，或是遗忘在大厅里了。”

沈杰道：“那也没别的法子，咱们只能回去找上一找。”于是走出房间，向陈乐海诸位说道：“刀儿被我落在厅内了，在下先探查探查，如果寻到，派人送交陈姑娘赏观，如何?”

陈乐海说道：“你们不用找了，我这里正好有一把，你仔细瞧瞧，与阁下的那把是不是相同?”她右手一挥，身后一名汉子反手背后，取出一件兵刃，刃厚背阔，顶端镶着若干铜环，便就是自己的那把钢刀。沈杰笑道：“多亏你们给我找到，要是我自个儿寻访，不晓得要耗费多少时间呢，屋外风大，各位就别站在外面了，请进屋叙谈。”言毕，侧身向内一让。

第五十六章 院中对话

“少来这套，两位师兄倘有个三长两短，我们绝不与你干休。师姐，还跟他啰嗦什么，师父命咱们把刀儿还了给他，现在刀已带到，这就赶紧走吧。”说话者虎头虎脑，看上去敦实之至。陈乐海道：“于师弟，物归原主，莫再迟疑。”提刀汉子更不答话，右手运劲，将刀掷出。

呼呼声中，单刀直向沈杰头脸打来，只是这一掷之势太过强劲，如果躲避稍慢，不免要丧命于刀口之下。沈杰不由大怒，寻思我好意相邀，你不称谢也就罢了，如此对待，实在很不像话。

他身不摇足不动，待刀尖堪堪来到，左手衣袖挥出一股疾风，止住单刀前进之势。随后伸出右手食中两指，将刀刃轻轻夹住。一低头，望到刀面上现出两道浅浅的血痕，不由诧异万分：我多日没跟人动手，别说伤人性命了，这两道血迹是从何而来？

这么凝神思忖的工夫，对方众人已到院门，眼瞅着就要出院离开。沈杰提气喝道："你们送刀过来，沈某很承这份情，只是汝等太也无礼，今番便算了，以后再要这般，决不轻饶。"声音落下，对方一个破锣嗓子道："姓沈的，你功夫再高，终究，嘿嘿嘿……"冷笑中走出庭院，剩下的声音就听不到了。

宛儿在旁看着，一半疑惑一半愤怒，问沈杰道："大哥，他们干嘛这么凶巴巴的，叫人瞧着心里真不痛快。"

沈杰摇了摇头，说道："我也说不上来，只是觉得有什么地方不对劲。"

薛丰道："小兄弟所言极是。那个姓陈的小姑娘知书达理，薛某以前也曾有过接触，这次居然也是这副模样，说起来着实让人费解。"

沈杰对薛丰道："说不得，我得前去拜访一下胡老爷子。薛将军，麻烦你备份礼。"薛丰答应一声，即走出宅院。

宛儿在旁道："大哥，等会儿让小妹跟你一起去吧。"

沈杰道："此去难知吉凶，宛妹你就别跟着了。"

宛儿噘嘴道："宛儿也好想见识见识，大哥你就带着小妹去嘛。"

沈杰见她轻嗔薄怒的样子，心里一动，尔后便硬起心肠，道："以后有机会哥哥带你出去，这回反正不行。"宛儿百般撒娇，沈杰只是不依，宛儿看看大哥铁了心不让自己跟去，一生气，干脆就坐在旁边地上摘花解闷。

沈杰与宛儿极少吵嘴，今见妹妹脸色难看，想说几句好话哄哄她，一时却又拉不下脸来。两人僵持片刻，薛丰自外走进，对沈杰道："我看事情邪门得很，沈公子，你一切还得小心在意。"说话同时，将两块包裹好的枣糕递了过来，沈杰伸手接过，回答道："薛将军不用担心，在下自理会的。"出了院门，朝东跨过两重院落，便在此时，一股凉风袭向腰间。这风儿来势并不如何迅疾，沈杰向前一扑，马上躲过，随即头也不回，反手就是一掌。那掌风才走到一半，听见身后有人哎呀大叫，声音刚一入耳，沈杰脸色骤变。他忙沉肩塌身，卸去剩余掌力，然后倒转单刀，在身后那人腿部一掀一提，身后之人被大力托举，身子立给移到侧面。

就听砰的响声，掌风劈处，后面大石即一分为二。沈杰转过身来，见宛儿花容失色地站在旁边，本来一腔怒火化为乌有，说道："宛妹，你怎么又跟了来?"宛儿撇嘴道："宛儿在房中呆久了，想出来透透气儿，难道不可以么?"沈杰给她如此反问，一时倒怔怔的答不上来了，考虑片刻说道："跟着去也无妨，咱们身处险地，凡事务须仔细。"宛儿笑着点了点头。

两人提脚行上几步，前方钟声隆隆，伴随风儿传过来。钟声慌乱，像是遇到了紧急之事。宛儿疑惑道："大哥，你听这钟声，八成是出了什么事儿了。"沈杰说道："是啊，现在事态发展，越发让人难以捉摸，过会儿无论发生什么，咱俩都得沉着应对。"

两人整装前行，不一时来到某处宅院。

此院面积颇大。在院子的中央，聚集了八九十人。看他们一式黑衣装束，气派应是庄内弟子。在一众弟子的前面，是身穿红衫的陈乐海。乐海身旁设了张大床，床上被褥齐全，上面斜靠着一位面容憔悴的老者，他不仅头发凌乱，身上还有点点血斑。沈杰与其相距不近，还是一眼辨认出老者是庄主胡元成。

沈杰和宛儿向前几步，来到众人身后，刚要开口，听胡元成有气无力地说道：“我命人将刀儿送还，本想盼他知错能改，怎奈这人非但没改，反而变本加厉起来。适才他又溜进屋中，持刀将我打伤。此人现在便住在庄中，大家与他咫尺相隔，可千万得加意提防。”沈杰听到这番话，心头不住突突乱跳。

第五十七章　蒙面汉现身

他门下弟子个个不忿，其中热血之人大声道：“那人怎地如此歹毒，前几天若非师父相助，他早就一命呜呼了，如今恩将仇报，着实可恨。”这话一说出，数名弟子纷纷附和道：“是可忍孰不可忍。师父您尽管下令吧，徒弟们就是拼尽全力，也要为师父师兄报仇。”

胡元成使劲摇了摇头，缓缓道：“咱们专研医术多年，于武功一道并不熟稔。今番碰到这个使刀高手，大家只有自认倒霉。哎，老夫年纪一大把了，性命丢掉了不打紧，可你们还是大好年华，万不可在这里白白送了性命。徒儿们，你们现在就收拾收拾，马上离开云家庄。”

众徒儿高声喊道：“师门有难，岂能离开，有福同享，有难同当。”屋中站了几十人，一起大声说出，声音嘹亮铿锵至极。宛儿猝不及防，身子微微一震。沈杰站在她旁边，感到妹妹反应，于是伸右掌握住宛儿左掌，将一股热气发出，宛儿觉得掌心暖和，身体惊颤之意立即消失。她望望沈杰，眼神中不自禁流露出几分亲近意味。

沈杰冲宛儿一笑，以示鼓励，右掌马上收转。

胡元成见徒弟们人人脸现悲愤，似有殉教之意，不由牵动伤处，大声咳嗽起来。

陈乐海手一挥，立有弟子下去，没一刻回来，手中已多了半株人参。

陈乐海对胡元成道："侄女将半株人参取了来，过会儿表叔就整个吃下它，只要休息几个时辰，便没什么要紧了。"

胡元成没好气地说道："我老头儿吃了有何好处，徒然浪费东西罢了。你大师哥、二师哥吃下可有好转么，不如把这剩下的半株一块喂给了他们吧。"

陈乐海道："大师哥二师哥吃了人参，身体早无大碍了。叔父如坚持不吃，一旦敌人猝至，我等怎能抵挡？就是为本派安危考虑，叔父也该忍着将它吞下。"

胡元成听侄女这么说，脸色稍缓，说道："还是侄女思虑周详，老头儿只图省事，差点把这茬给忘了。"

陈乐海见叔父松口，高兴不迭，忙命吴刚师弟带人参下去熬煮。

人参一交给吴刚，院外风声响动，一位黑衣蒙面汉子右手执刀从外跃进。

吴刚觉得有风声靠近，才说了个喂字，右手一轻，手中人参登给黑衣汉子夺了去。

黑衣汉子身形壮硕，一块灰色绒布将他大半张脸遮住，只空出一双三角眼睛放射灿烂的光芒。

胡元成见到黑衣蒙脸大汉，又惊又怒。他伸出右手，指着蒙脸汉说道："你怎么又来了？"

蒙面汉子仰天笑道："沈某早就听说你们云家庄有株千年人参，吃了可以长生，我去而复回，自然是要取此物尝尝了。除此以外，刚刚那一刀我沈杰砍的并不彻底，这次给你补上一刀。一则是练练刀法，二来要送你归西，免得老头儿在世上多受苦楚。呵呵呵。"说时暗运功力，震得院中树木震动不止。

沈杰见他假扮自己，心头大怒，只是要看看他还会耍出什么花招，所以不即跃出拆穿。在这时候，宛儿展动身形，就要跳出。沈杰忙伸手拉住，轻声道："宛妹不用太急，我们看看再说。"宛儿气得咬牙切齿，对大哥的嘱咐但也不便不听。

七八名弟子纷纷展动身形，挡在胡元成身前，大声斥道："恶徒休得逞凶，要想伤害家师，先过了我们这关。"蒙脸汉子先是一怔，继而笑道："胡老头，你活了大半辈子，没料到收了一群呆子。沈杰顺水推舟，只好送你们一起上路。"举起刀来，作势欲砍。陈乐海不惧不凛，在旁说道："沈世兄刀法卓绝，五十六路'花叶刀法'尤其非凡，前几日有幸得窥全貌，至今难忘。阁下动手以前，能不能再行施展施展，小女子一次看个饱，死也瞑目了。"

蒙脸汉愣了愣，便即回道："那'花叶刀法'我当然会使，而且纯熟无比，不过现在偏偏不要出来。"话音短促，显出一股慌乱之态。陈乐海说道："看来小女子要饮恨而终了。对了沈兄，这把刀儿崭新光亮，莫非是新买的，之前我送还的那把丢了不成?"蒙脸汉气急败坏地说道："那把沈某使不顺手，因此才要自行更换。你管我用的是什么兵器，只要能砍人杀人，那就是好家伙。不信你就试试，保准能在小妞身上捅几个透明窟窿。"陈乐海面不改色，凛然道："只怕不是因为使刀不顺手，而是此沈兄非彼沈兄也。"胡元成听出侄女言外之意，大为疑惑，问道："侄女怎地看出这人不是沈公子?"陈乐海笑道："一个人衣着服饰可以假扮，可是声音无论如何遮掩不了。尽管他压低了嗓门说话，但虚假造作之态，还是暴露无遗。侄女其实从没见沈公子练过武，至于'花叶刀法'，那不过是随口胡诌的名儿，没成想一经试探，这位朋友就露了破绽。"胡元成和屋中众人均是暗暗点头，沈杰心里更加佩服：看不出她年纪轻轻，观察竟恁地细致。

蒙脸汉伸手抹去遮在脸上的黑布，露出一张狰狞邪恶的面目，阴狠狠的说道：“李大头本想栽赃嫁祸，到头来居然让你洞穿了我的手段，这样的话，你们便得全部要死。”陈乐海拍了拍手掌，院外响起木片之声，叮当叮当，由近及远，连成一片。恶汉子诧异道：“你这又是要做什么？莫不是夸奖大爷手段高明，因此要助个声势。”陈乐海不急不缓地说道：“好叫你得知，本姑娘早就派人去请‘哼哈大王’了。哼哈前辈收到讯息，早就赶到本庄，你本领远非‘哼哈大王’的对手，现下就算想要逃跑，也来不及了。”恶汉子神色稍显慌乱，片刻后宁定下来，说道：“你说这谎话，只能去骗骗旁人，本汉才不上当。‘哼哈大王’远在塞外，路途距此不下万里，怎能短短数日内来到。”

一语未了，远处有人喊道：“哼哈大王在此，是哪个要惹是生非的，快给我滚出来。”

第五十八章　捉住恶汉

话声起初在数里开外，等说到最后一字时，已到了屋侧，身法之快，当真如鬼似魅。

恶汉子大吃一惊，寻思当世人物中，有此脚力的屈指可数。“哼哈大王”享名塞外多年，的确并非幸至，这位高手来到，事情就有些麻烦，乖乖，反正人参拿到，老头儿杀不杀的无关紧要，本汉还是及早抽身为好。他喝叫一声，忙借力而起，身子直向院外落去。

宛儿低声道：“大哥，那人如此可恶，咱可不能轻易放过了他。”

沈杰道：“走，追上去问个明白。”两人施展轻功，从后追去。

众人见沈杰宛儿现身，皆感诧异。

三人先后出了庄院，一路施展轻功，向前快速行来。

恶汉子轻功较差，片刻间沈杰就追到后面。接着使招移形换位，身子如箭离弦，迅速越过恶汉子。

恶汉子望到沈杰背影，心中诧异无比，急忙收住脚步，沉了口气说道："喂朋友，麻烦你让一让道。"

沈杰缓缓转过身子，恶汉子一见之下，不禁倒抽凉气。

恶汉经人授意前来陷害沈杰，对他的相貌自是了如指掌，因此看到沈杰后惊怒交迸，双掌并起，用力打向对方面门。

沈杰向右避开，恶汉子力气使得过大，这么一来，双脚收势不住，登往前倾，沈杰伸掌在他背后轻轻一拍，恶汉子如稻草般朝前跌出。

恶汉从地上站起，手脚齐出，又即攻来。

沈杰单手或拨或打，恶汉的凶猛攻势，都给他一一化解。

恶汉见自己空手不敌，反手抽出钢刀，"呼"的一声，斜劈沈杰胸口。

沈杰手指在刀刃上一拨一转，单刀立马转向。

恶汉怒发如狂，那刀儿在他手中上下盘旋，招招袭向沈杰要害。

沈杰当下只用右掌拨弄使力，恶汉的进攻立如石沉入海，没一刀能靠近身来。多拆数招，沈杰认出了此人的门派来历，冷冷说道："你是地刀门的弟子，怪不得行事如此恶毒。"

斗到急处，沈杰伸食指在刀刃上一弹。这一弹仅用了两成功力，饶是如此，凶恶汉子已是禁受不住，手臂巨震之下，手中刀儿拿捏不住，马上脱手飞出。沈杰右手毫不停留，接连点了凶恶汉子身上数处大穴，凶恶汉子只觉得全身力道尽失，手臂更是使不出半点气力。

沈杰道：“你行为处事早失了江湖作派，我使重手法废掉你的武功，从今往后，阁下不能再为恶了。”凶恶汉子摇了摇头，脸上现出沮丧之色。

沈杰宛儿押着恶汉返回云家庄。

到达庄内，乐海率众相接。大家讲起先前误会，均是不免一场唏嘘。当下仆从上前，取了恶汉偷去的人参，然后将其带了下去。双方叙完礼数，分宾主坐下。沈杰环顾四周，不见外人踪影，纳闷道：“听说‘哼哈大王’久居塞外，足迹罕履中土，适才听他来到，却怎地又不见此人踪迹？”

陈乐海笑道：“‘哼哈大王’根本未到，刚刚在外叫喊的，其实是我的两位师弟。”她一招手，有两人从座位中站起，一位身形微胖，面上一团和气，另一人燕颔虎须，形貌健壮。乐海说道：“罗师弟，肖师弟，你们适才的表演，再做给沈公子看看。”那两人便一个在前一个在后，将‘哼哈大王’说的话又喊了一遍，只不过两人话音相似，配合起来，宛如一人一般，倘非亲眼目睹，绝难相信。沈杰这才明白为什么来人行速如斯之快，原来是他二人使得计策。罗师弟便是那个胖子，对沈杰道：“我俩反复练了多遍，方有这般效果。”

陈乐海不好意思道：“小妹迫不得已，才出此下策，实在是两位师弟说话太像，而‘哼哈大王’一时半会儿又来不到庄上，因此不得不鱼目混珠，不想当真起了作用。”沈杰赞叹不已，道：“若非姑娘急中生智，又怎能骗过恶徒。”

说了一通话后，众人各回住处，沈杰请人带恶汉进屋。一见他面就开口问道：“你假扮沈某，到底有何企图？”

恶汉缓了口气说道：“不是我不说实情，因为幕后之人手段太辣，如果我开口吐露，将来定然死状极惨。”

宛儿不由想起乐海姐姐的法子，向沈杰道：“大哥，咱门派中好像也有不少整人的刑罚。”

沈杰会意，断断续续道："这个，呃，确实有很多，不过我一时半会儿想不完全。"

宛儿知大哥为人厚重，不善说谎，这时不得不替他说道："大哥你记不记得，咱们有一种毒虫，吃下肚去，浑身难受，那五脏六腑都要溃烂长疮，直到七七四十九日之后，才慢慢死去，死时脸部扭曲变形，模样极其难看。"沈杰点头道："不错，这个虫子剧毒无比，任谁吃了，都会饱受煎熬。"

宛儿见大哥跟自己撒谎，不由暗暗好笑，心道哥哥平日里气概豪迈，今日也不免扭扭捏捏起来。她强忍住笑，又道："大哥，你还有没有印象，有种毒水是师父专门研制的，只要有一丝半点洒在身上，那皮肤和骨头便会一起化掉。身受毒水之人不光痛苦难熬，最后连身子都会一起消失。"

沈杰说道："此种毒水堪称惨烈。"

恶汉听了半晌，额头汗珠不住往下滴落，见宛儿还要继续往下去说，忙将手一摆，断然阻止道："这位大姐就不要再讲了。我李大头生平见识不少，但像你讲的那些东西咱还是头遭听说。"

第五十九章　连翠寨

宛儿怒道："谁是你大姐了，你要说就赶紧，别磨磨蹭蹭的。"凶恶汉子咽了口唾沫，跟着说道："前面百里开外，有处山寨，名叫连翠寨。寨子不大，倒也住了数百只怪物。领头的是个吃人魔头，唤作食人魔。他座下有两名弟子，大弟子叫做魑魅大汉。许多年前，魑魅大汉被道家宝贝所灭，如今只剩了只多头兽留在身边。"提到'多头兽'，沈杰宛儿等人均是一怔。

听凶恶汉子续道："食人魔如今年纪衰退，寨中俗务便一股脑儿交给多头兽处理。多头兽阴险歹毒，尤甚其师，他年年向四周劫掠人兽，吃剩的骨头多如山积，每到夜间，阴风飒飒，要多吓人就有多吓人。我李大头恶迹虽多，可与多头兽相比，那又算不得什么了。只不过日复一日，年复一年，多头兽作恶既多，便有些心虚胆怯，为恐有人前来找他算账。所以将些金银付与邪派高手，目的是对付正道中人。我李大头是受了多头兽的蛊惑，才走上这条险路。本来老李还有些正气儿，到了今日越发深陷，竟然已经无法自拔。"宛儿在旁听及，连骂'无耻'，也不知她口中'无耻'二字，究竟指的是多头兽，还是李大头。

沈杰问道："我的刀儿你又是如何得去的？"李大头答道："你是否还记得那头猩猩。"沈杰经他一提，明白过来，问道："你先把猩猩放进宅内，等我们视线转移，你就可从容盗刀了？"李大头道："阁下武功并非泛泛，要是直接下手，又岂能得逞。"说时口沫横飞，毫无半分羞愧之意。沈杰心中苦笑，寻思这种小人伎俩原是令人防不胜防。他不愿跟这人多所交谈，朝外喊了声，就有庄中弟子走进，带领李大头下去。

待李大头走后，沈杰对宛儿薛丰说道："正主儿终于找到了。多头兽的行踪一直变幻不定，庆喜现在有了线索。明日咱们就动身去往连翠寨。"

宛儿等人听闻，精神均自一震。

当天下午，庄内众人纷纷赶来送行，说了一阵子，大家先后起身离开，唯有陈乐海要向沈杰讨教刀法，因此不想退走。沈杰便将一些攻防招数传授给她。陈乐海人本聪明，一经指点，立即意领神会，直到傍晚时分，才讲解完结，陈乐海告辞而去，沈杰等人稍稍拾掇了，先后回房安寝。到了第二日，别过老庄主诸人，离开庄院，齐向连翠寨进发。

一路上宛儿噘嘴皱眉，神色显得挺不高兴。沈杰以为大战在即，宛妹有些心绪不畅，所以不免宽慰几句。宛儿听罢眉头皱得更深，反而问道："大哥，你说乐海姐姐怎样？"

沈杰不意宛妹有此一问，想了半晌答道："陈姑娘聪明善良，而且胆识过人，在我看来，是位女中英豪。"

宛儿说道："我也觉得如此，不如宛儿做回红娘，前去给大哥说说这门亲事？"

沈杰一怔，他与宛儿虽是结拜之义，但情愫暗生，两人互相心知肚明，只是还没诉诸于口而已。听宛儿这样说话，明白她是吃了干醋，沈杰笑一笑说道："陈姑娘人是不错，可怎能和我的宛妹相比。"

宛儿顿感甜蜜，羞红了脸说道："大哥，你说的是心里话吗？"

两人说话之际，脚步也随着停了下来。

薛丰识趣，牵起狮虎兽走开。

沈杰牵起宛儿的手掌，眼睛凝望着她说道："宛妹待我如何，难道我心里不知吗？沈杰便是再不识好歹，也不能辜负了你的深情厚谊。这天底下不管是谁，都没法跟我的宛儿相提并论。"

宛儿低头笑道："大哥这样说，宛儿心里欢喜得紧。"

两人这番吐露心事，不但心中疙瘩立解，彼此间的感情又向前增进一步。

第六十章　连翠寨外

众人继续前行，过了许久，到了某处平旷之地。抬头望时，只见前方尘土飞扬，百十面旗帜穿梭来往，显得异常热闹。

手持旗帜之人个个身裹青衣，站在外围。往内几步则是群身手矫健的凶狠大汉。他们手执兵刃在场中纵跃来去，看阵势似乎在围攻什么人物。

薛丰向沈杰说道：“公子你看……”右手向前一指。

沈杰顺着他手指，望见角落中赤手空拳，站了位道袍装束的汉子。道袍汉展动身形，在兵器交叉中穿梭来往，偶尔还击一招两式，劲风过处，周遭的汉子便纷纷散开。

道士被重重包围，不过他身法奇妙，加上全身罡气笼罩，刀剑斩下，不是打到空旷所在，就是给那层罡气反弹回去，是以道士处境凶险，但性命可保无虞。

看了半晌，薛丰连连点头道：“这人功夫不赖，不知与公子相比，到底哪个更强？”

沈杰说道：“此人不只武功高强，好像还懂些法术。如只论武技，沈某使‘幻影刀法’可以与之一战，百招内我俩平分秋色，一百招后，胜负之数就说不一定。”

他俩说话声音寻常，且与争斗之地相隔较远，孰料一字不落皆给道士听了去。因为他恶战之际，全身命门大开，故而听觉远比平时灵敏。听到有高手在旁，心喜之下，不免大声说道：“喂喂喂，来了的这位朋友，请你进入阵中，咱们见个高下怎样？”沈杰见他武力不凡，正有意较量较量，听他相邀，便欲上前。薛丰从旁提醒道：“公子，咱们还有要事在身。”沈杰怔了一怔，心想我险些因小失大，等擒了恶兽，再作理会不迟。见道士在阵中游刃有余，知他纵然不能破阵，脱身亦无困难，当下提一口气，朗声说道：“我过会儿再来寻阁下痛快一战，道长可知连翠寨怎生走法吗？”

沈杰自从经受阴阳相济以来，自己功力已然大增。他提气这么随随便便一说，声音颇有响彻云霄之势。话一出口，不但他自个儿感到诧异，便是薛丰宛儿也是万分惊奇。

那在阵中打斗的道士大声叫道："这位老弟，你内功好得很。贫道练功这么久，功力自忖罕有可匹，不过与你相比，还是有些不如，只是不知你的招数如何，贫道真想领教一下。哦对了，你问的连翠寨就在前面山坳中，要想去往食人寨，此地是必经之路。他们摆了这么个破烂阵法，就是要阻止大家前往，不瞒你说，我正打算闯进寨去，大杀一阵。你来得刚好，咱们可以一边比试武功，一边思忖破阵之法。"

第六十一章　与道士相斗

沈杰喝道："沈某来也。"说话声中双脚在地上一蹬，飞进阵内。

群恶见又来了一人，发声喊，几十人举刃来刺。

沈杰没有罡气护身，可在云家庄见过狮虎兽与猩猩互斗，从中悟出过一套趋避闪躲的步法。当此之时，脚步变化，自然而然将那套步法运用上了。周围刀剑兜头砍来，沈杰身躯一扭，旋即避开。

道士见状赞道："好手段，看我大悲掌的。"说着右掌提起，朝沈杰劈面打来。沈杰伸左掌挡开，见道士兀自空着双手，不由心头有气，低喝道："怎么，道长仍打算空手不成？"

道长恍然道："不是贫道托大，我拳脚学得精熟，兵刃方面却是颇不擅长。也罢，这样空手与你过招，的确有些不妥。贫道还有套拂尘上的功夫，今番便施展出来，跟你斗个输赢吧。"他反手背后，抽出一柄拂尘出来。那柄托是铁器质地，顶端更镶以柔丝，松散开来，宛如匹练一般，当下柔丝在前，笔直向沈杰胸口戳至。柔丝较软，但附上内力已与锋刃无异。沈杰提刀抵挡，砰的一声相撞，二人不由均朝后退却数步。

这一交手，他们已查知对方功力深厚，所以便不再走近，而只是提动兵刃，在半空虚点。只听得嗤嗤声响，兵器上发出的劲气在空中激荡。双方相距纵远，其激烈程度，不输近身搏斗之时。等周遭恶汉涌来，便各自撤回兵刃，以之挡格，只要击退群恶，两人再相互对拆。

斗到急处，沈杰飞身而起，高声道："这招我将施以全力，道长可要小心了。"他双手执刀，猛地从上砍下。中年道士感觉劲风刮面，心里一惊，因而轻念咒语，把拂尘同时向上一扫。只见兵刃上产生若干光波，向上飞扬，与往下的刀风瞬间互消。这一碰时间极短，能量竟自不弱，旁边一众恶汉被纷纷震倒在地。而中年道士也是身形不稳，踉跄数步后方始定住。他调匀呼吸，缓缓说道："你年纪不大，居然有这等深厚内力，说起来当真奇了。要不是我懂些法术，恐怕早就不敌。"

沈杰照实说道："沈某的内功多半是机缘巧合所得，并非自己练就。"中年道士笑道："原来如此，贫道修炼多年的功力，适才险些招架不住。"他望望四周倒地的群恶，有将要站起之意，对沈杰说道："我留下来对付群恶，有小兄弟在，收拾多头兽应当不在话下。只是食人魔会些旁门，碰到此人或许有些棘手。这样吧，我教你一招使奇术的法儿，倘遇危急，可以使使。你且附耳过来。"

沈杰往前走上一步，道士在他耳边如此如此，轻声说了几句，沈杰用心记下，说道："有此神通，要荡平食人寨相信更易。"执了执手，便就告别，与宛儿等人续向前行。走了一程，见前面有块大石，石上站着一人，宽额塌鼻，相貌颇怪。他双手持了面棕色大旗，旗子上绘着若干条纹，似是水波，又像枝叶脉络，见了沈杰他们，发出几声冷笑。

第六十二章　堆雪人

执旗汉子将大旗扛在肩头，右手伸出食中两指，指着沈杰等人道：“你们擅闯连翠寨，真是胆大妄为。”声音尖削刺耳，令人乍闻之下，不由浑身起一层鸡皮疙瘩。

宛儿眉头轻皱，说道：“那又怎样？”

执旗汉子厉声道：“无论哪个踏进连翠寨，都将必死无疑。”

宛儿说道：“牛皮吹得嘟嘟响，可就不知有几分灵验。”

执旗汉子道：“我的旗子能唤来大寒，不到片刻，方圆几十里内均得换副模样，别说活物，便是花呀草呀的也得一起死掉。小姑娘，你害不害怕？”

宛儿瞧了沈杰一眼，摇摇头说道：“我不怕，有大哥陪着，宛儿什么都不害怕。”

执旗汉子诧异，向女子身边那人看去，只见这名汉子全身劲装结束，样貌略显粗犷，兀自掩饰不住一股勃勃英气。心道此人是何来历，凭他这么个年轻人，就能化去我的雪功吗？这么一想，心里愈觉疑惑。

沈杰从执旗汉子言语中，已猜出对方就是荣兴。他将双眼回望宛儿，说道：“宛妹，哥哥可不会化解之法。那你还害不害怕？”宛儿仍然坚定地摇头道：“不怕！”沈杰提议道：“啊对了，咱们在雪堆里堆个雪人，你来画眼睛，我来捏鼻子。如果觉得冷了，就让薛将军在旁边生个火儿。”

宛儿拍掌赞道：“这个主意挺好。”说完又扭过头来，向着执旗汉子喊道：“喂，听见没有，我大哥说了，让你赶紧施法，我们好堆雪人玩儿。”

荣兴气得骂道：“不知死活。好，要求死，荣某就成全你们，你俩一起去地府报到吧。”

说话声中把旗子从肩上卸下，双手使劲摇动，只见风云色变，不一刻雪花落了下来。这场雪下得好大，没有多久，地上雪花便积了数尺来深。宛儿果然蹲下身子堆起雪人来。沈杰适才本是随口说的，今见宛妹如此，不愿拂逆她的兴头，又是兑现自己诺言的意思，所以也蹲下身一块堆起来。两人手脚利索，不一会儿便就完成。两人给冻得脸色发青，手脚冰凉。薛丰急忙取出“祈火棒”发射火苗，经热气烘烤，顷刻好转。

薛丰说道：“此处离连翠寨颇近，这场雪花下得不小，多头兽和食人魔多半已知晓了。为防止事态发生变化，二位可先行一步，这里交给薛丰就行。”

宛儿见薛丰手持“祈火棒”，欲行发功，心想你发出火儿，可把我的雪人一块烤化了，因而小声说道：“薛叔叔，你能不能留着我的雪人儿，别给烤化了。”薛丰应道：“这个使得，我只把火苗向四周发射便是。”宛儿笑道；“那可要多谢薛叔叔了。”沈杰道：“就算火苗不烤，天气一热，它还是要化掉的。”宛儿回道：“宛儿不管，反正能多留一刻就好一刻。”沈杰寻思宛妹行为处事，有时实在太过天真可爱，当下别过薛丰，与宛儿狮虎兽一块离开当地。

第六十三章　廖白出场

连翠寨坐落在半山腰，多头兽正坐在寨中地上喝酒，饮喝之际，天色遽然变暗，过了些时，冷风夹雪，不断从高空吹来。多头兽忍不住机灵灵打了个寒噤。他身前摆了张案板，上面有酒壶和生肉，一块不知从什么动物身上扯下的外皮胡乱摆在桌子一角，可能因为扯下不久，皮子上面还沾有不少血渍。

多头兽感觉到寒冷的威力，他顾不得别的，右手伸出，将外皮抓起，在身上紧紧一裹。待寒意稍退，便大声朝外喊了几句。没过多久，一名青面獠牙的侍从快步上前，尚没开口，那多头兽先行发作道："怎么回事，为何突然下起大雪来了？"说完这句，突然想到荣兴做法落雪的事来，这场大雪多半是荣兴所下。他并不轻易施展法术，看这情景，定是遇到了厉害的对手。多头兽沉吟有顷，就令仆从把吞天吼廖白唤至。连翠寨地方颇小，仆从下去片刻，一位半秃汉子即缓步走来，身后还跟了位徐娘半老的妇人。半秃汉子自然就是廖白，那个妇人是他的结发之妻贾秋月。

廖白身形瘦削，只不过一双眼睛精光四射，显示出内力精湛不俗。他双手各提一把铁锤，两锤之间用根链子相连，走路分际，锁链晃动，发出哐啷哐啷偌大声响。贾秋月右手倒提一柄铁钩。走路之际，虽无丈夫的脚步迅捷，倒也是身法非凡，落地无声，内力轻功均有一定造诣。

多头兽见到廖白夫妇，就将下雪之事说了，临了说道："不知是谁来侵犯寨子，你们赶紧过去看看是什么人胆大妄为，不论男女，统统给我抓来杀了。"

廖白对多头兽极为反感，只是被其重金聘来，不得不听命于他。这时听到指示，勉强提气说道："好好好，我们夫妇这就前往查看。"身子纵起与妻子贾秋月一同飞去。

两人来到山脚，正遇着沈杰等人。他俩一起停住身形，缓了口气，廖白当先喝道："哪里来的小贼，难道是来送死的么？"

沈杰怒道："恶徒休要猖狂！沈某今日就要剿灭你们连翠寨，还不投降，更待何时。"廖白说道："小子好大的口气，你可知我是什么人吗？"宛儿在旁说道："管你是什么人。你们寨里做的都是伤天害理的勾当，寨中之人个个浑——”宛儿原要说“浑蛋”两字，她究竟是女孩儿家，说了“浑”字，那不雅的“蛋”字终究说不出口，顿了一顿，便改说道：“个个混账，真是不要脸之至。”

廖白怒道：“丫头无礼，看我铁锤招呼。”他铁锤摆一摆，纵上前来，劈头就是一锤。廖白身法奇快，等宛儿反应过来，对方已到身前。她见铁锤堪堪袭到，不慌不忙，忙举枪一挡。枪锤还未相碰，廖白觉得旁边一股疾风掠至，忙收转铁锤，借力后跃。定睛一看，却见扑来的是只大兽。大兽身上皮毛光滑，好似新洗的一般。从适才扑来的风声判断，此兽身法迅捷，不在己下。

廖白虽见对手是畜类，竟不敢有丝毫大意。当下铁锤互击，发出哐啷啷一阵乱响，随即一锤在前一锤在后，接连向狮虎兽打来。狮虎兽轻轻避过，尔后四只蹄子伸展收缩，朝廖白上身抓至，劲道气势，与武林高手一般无异。廖白只好小心应付。那边厢贾秋月跟宛儿交上了手。两女力气纵小，身法招数都是一等一的手段，交手半晌，不分胜负。沈杰从旁观战些时，见宛妹和狮虎兽大占上风，再过多久，必能稳操胜券。他不便在此多呆，故沉声说道：“宛妹、狮虎前辈，你们两个先在这儿抵挡抵挡，沈杰到山上去了。”

第六十四章　多头兽

沈杰提气灌顶，身子猛地拔地而起，向山顶扑去。双脚才一离地，宛儿就在旁喊道：“大哥，你可要多加小心。”沈杰答应道：“小妹也要仔细在意，过会儿咱们山上碰头。”边说边向上飞腾，说到最后一字时，已离地十余丈远。沈杰不懂飞行之术，这当口刀插背后，双掌不断朝下拍击，力道用处，身子便如兀鹰般呜呜往上窜行。过去一刻，遥遥望见山腰位置有处空地，地面上旌旗招展，围成一个长方形状，其中有屋舍田园，另外，还有渐次走动的人群。沈杰以为是找到目标了，他长吸口气，忙纵跃过去。到近处才看清是座山寨，里面的人儿个个长相怪异，眉目中间更隐隐透出一股狠戾之气。沈杰双足踏地，粗声喊道："把多头兽和食人魔给我叫出来。"

"是谁要找我啊?"随着说话，前面一棵大树后转出一人。这人长得五大三粗，身形肥胖。见了沈杰，眨巴眨巴他那双绿豆般的眼睛，厉声问道："你是何人，来我寨中，又是为着何事?"沈杰说道："本人沈杰，有句话想要请问阁下。"多头兽龇牙道："什么事，但说便是。"沈杰一字一字缓缓说道："大王庄那数百位乡亲，你都给怎么样了?"多头兽仰头笑道："你来得可是不巧，他们那些人，早被本王抓来杀了。嘿嘿嘿嘿。"沈杰乍闻此言，一股无名火腾地自脚底升起，怒喝道："好个恶贼，给我拿命来。"他提起右掌，呼的一声向多头兽面门劈来。别看多头兽肥胖，身手大是不弱，只一个侧身，轻轻闪过。沈杰右掌一经打出，左掌紧随而至，掌风凄厉，力道非小。多头兽避过一掌，第二掌闪避略慢，那肩胛骨喀嚓一声，立给掌风扫中打断。痛得多头兽额头冒汗，倒在地上不住打滚。沈杰伸出右脚，踏住多头兽身体，发狠道："你个昧了良心的贼杀才，今日撞到沈某手里算你活该。"提起醋钵大的拳头，便欲打下。多头兽生死分际，不由使出变化之术，只见他身体略摇一摇，那一头一身变作了六头两身，身体表面并滑腻非常。沈杰没留神，脚下一松，马上给它脱身跑了。

沈杰从后追赶，多头兽六个脑袋一齐转将过来，六只嘴巴张开，便似六把铁钳，同时朝沈杰身上咬去。沈杰猝不及防，胸腹之处给两只嘴巴咬中，十几道牙齿印痕立刻镶嵌肉里。沈杰提脚在多头兽胸口一踹，骂道："去你的。"多头兽痛叫一声，身子仰天摔倒，半晌爬不起身。

沈杰正想上前结果了多头兽性命，身后忽然起了阵恶风。那风儿来得较为诡谲，他暗叫不妙，转过身来，不知何时，数丈开外出现了一位瘦身长须的老者。老者凝然而立，气度不俗，只是一双眼睛浑浊幽暗，像是给迷雾涂上的颜色。

老者阴恻恻说道："这位小哥好俊的身手，能否看在食人魔的面上，放过小徒一马？"

沈杰沉声道："多头兽恶贯满盈，必将一死。"

食人魔脸上掠过一层阴影，低声道："看来是没有回旋的余地了，好，那老夫只好——咳咳咳，"

第六十五章　使出奇术

咳嗽声中，食人魔欺近身来，右手伸食中两指，径取沈杰双眼，乃是一招攻势凌厉的"双龙戏珠"。沈杰身形端凝不动，待对方手指堪堪袭到，左手五指递出，点他手腕诸穴。食人魔反手擒拿，以快打快。两人你来我往，拆了数招，手指皮肤居然没有半分接触。到多少招上，双方才各出一指相碰，内力冲撞下，沈杰身子微微晃动，食人魔却不住后退。

食人魔自忖单论武力，不准胜得过沈杰，所以默念心法，将两道光芒聚于掌心。这两道光波一蓝一紫，不仅明亮，而且跳跃四散，好似烈焰奔腾一般。食人魔喝叫一声，掌中光波便即发出，缠绕盘旋，直击沈杰咽喉。沈杰感觉到热气拂面，不禁脱口叫道："好家伙。"此时不敢怠慢，双脚在地上一使劲，飞身跃起。听砰的大响，蓝紫光束击在石墙上，只见一片石屑纷飞，墙上随即露出一个大洞来。

食人魔继续蓄力发功，向沈杰射出光波。那光儿能量巨大，沈杰凭借血肉之躯无法抵挡，这当口唯有施展轻功闪躲。过去些时，身手已不如先前灵便，再过片刻，势为光束所伤。危急关头，想起中年道士叮嘱的运用奇术之法。沈杰此刻没有别的法子，只好将其试练出来，以看效验如何。道士所说的使用法门，是把两掌放在腰畔，然后沉心静气，唤出全部真力。沈杰分开双足，随后依照道士所说的法门而行。没多久有团圆球状的白光从掌心产生。他运力推出圆状白光，恰好食人魔的蓝紫光波打了过来，两者相遇，光芒激荡。食人魔的内力远不如沈杰的浑厚，所聚之蓝紫光束因此便较白光为逊，白光吞噬蓝紫光波后继续前进，直至将食人魔推倒在地。

食人魔受伤不轻，此时躺在地上动弹不得。沈杰收功而立，中年道士的声音从远处传到："贫道是南岳山神，这套波儿神功就传给小兄弟了，望以后善加利用。"

沈杰说道："多谢道长了。"中年道士的声音再次传来："不用客气，这是你自己修来的，贫道只不过是适逢其会。"

沈杰转过身子，见多头兽和食人魔平躺地上，呼呼喘着粗气。心中正自沉吟，该当如何解决两只怪物。从那树荫之中，忽地跳出一人，双手横托一口朴刀，见了两怪喊道："恶贼今番性命难逃。"他举起朴刀，呼呼两下，将多头兽、食人魔分别拦腰斩断。多头兽和食人魔均由异兽变化而来，他们死后，恢复本身模样。多头兽变作了一头巨鳄，食人兽则化作猎鹰。

持刀杀怪之人长相奇特，看上去三十来岁的样子。他上身穿一件半新不旧的汗衫，下身套着深灰短裤，配上头顶高高耸起的发髻，一根短簪斜插其上，如此装扮，实非寻常。汉子杀了两怪，又迈步走到沈杰身前，平静地说道："我是从远处来的行者，在这儿居住多时，就是想除去两只为祸世间的食人恶兽，只是一直未得其便，今日借阁下之力立此奇功，也算缘分使然。”

第六十六章　分手在即

沈杰对托刀汉子说道：“我叫沈杰，该怎么称呼你呢?”

托刀汉子笑道：“小弟姓戴名强，因为使朴刀顺手，旁人皆以‘朴刀戴’相称。”

沈杰点了点头。

宛儿、狮虎兽相继来到。宛儿脸上犹自气愤难平，见到沈杰说道：“大哥，小妹本来已将那个婆娘抓住，谁知一个没留神，最后还是让她给溜走了。”

沈杰安慰她道：“那女的不是元凶巨恶，跑便跑了，怎么，那廖白呢?”

宛儿回道：“给狮虎前辈在心窝处抓了两下，这两下力气颇大，人不知道能不能活得成。不过那婆娘临走前将他一块带了去，我与狮虎兽跟在后面，无论如何都追赶不上。真是奇了怪了，那女的和小妹交手时气力说不上有多大，跑起路来好像发疯了一般，真是半点也不含糊。”

沈杰应了一声，他见天色向晚，不便在此多待，所以下令大家下山，离开连翠寨。行出若干里，远远的望见一人执旗站在前方地上，因天色昏暗，那人面目瞧不清楚，但从其魁梧挺拔的身材，依稀可以辨认出是薛丰将军。四周冷雪已经融化，只有自己和宛儿堆的雪人完好无损的站在原地，他心中感叹。隔着老远就开口喊道：“薛将军，我们回来了，这个雪人，唉你还当真给留下了。”

薛丰答道：“宛姑娘的嘱咐，薛某岂敢不遵。”

宛儿笑道：“薛叔叔，你说这话，小心让别人听见了，还以为侄女有多蛮横呢，其实宛儿为人很好，是不是啊？”

薛丰捻须笑道：“这个当然，似姑娘这般的人品相貌，天下间再也找不出第二个来了。”宛儿咯咯娇笑。

沈杰等人说话之时，来到薛丰身畔。适才天黑没看仔细，到了近处，薛丰才注意到沈杰旁边多了位年轻人。见薛将军神情诧异，沈杰就把戴强姓名来历说了，然后转过头来，再介绍薛丰给戴强认识。

薛丰与戴强无非寒暄数语，认识过，大家席地而坐。薛丰取出“祈火棒”，将一些枯枝点燃，为免雪人融化，大家所以离得远远的。薛丰讲道：“我施展‘烈火功’，在大火的逼迫下，荣兴的雪功不多时就给攻破。可他负隅顽抗，最终跟他的大雪一起消亡了，这旗子反却留了下来。”薛丰拾起身边地上的旗子说道。

沈杰把连翠寨中所发生之事，也三言两语交代一番。至于戴强现身杀怪，更是一句简单带过。

任务完成了，大家便要各自离去。沈杰宛儿欲返回云苍门，而薛丰、狮虎兽则是去南海复命。分别在即，众位均有些不舍。沈杰对薛丰道：“见到龙王时，请薛将军代沈某致以问候。”想起戴强在侧，不免问道：“对了，戴兄明日要往哪里去啊？”戴强笑道：“‘朴刀戴’四海为家，明日清晨就动身去往别处，行止原是不拘的。”薛丰听罢言道：“那就与薛某一同到南海去吧，我家主公招兵买马，将来要干一件大事。”

第六十七章　雪人

戴强想了想说道：“小弟本欲广游四方，阁下既诚心相邀，那在下就随同走上一遭。”薛丰一乐。天将黎明，众人闭目养会儿神。沈杰感到身旁有轻微响声，睁开眼来，但见一道紫光迅速闪过，再寻望时，那紫光竟不见了，左观右瞧，没发现有别的异常。沈杰困意顿消，他站起身来，见周遭平坦开阔，除了己方数人，方圆数里内没有什么人影，心想难道我连日奔波，适才竟是产生了幻觉？

多久后旭日东升，宛儿等人先后醒来。看见沈杰站在身侧，均是一怔，宛儿喊道：“大哥，咱们等会儿要走了，但是我跟你堆的雪人还留在这里，那可怎么办呢？”说时双脚用力从地上站了起来。沈杰皱皱眉头，不知该怎么应答。戴强这时走了过来，对沈杰说道：“小弟曾学过异术，能随心意将东西变大变小。这个雪人称不上有多大，我可把它变作小小一只，揣在袖中。”

宛儿惊喜逾恒，问他道：“你说的当真吗？可，可它要化了，却又难办。”

戴强道：“姑娘大可不用担心，小弟在雪人外面罩上一层冷光即可。”

宛儿拍掌道：“好，快点施展你的异术吧，迟上一会儿，怕是要融化了。”

戴强见沈杰点头同意，于是走到雪人旁边，施法念咒，那半人多高的雪人顷刻就变作了如手掌大小的一团。他托在左掌掌心，右掌再在表面一划，一股青光发出，马上遍及小雪人周身。

宛儿顺手接了过来，掌心触及青光，感到丝丝凉意，这当口高兴之极，冲着沈杰笑道："大哥你瞧。"

沈杰吃惊不小，他自幼跟随师父习武，对奇门异术从无接触，看到如此变化，心中只有愈加惊叹，说道："这回可是顺你的意了。"宛儿笑一笑，不置可否。

薛丰将那面大旗递给沈杰，说道："这面旗子薛丰没用，公子以后或许能派上用场。"沈杰伸手接过，说道："路上多多保重。"

作别过后，薛丰带着戴强、狮虎兽直奔南海去了。沈杰和宛儿向西北前行。

赶了一程，这日来到一处小镇。镇上有家客栈，两人打过了尖，见天色还早，就将东西在房中一撂，后步行到街上闲看会儿热闹。大街上人来人往，非常嘈杂。走动之时，听得"啪"的一声，什么东西给摔在了地上。宛儿低头一看，不由脸色大变，气急败坏地说道："哎呀，我的小雪人。"原来她走路快了，给人一挤，袖中藏着的小雪人脱袖飞出，摔在地上。想弯腰捡拾，旁边跑过来两名小孩，一个八九岁，一个十一二岁。两人追逐嬉戏而至，不等宛儿拾起雪人，两小孩的脚丫便纷纷踩在雪人上面。宛儿拾起之时，只见上面沾了许多尘灰，伸手掸去，就见在雪人的下面，出现了一个小小裂痕。宛儿不禁又气又急。

第六十八章　作画高手

沈杰见雪人虽有裂痕，但并不妨碍青光闪烁，表面更没半分消融迹象，只是裂口处隐隐有紫光渗出，让人颇费思量，除此再无异象。两人游兴将尽，又过片刻，回转客栈。沈杰与宛儿各住一屋，二位回房休息片时，晌午分别从房内走出。沈杰见宛儿脸色苍白，以为是因适才雪人之事，内心有甚忧惧，说道："还在为你的小雪人发愁呢？不过是裂了条缝儿，没准过上几天，就能自动复原呢。"

谁知宛儿脸色冰冷，低声应道："破了又待怎样，哼哼，我才懒得理会。"她右掌翻转取出小雪人，右手使力，向旁掷出，同时说道："带在身上也是累赘，索性将它丢了省事。"小雪人挟着呜呜风声，直朝店外飞去。沈杰右手急忙探出，五指簸张，又将其抓了回来，小雪人冰凉如故，只是那裂痕早就消失不见，外表的青光并且换成了紫色。沈杰心下纳罕，问道："这是怎么回事？"宛儿冷冷道："我也不知，或者像你刚刚说的那般，也不一定。"脚步匆匆，来到大堂中央。这儿有十数张板桌，供人休憩吃饭之用。宛儿随便找了张饭桌在旁坐下。沈杰虽有些疑惑，也并不觉得如何，当下收起小雪人，从后跟至。他望了眼面若冰霜的宛儿，然后拉过把椅子，在她对面坐了。两人沉默半晌，立有店家上前询问点要什么菜肴。沈杰说道："将此地面食，胡乱上来一些。"店家下去，不一刻手托木盘，回转上来。盘中放着两副竹筷，还有两碗热气腾腾的拉面，并菜肴若干。沈杰宛儿面前各放了一碗，二人持箸夹面，刚吃上几口，宛儿突然问道："沈杰，你熟悉武林掌故，有件事需要问你。"说话语气生硬，大异寻常。

沈杰把面条含在嘴中，一时竟下咽不得，他使劲咬上几口，回答道："什么事？"

宛儿问道："听说有一位作画高手住在附近，这事是不是真的？"

沈杰道："那人姓洪名玉波，画什么像什么，更有传言说他所画之物，可变活物，技艺之高，与当年的马良可堪一拼。洪玉波画技非凡，为人却介于正邪之间，而且行踪飘忽，所以江

湖上多有人听过这人的名头，真正见过他的却是少之又少。宛妹向来对江湖人物不大上心，为何今日突然提起这人来了？“

宛儿淡淡笑道：“没什么，只是一时好奇，随便问问。饭我吃饱了，这便回房休息会儿。”不等沈杰答言，起身马上走回房中。沈杰吃了几口，便即住口，将筷子撂在桌上。

第六十九章 琴声

沈杰随后出了客栈，抬头分际，猛然见到天空有一道彩虹。那彩虹变换颜色，美丽绚烂之至。不知为何，他提脚迈步，就向彩虹方向行去。拐过几道弯，彩虹兀自失了踪影，再行若干里，眼前蓦地出现一片草原。草原面积较大，极目望去，居然看不到尽头。

此时凉风吹来，精神立刻为之一震。风儿中还夹杂着少许芳草的清新味道，沈杰闭上双眼，放肆地吮吸一口。

当他睁开眼来，不由吃了一惊！

本是绿草连天的景象，在闭眼的霎那工夫，一下变成了几座高岗，岗上土石分明，加上松柏点缀其中，大显苍劲峻拔。

然后，一阵缥缈的琴声从中传至。琴声尖细，像是平地而起的花火，径直往上窜行，越到后来，声音越细，但声音之大，一时间仍旧难以遏制，仿佛钹儿铙儿同时响起，等穿入云霄，才渐渐的杳不可闻。

伴着琴声，沈杰的气血恍如沸腾起来，这曲终结，方始有所平息。那琴音转而一变，高亢之声趋于柔和平缓，声音里带着微微的醉意，令人乍闻之下，不禁神为之销，魂为之夺。沈杰使劲摇了摇头，试图摆脱琴音的纠缠。与此同时，从身后接二连三走来几个神情木讷的人儿，一个个不由自主朝着琴声来处行去。他们走到岗下，身形霍地消失不见。

沈杰见此异状，大为疑惑，于是提口气，厉声喝道：“是谁在此弹琴，惑人心神?”喝声远远传送出去，但听得群岗回应，声音并在一处，显得异常响亮。

这声喝叫过后，那琴声铮的一下从中断绝，有个男子的声音哈哈大笑起来。在一处高岗上，人影晃动，出现了位长袖汉子。

长袖汉子身形高瘦，大约五十来岁的样子，他头戴束发冠，身上穿着长袖锦袍，站在顶上，劲风鼓动大衣，整个人好似要腾空逸去一般。长袖汉顿住笑声，手指沈杰说道：“姓沈的，你的妹子现在便在这里，你若想救她，得跳了进来才行。“就在他声音落下的刹那，有位女子的声音同时喊道：”大哥，你快来救我。“声音清脆，恰似宛儿发出的一般。长袖汉子将袖子拂一拂，马上遁去身形。

沈杰喝道：”岂有此理。“他救人心切，这时哪里还去顾及是否为敌人设下的圈套。所以听声辨位，三脚两步跑将上前。等来到山岗附近，天地为之一变。头顶之天不再是蓝天，换成了颜色惨淡的雾霾阴天，身前的山岗也不见了，取而代之的是一个个幽深昏暗的洞窟。洞窟不大，但为岩石包裹，内中可容纳两三人不等。回头凝望，却见身后的土地变作流水断崖，大股水波从上倒挂下去，形成白银也似的瀑布。

沈杰喊了数声，不见回应，气急下，提起右掌，向旁边洞窟石壁上拍去。这一拍没使内力，不过洞窟晃动，好像要塌了下去，其中有人发怪声抱怨道：”哎吆，什么人这么使劲啊。“

第七十章　在画中

说话声中，有位汉子弓腰曲背，从石窟内走出。这名汉子皮肤光滑，看上去年纪不大，不过两鬓斑白，要说真实岁数，还挺不容易猜出。他出了洞窟，望一眼站在旁边的沈杰，很是诧异，随即问道："刚才是你用力敲打的吗？"

沈杰见窟中有人，顿有所悟，当下不答他话，反向四周喊道："宛妹，你在这里吗？"声音远远传送出去，只听得回声孤寂，哪有宛儿的半点影子。不闻应答，沈杰感到十分失望。

鬓白汉子说道："进入画中者多不胜数，其中不乏技能超卓之人，到了后来没有一个能够从容走出。小兄弟，我在画里住了许多年，世事早就看淡，因此也要劝你看开一些，免得最后落个郁郁而终。"

沈杰心情烦乱，听他相劝，更加不耐，只是见对方出于一番好意，不便当场发作。过了会儿怒火渐去，想起鬓白汉子刚刚所说，问道："兄台怎么说是进入画中，此是何地，为什么与之前的天地迥然不同？"

鬓白汉子笑道："这是洪玉波的千壑图，你眼前看到的，全是画出来的玩意。"

沈杰一惊，他行到身后，蹲下身，用双手去掬那些流水，手掌碰触到的，但觉一片冰凉感觉，只这一下，就知确凿是真水无疑。沈杰有些疑惑，想要不信，可今番之所遇所见，却不由得他不信，心想早闻洪玉波画功深湛，孰料技艺一精于斯。他起身走回，对鬓白汉子说道："洪画师虽算不得好人，还不至于助纣为虐，干这等无良之举，中间莫非别有隐情？"

鬓白汉子回答道："洪玉波仙逝已久，拿此画引人入彀者，是他的师弟图波尔。"这句说完，稍停少顷，继续说道："不仅如此，图波尔还学会了诸般技艺，画一画，可使死物变活。神奇之处，虽说远远及不上师哥，可也是不容小觑的。"

沈杰哦了一声顿时明白，说道："身处这等危境，如何化解方好?"

鬓白汉子脸色立变愁苦，摇头道："休要提'化解'的话头。你若老老实实呆着，那还好些，倘使有什么造次，在这画中，万难存身。少林寺的智陀禅师、武当派的旋风道长，还有峨眉的梅花尊者均是江湖上响当当的人物，他们就是在这里存不住气儿，胡乱奔行，所以不小心触碰了机关，才不幸身亡的。"

沈杰岂肯束手待毙。他缚好单刀，就要准备跃起，看看能否冲出画作。临行前说道："兄台的好意沈杰心领了，不过在下还想试上一试，要果能出得去，那时再来相救足下。"鬓白汉子叹道："看你大好年华，却把性命早早丢掉，实在是可惜。哎，哎，唉。"言罢连连叹息。

沈杰不再搭腔，他接着闭目凝神，将身一纵，跃到中途，体内气息如汹涌的江海般奔流穿行不止，借助这股力道，沈杰很快来到了画之边界，这儿结了一层厚厚的云气。

第七十一章　熟悉的味道

沈杰欲施展轻功跃出，听身旁有人说道："你们快看，这人马上要出来了。"语音轻柔应为女子所发。

声落未久，一个男子粗哑的声音接道："无妨，大姐尽管放心，不管对方是谁，只要进入画中，便得受我等摆布，待小弟画些强风，先将他吹下去。”说完就是纵声一阵狂笑。

沈杰耳鼓给震得嗡嗡作响，不由一怔。循声而望，见相距身前不远的所在，分别站着三个人儿，都生得身材高大，形象宏伟。他们三位正将六只灯笼般的巨眼瞪向自己。三人中两男一女，其中女子站在左侧，身上套了件湖绉花衣。对方虽然躯体庞大，模样不易看清，沈杰还是从其面部轮廓中，依稀觉出几分熟悉的味道。

在她旁边，立了位黝黑短髯汉子，汉子目露狠光，神情狰狞。短髯汉之左，又是个壮实男子。此人面目白净，而双眼通红，宛若涂了朱砂一般，且目中蕴含多少阴毒味道。

与先前女子类似，沈杰看到白净汉第一眼时，就察觉出有些许印象，等眼光再往下一瞥，恍然大悟，他非别人，便是在连翠寨外遇到的荣兴。荣兴手中拿着的是面皂面旗子，别名叫做招雪牌。薛丰将其击败，却未能置荣兴于死地，心中以为荣兴已死，因而把招雪牌取来，交给沈杰。沈杰将之放在客栈，想不到被困此地，那招雪牌就没法多做理会，荣兴失而复得，自是他又悄悄潜入客栈，径行拿去。

那名沈杰觉着眼熟的女子，则是廖白之妻贾秋月。廖白身负重伤，终于不治而亡。贾秋月心伤丈夫惨死，发誓要为夫君报仇，所以当天夜里追上沈杰众人，欲行下手。不过她走动时分，声音略大，惊醒了入睡不深的沈杰。贾秋月见状不妙，情急之下，使出幻化之法，隐身附着在雪人上面。戴强后来把雪人变小，表面更凝了层青光庇护，宛儿起初带在身上还不怎地，到镇上入住客栈时，因在外游玩，“小雪人”外层青光猝遭破坏，没了制约，藏在雪人体内的贾秋月变化而出，趁宛儿惊愕，上前将其打晕，然后使动法术，将宛儿变成小小人儿塞进雪人体内，表面再用紫光进行封结。贾秋月学过易容变化术，自己摇身一变，化作宛儿模样与沈杰周旋。沈杰觉出宛妹举动异常，但始终没猜到是他人伪装代替。因此疏忽，贾秋月便找来了荣兴和图波尔等人，伺机对沈杰下手。彩虹和抚琴之人都是为引诱沈杰做下的诱饵，沈杰一时不察，果然着了道儿了。及至最后用宛儿相诱，沈杰更是关心则乱，不免误中圈套，踏进千壑图中。宛儿现在尚在雪人体内，沈杰仍是半点未知。他懵懂之际，见短髯黑汉右手提起一支竹制毛笔，有数丈长短，饱蘸了浓墨，向着自己这边划至。只几下，沈杰刹那间感到头顶气流涌动，几股黑风挟土漫天卷来，磅礴壮阔，气势非同小可。

第七十二章　画中遇险

沈杰身处画卷顶处，被狂风吹得左右摇摆，纵然不稳，可无论如何落不下去。

短髯汉子，便即图波尔，提起毛笔，又划了几划。一只苍鹰，一头金雕相继现身，它们展动羽翼，向沈杰狠扑过来。

苍鹰、金雕均是天空凶鸷之物，两者夹击，攻势更猛。沈杰不敢怠慢，他反手拔出钢刀，待其靠近，手腕抖动，刀刃划出两道凌厉的弧线，一打苍鹰肚腹，一斩金雕脖梗。

苍鹰扇动羽翼，立刻避过，金雕却兀自慢了半拍，它的脖子躲过刃口，身子终究没能避闪过去。只听一声嘶鸣，金雕的胸口及腹，给刀刃斜斜劈作了两半。金雕是幻化虚无之物，给劈成两半后，仍旧化为空气飘散开去。一会儿以后，苍鹰也给解决掉了。

图波尔笔尖勾勒，又画出数头带翅恶兽上前攻击。带翅恶兽体型庞大不说，头上同时生有尖角，身下长有利爪，立在半空，犹如虎豹般威猛，身躯灵活易动，又似入海腾江的蛟龙。

沈杰花了诺大力气，终于将带翅恶兽一一斩除，不过因体能消耗过巨，不得不从顶上跃到地面，稍作休养。过了片时，基本恢复过来，再要跃起，给贾秋月在上看见，对图波尔说道："我听说毒热之下，寸草不生，你在画里画上几个太阳，将草木烤焦，流水蒸干，他没有东西吃，没有水儿喝，即便功力深厚，最终难逃一死。"荣兴附和道："这个法子最妙。食水不论，单只顶着烈日过活，一样的不好过。如果你的法子不顶用，便试试我的雪功。"

图波尔因此提笔，在画卷顶端增添了十一个太阳。顷刻间云雾尽散，画卷之内，上下通体一色，全是红光白亮。

流水一点点给晒干了，地面是火一样的滚烫。草木由翠绿转至枯萎，进而死掉，终于变成腐殖跟大地同寝。

沈杰浑身热得难受，他原是站在树木浓荫下面乘凉，但片刻之间，那树上叶子脱落殆尽，只剩下了光秃秃的树干，与虬曲蜿蜒的枝桠。

沈杰鼻中闻到淡淡的焦味，暗叫不妙，把眼一看，见树皮上不时窜起零星火苗，继续下去，定会全部点燃。他因而拔脚离开，向前才行十几步，头顶仿佛如贴了烙铁般难受难熬。危难时分，鬓白汉子在旁出声喊道："毒日当头，万物不生，洞窟中且有歇脚之处，可暂避些时，你快点过来，迟了怕是要糟。"

沈杰不喜这人啰哩啰嗦，听他说话声音在左，所以展动身形，反向右方跃去。鬓白汉子急忙呼道："错了错了，我在这边。"沈杰边飞边低声喝道："在下素来喜欢清静，阁下还是一个人好好呆着吧。"鬓白汉子说道："看你跃去的方向，是智陀禅师曾经住过的洞窟。智陀禅师是少林寺数一数二的高手，可怜他进入画中，千方百计想要离去，不料后来给画师绘出的恶兽一下子给咬死了。"

第七十三章　修炼

沈杰身形飘动，一纵十数米，等到落地时，抬头朝前观望。这一望不要紧，只觉强光刺眼，双眼剧痛，马上闭上。不过一看之下，已确知洞口所在。他两脚刚一触地，足底便再使劲，借力用力间，身子径往洞口射去。

这一下劲道使得并不大，方向竟是奇准。就听扑通一声，沈杰穿过洞门，站在了内中地上，过去好一会儿，方适应过来。开眼打量四周，见洞内狭长，从门口到尽头，足有七八步的距离。洞窟壁上多为水滴侵蚀，不只有藓苔等植被，更现出坑洼不平之状。

门外热浪一阵阵袭来，沈杰不由后退数步，来到内洞才停。此洞说不上有多深，但因中间相较两头为高的缘故，倘在往日，大部分光线无法冲进，内洞便呈显幽暗昏黑的特征。此时此刻，有十余个太阳高挂天空，光照尤其明亮，那内洞墙壁上的情境因此是看得清清楚楚。

沈杰眼光稍一扫射，即注意到苔草之后，有些笔画，似是字迹，又似图形，俱地嵌入墙壁，约莫尺许来深。他心生诧异，所以迈步上前，右手拂去表面的苔草之类。从左至右，先是数行小字，小字后面，画着若干图形。

小字读起来是：贫僧智陀，用过许多办法，仍是无法脱出此图。刚刚误被恶兽咬中身体，经奋力挣扎，才勉强至此。贫僧自知大限将至，只是有一套“大弥陀掌”还未施展。这套掌法刚猛凌厉，兼且变化无穷，不知能否借以破开此图，重回世间。贫僧留着最后一口气不死，现将这套掌法刻在墙上，愿有缘人看到后能加习练，来完成吾之未了心愿。

笔画深入，看得出刻字者功力深厚，只是写到后来，字迹歪斜，已不成模样。

沈杰见其后画了几十路掌法，上面标注着若干穴道，以及手掌去势。他天生好武，何况是当此危难时分，练习掌法有望离开图形呢，所以不假思索就盘膝坐地，按照墙壁上所说练了起来。过上许久，终于完成，沈杰一跃而起，说道："这套掌法效果如何，沈某要试试了。前辈在天有灵，可要保佑在下一击成功啊。"他双手向墙壁拜了拜，然后快步来到洞口，大声向外喊道："'千壑图'你千壑万山，能挡过沈杰的弥陀掌吗?"叫喊声中，纵身跃出洞窟，双掌提起，先后向高空击去。

沈杰的手掌忽然变大，一掌变四掌，四掌化八掌，八变十六，继而三十二，每一掌皆如铁锤大斧一般，不停向周遭击打。

画中地面晃动不稳，与此同时，轰隆轰隆之声不绝于耳，那是手掌击在图纸上发出的声音，只不过图纸伸缩变化，形状不定。沈杰的掌力强时，图纸向外扩张，雄浑的掌力宛似打在空处，沈杰的掌力弱时，图纸又向内回缩。这么一来，沈杰的手掌纵然打不穿千壑图，也使画中地动山摇，天地不宁。

第七十四章　洞内发现

鬓白汉子喊道："喂，天马上要塌了，地马上要陷了。"沈杰感到乱石崩脸，寻思如此下去，千壑图尚未打开，此地已变成了一片废墟，如果玉石俱焚，自己也不能幸免，因而停下击打。来到下个洞窟，该洞墙壁上面刻画着许多道符，并有一些存息练气的法门，在它们之上，横列了四个大字：变化之术。

鬓白汉子的声音又像幽灵般缓缓飘至“旋风道长曾经住过这个石洞，小兄弟可要当心些，那位道长会使法术，能变成各种物事，诸如蚊子小虫的都能变化。道长因为走不出去，一气之下自缢身亡，死状堪称极惨。旋风道长阴魂不散，现在说不定变成什么东西正围在你旁边打转哩。”

沈杰皱了皱眉头，他不想再听下去，故将身上两块衣衫撕下，随后各自搓成一团，分别塞入双耳之中。这么一来，外面动静再大也就一概不闻不知了。沈杰把气息宁定，按照墙壁上道长所载法门运功，有顿饭工夫，已尽数练就。

跟着出了石洞，道声“变化”，身子摇动间，化作一只鲲鹏，展翅向空飞去。越往高处越热，化身鲲鹏的沈杰使出手段，又变出大伞等物遮住身体，等热感稍退，继续上行，如此一直来到了边界所在。边界之地云层较厚，鲲鹏不能一跃而过，沈杰于是还原真身，作势欲跳。

贾秋月等人在外看见，提笔画出若干兽类，向沈杰发起攻击。

高空的太阳愈毒愈热，沈杰无法逗留太久，战斗一会儿，返回画中地上。

他接下来走进第三个洞窟，相比前两个石洞，这里异常干净，里面似乎被人精心打扫过一样，便是细小碎石，也不易发现。在洞墙上挂了张长弓，长弓旁悬挂一壶，壶中满满当当，插满了羽箭。

羽箭旁仍是刻了行字儿，它们不但入石不深，而且字迹娟秀，恍若出自女子之手。那行小字写道：贫尼制得硬弓一张，羽箭若干，可持此弓箭射杀恶兽。末尾刻着“峨眉梅花尊者”六字。

沈杰寻思怪不得字迹秀丽，原来是峨眉女侠所写，修行女尼远离是非恩怨，想不到也遭人暗算，沦落画中。他将弓箭取了，走出洞口，当下右手搭眉，向天空望了一眼，十一个太阳以直线形式密密排在高空，沈杰感到眼睛刺痛，立马收转视线，随即从壶中取出支羽箭，在手中掂了数掂，觉得分量颇重，掂箭之时，不禁想起后羿射日的故事来。

沈杰弯弓搭箭，就听嗖的一声，第一支羽箭射向高空。羽箭还没靠近太阳，劲力便到了尽头，它然后又带着呜呜风声，自高空坠落。

弓身上又搭起第二支羽箭，欲行发射。这一次沈杰加大了气力，怎奈硬弓拉到一半，“啪”的一声弓身从中断作两截。弓绳也一分为二。

沈杰摇了摇头，提脚迈步，进入下一个洞窟。

此洞地上摆了许多尖石，靠北的墙上还贴了根绳条，拿下来拉一拉，感觉极其坚韧。

第七十五章　下雪了

绳旁墙上用尖石划了数字，字体斗大，但经岁月侵袭已不甚清晰。沈杰眼力纵好，却也花费许多时间，将其逐个认清。上面写着“无名氏于闲逛之际，偶拾绳条一根，此绳异常结实，为免浪费，特挂此处，无论何人进来，均可取去自用。”

沈杰反手拔出钢刀，当下以刀身为臂，绳条紧紧系住两端，当作弓弦，用手拉一拉，那绳条弓弦铮铮直响，力道显得十足。

后离开洞门，来到平坦空地，沈杰取出十支羽箭，箭头全部朝外，而箭羽在内尽数抵在弓臂之上，再把箭杆挨着弓弦将弓拉满，沈杰举起弓箭，欲行发射。仰头时分，只觉光线刺目，如此一来，便睁眼都很困难，更别说要瞄准太阳相射了。

正所谓一艺通百艺通，沈杰接着使用幻术，变出数条黑布遮挡住双眼。黑布下的天空多少还显得闪亮，不过相较刚才，刺目感大大减弱，总算能抬头相看了。沈杰深吸一口气，身形纵起，伴随这一纵之势，手执弓箭，将羽箭连珠发出。十支羽箭夹挟劲风，先后朝十个太阳射去，势道极其迅捷。

就听咚咚咚响声不绝，十轮太阳光芒四溅，照耀的画中天地清亮异常，此亮过后，画内恢复本来颜色，那灼热难熬的温度也一同消失了。

沈杰只留下一轮太阳未射，画中地面又出现了几许生机。他事功一成，遂把箭壶放在地上，解下绳条，将钢刀重新插回背后。

他走进下个洞内，多个太阳突然消失，洞窟中幽暗昏黑，已没有先前的光亮。借着从洞外射入的几缕光线，沈杰还是大致能看到内洞墙壁上的光景，犬牙交错，纵横相连，是几十条石画的线路，其中还有许多波纹形状，仔细观瞧，是幅地图。纵横线条应是道路，波纹形状则是水波河流。

他因有先前经验，所以注意向右侧去看，果见有若干小字标注其上，乃是：我走了九天九夜，终于行遍千壑图每个角落，今将图形画在墙上，以备来者观瞻。

沈杰正要仔细察看，旁边劲风吹来，不由得吃了一惊，急忙侧头。若隐若现的光线下，见鬓白汉子头戴毡帽，从外闯进。鬓白汉子长相本就奇怪，毡帽歪在半边，看上去更显滑稽。那帽檐上同时沾有不少白色的絮状之物。鬓白汉子双眉皱紧，现出焦急的神色，上下两片嘴唇同时不停开合，似乎在说什么话。沈杰竟是半点也听不着。一寻思，才意识到是耳中塞了东西。他自耳内取出揉成团状的衣物，登时听到有两个声音在向自己说话。一位便是鬓白汉子，他焦急慌张地说道："外面下雪啦，好大的雪。自从我进来这里，还从没见下过如此大的雪。"另外有个声音掺杂进来，听见此声，向来从容的沈杰几乎不敢相信。

那个声音清脆响亮，正是自己日夜牵挂的宛妹。沈杰听了半晌，方将右手伸进怀内，掏出那个“雪人”出来。

第七十六章 雪

沈杰将“雪人”掷向半空，念声咒，那“雪人”立刻表面融化，从中跃出一人，长相秀美，迥非凡俗，正是宛妹。两人多时不见，心里均自牵挂对方，两人互相走近，各把双臂伸开，将对方紧紧搂入怀内。

鬓白汉子不谙世事，看了半晌，觉得不耐，他便转身走出。洞外是片白色天地，雪花不断从空坠落，后者压前者，不大工夫，地面雪花积了几尺来深。鬓白汉子举步走进，行不过数步，积雪堪堪没到了膝盖附近。鬓白汉子再想提脚时，那脚上恍如牵上了千钧重力，无论怎样也抬之不起。一岔气，站立不稳，身子向前摔跌，头脸扎进雪中，呛得鼻中眼内皆是雪花，呼吸登感不畅。

鬓白汉双手撑地，要挣扎起身。可是他人小力微，雪地又湿又滑，使出诺大力气，仍没法脱离。没法子，只好张开嘴巴，大口咬雪几口，方有空间容鼻呼吸。费了许多力气，好不容易站起身体，猛一抬头，只见远处有座光秃秃的山峰，壁削直立，险峻之极，峰顶还站了名劲装汉子，双手执旗，在那边挥舞不停。

雪越下越急，过会儿鬓白汉就会葬身此地。旁边山洞中接连飞出两人，他们施展纵行术，一纵就是一两里，到将要落地时，脚尖在雪上轻轻一点，便又前行多远。其中一人身穿长袍棉褂，是名男子。他来到鬓白汉身边，右手五指并拢，在鬓白汉子衣领上一提一荡，鬓白汉子离开雪地，立如荡秋千般被用力抛出，方向部位，是离身不远的某处高地。

鬓白汉喊叫着双脚踏到了实地。那两人也紧随而至，鬓白汉见了男子，作揖谢道：“刚刚可真要谢谢你啊，不然我就要死了。”

沈杰说道：“沈某不过让你多活个一时三刻，等雪漫将上来，大家依然不免一劫。”

鬓白汉皱眉来回走了几趟，好像发现了什么，提高声调问道：“对了，对了，天降大雪，这高地上为何没有半点雪花?”

宛儿回道：“这不是天上下的雪，是荣兴用他的皂面牌召唤来的。此雪从半空坠落，我们站的地方高过了他施法之地，所以无雪。你看，呐，就是那个人。”她伸手朝远处山峰上的劲装汉子指了指。

鬓白汉低声咕哝了数句，干脆一屁股坐在地面上，大有一副慷慨赴死的气概。

沈杰宛儿相视一笑，两人携手走到高地边上坐下，往下看了看落雪，就齐把视线收回，相互说起话来。谈到“小雪人”，宛儿不无痛惜地说道：“‘小雪人’给弄坏了，大哥，你得想办法赔我一个。”

沈杰道：“出去之后，我给你堆上十个八个，只要你愿意，就是再多也无妨。”

宛儿笑道：“男子汉说话算数，可不许反悔。”沈杰道：“我怎会说谎话骗我的宛儿。”宛儿心头一甜。

说话之间，下面的雪花越聚越多，寒冷凉气渐渐地侵上高地。

鬓白汉子当先禁受不住，他在高地上不断地跳来跳去，如此一来，那寒冷之感稍有缓解。

第七十七章　出图

宛儿起初并不觉得怎样，到了后来，脸色泛白渐感不支。这是因她在“雪人”中被困多时，功力未免大大减弱，当寒冷袭来，身负武功的宛儿竟根本无法抵挡。

沈杰脱下长袍，盖在宛妹身上，方觉得好些。把眼向旁一看，见鬓白汉子全身缩作一团，也在那里畏寒颤栗。再过多久，连他自己都感到了恁多冷意。宛妹低声道：“这一关小妹怕是挨不过去了。大哥，咱们刚见了面，哪知又要分开。宛儿好不甘心哪。”说时牙关咬得咯咯直响，显得很有不胜之态。沈杰寻思宛妹身子虚弱，这么下去定无幸免，与其在此呆着，倒不如闯一闯的好，说不定真的能离开千壑图去。于是说道：“妹子莫要太过灰心，不到最后时刻，结局仍旧难说。你先在这里等会儿，我去去就来。”他手掌松开宛儿站起身来。

沈杰反手拔出钢刀，接着捻声诀，离地而起。到了高空，敌人画出飞行恶兽前来攻击，沈杰施展“幻影刀法”，一招挥出，就有一头恶兽要害中刀。片刻间画师画出的几十头怪物均被沈杰提刀砍死。

沈杰展动身形，来到边界处，然后举起刀刃，朝界边上斫去，瞧这架势是要破图而出。

贾秋月在外瞅见，对图波尔说道：“快画太阳晒他。”

图波尔听命，一口气画了数十个太阳，都置于卷册顶处，与沈杰相距颇近。

这数十个太阳中，有五六个因为心情紧张，画的似是而非，图波尔便提笔涂抹开去，在旁另添七八个，弄来弄去，整张千壑图变得污糟一团，不复原来面貌。

数十轮太阳一画，沈杰不得不回转高地。雪花经阳光照射，俱地化作水珠，它们聚在一处，宛如江海般浩瀚汹涌。流水肆无忌惮的向四周流淌着，填充着一切有可能的沟壑和低洼地带。

这时感到冷热交织，痛苦难熬的滋味，与适才又自不同。

很久之后，便听“轰隆”一声巨响，好似天崩地裂般，地面震动摇晃个不住。

伴着滋滋响声，大股水波一起向下涌去。

沈杰等三人脚底一空，身子同时呼呼往下坠落。

沈杰意识到是画卷裂了口子，他运力下拍，止住下坠之势，随即使出挪移功夫，将宛妹与鬓白汉一起平稳接到地面。

沈杰三人回到真实世界，心里均高兴不已。

千壑图机关纵多，毕竟是纸张之类，先前经强光照射，那图纸早变得干瘪，后来大雪化水，在图纸上奔流穿行不息，纸张禁受不住，终于从中断裂，一分为二。

荣兴浑没料及，当下也从画中掉落地面，一命呜呼死了。

图波尔见大势已去，转身欲逃，沈杰从后赶上，挥刀把他砍成两片。

而贾秋月在沈杰等人出来之前，借树掩身，最后逃得一命。

第七十八章　遇见

贾秋月一动不动地站在树后，待沈杰三人离开，才迈步走出。记起邪派高手凌典住在顿水之滨，她一心要为夫君报仇，如今情势，只好去找凌典帮忙，所以稍作休整，提脚向之行去。此是六月天时，路上花红柳绿，沿途说不尽风光旖旎。贾秋月一路只顾想着心事，却无意观赏。这日来到历下府，听说当地泉水颇多，也不以为意。中午打过了尖，再行一程，蓦地阴云聚合，狂风大作。贾秋月见不远处有间茅屋，所以纵身跃过去。刚刚站定，听到底下“哗啦哗啦”响声不绝。好奇之下探头而望，见下面是池泉水，清澈透明，略可见底。池子长方，三面用石头围起，只留北面一个缺口与河水贯通。在池子南边位置，青石垒就一面高台，上面以石头为基，并排雕了三只虎头，皆张口作咆哮状，样貌很是神骏。泉水不停歇地从虎嘴中涌出，倾注池内。过去一刻，远远地走来两位持戟武士。一位手中还拿了面圆形盾牌，到了池旁，顿住脚步，武士举起盾牌，向池中发射许多红光，但见泉水汩汩，身影晃动间，有名高大汉子从中跃出。

到了地面，大汉一面将身形稳定，同时执了执手，从容问道：“两位兄台手持南海盾牌，来我处有何贵干？”

两武士沉声答道：“南海龙王要到徂徕山杀敌，特招附近水军前去助战。徂徕山距此不远，黑虎收拾收拾，即可随我等前去。”

大汉脸色憔悴，看上去好像生了一场大病似的，但声音雄浑，犹不失武者刚强气质。听罢眉头轻皱，从容说道：“徂徕山是宁甫公子之地，我先前听人说起，南海龙王与宁公子有仇，此次前往，遮莫是为对付宁公子而来？”

两位持戟武士相互对望一眼，不承认也不否定，只是缓缓说道：“龙王下了旨意，你只管听令执行就是，问这些乱七八糟的干嘛。”

大汉淡淡笑道：“昔年宁公子被封金士，驻守徂徕山，在下也有幸观临其事。当时赤脚大仙曾传天帝谕令，说道宁甫兄入道不久，许多事还是不懂，如遇危难，众地仙可从旁协助一二。因天帝谕令在前，恕我不能相助龙王爷了。两位回去，可把意思转达转达，天色已经不早，黑虎就不虚留二位兄台了。”说着话，又纵身跃进池内。且说黑虎潜回水中，写一封书信，派人悄悄送去徂徕山。信中所写，无非是大难将至，小心提防等情。

俩持戟武士碰了个软钉子，心中都觉愤怒。两人转过身子，沿原路返回。

三位现身对答，用的是法术中的虚幻技艺，因此寻常百姓既看他们不到，也听不着说话。

贾秋月的邪术不低，对虚幻之术自是一眼看穿，不在话下。“南海”两字甫一入耳，浑身如中电掣，立马想起狮虎兽来：那个狮虎兽似乎便是南海中的，它用爪牙抓破丈夫心口，导致丈夫不治身亡。沈杰纵然可恨，狮虎兽却更是该死，我正不知往哪里寻它，天可怜见，让老娘在这里碰上了仇敌，我非得手刃此贼，为夫报仇不可。

第七十九章　受伤

六月的天气酷热难当。位于肃温县的岢水河畔，一位四五十岁的妇人手持捣衣棍，正坐在河边石上洗衣。妇人洗完衣衫，将它们全部放入盆中，起身走时，见河面上飘来一物，晶莹光亮，与众不同，妇人觉得诧异，就放下手中木盆，伸手捞起。闪光之物与妇人掌心甫一接触，光芒便即消减，原来是个圆珠，只有弹丸大小。妇人以为是旁人丢下的，在河边又等了许久，不见人来，于是扔进盆内，带同回家。

妇人本家姓张，多年前因嫁于邻村猎户孟弘，故将本姓隐去，平素仅以“孟氏”代称。孟氏家住村东，一排数间瓦屋相连。日子虽说不上富足，倒也颇过得去。这天回家见了丈夫，把在河边所遇珠子一事尽数相告，右手同时取出亮珠，递与丈夫观看。孟弘老眼昏花，看什么都模糊，但见到这颗珠子，眼睛还是禁不住给晃了一下。他定了定神，对孟氏说道："此珠是老夫生平所仅见，说不准有什么来历，夫人要好生保管，切莫等闲示人。"

孟氏按照丈夫所说，珠子放进衣柜储藏，便是儿子回来也只说些寻常事情，对珠子竟然绝口不提。孟氏夫妇育有两子，大儿性格莽撞，早年因为失手打死了人，被官府抓起来，至今仍还没放。幼儿名唤如仁，取"如仁"二字，是希望他为人能随和仁善一些。怎料此子脾气暴躁，长大以后，性情竟跟大哥一般无异。孟如仁骨子里多少带些江湖习气，除了舞枪弄棒，还爱结交意气相投的朋友。孟弘夫妇见儿如此，心中纵然担忧，也无可奈何了。

孟如仁有练武的习惯。这天清晨干完家务，独自来到北郊练拳。使完一套大洪拳，远远的闻到股焦糊味道。焦糊味浓烈至极，似是谁家失了大火。他顺着味道一路找去，拐过两座山头，见千步开外，七八名劲装汉子手执火把，在焚烧一间土屋。土屋四周围着许多麦秆，一经点燃，就狂吐火舌，放肆向中心蔓延。烈风把浓烟吹得四散飞扬，孟如仁相隔较远，亦能感到呼吸不畅。土屋是村人用来烧瓷的，现在早就废弃不用，这帮人物举火相烧，不知何意？孟如仁快步上前，待离得近些，便提气喝道："你们是干什么的？赶快给我住手。"

劲装汉子听到喝叫，均是一怔。其中一个瘦骨嶙峋，见孟如仁孤身一人，惊异之情，全部化作鄙夷不屑，当下哼了一声，吩咐周边几人道："不要管他，我们再加把火，里面的人将必死无疑。"话一说完，有名黑衣汉子搭腔道："老大啊，这人身受重伤，内力已所剩无几，不如兄弟们冲了进去，一剑斩杀算完。"瘦汉沉声道："那人功力虽失，究竟非同小可，为了以防万一，大家还是小心些为好。"黑衣汉会意，手掌一使劲，将火把扔进屋内。经烈火焚烧，半边屋子很快燃烧起来。孟如仁怒道："恶贼休要放肆。"

说话声中，快步上前，一脚把黑衣汉踢了个仰八叉。其余劲装汉子仍然手执火把，添火焚烧。孟如仁来到各人身畔，双手接连夺下众人手中火把，远远抛出。

瘦汉使个眼色，众劲装汉子提脚迈步，对孟如仁渐成合围之势。孟如仁不待他们靠近，便使出“扫堂腿”，“罗汉拳”，“大擒拿手”，分别打翻三人。剩余五位抽出兵刃，一步步走上前来。孟如仁先使个箭步，冲到东边。站在东边的是两名执叉壮汉，看见对手突然来到，齐吃了一惊，喊道：“啊——你——”，才说了两个字，就被孟如仁掌按胸口，径直打出数丈开外。

另外三名汉子目蕴神光，显见得内力深厚。孟如仁空手应对，斗了半晌，渐自不敌。他不住往后倒退，等到了石屋旁边，脚下给麦秆一拌，身体朝后摔倒。瘦汉就在三人之中，他指着孟如仁笑道：“逼这人进屋，用大火烧死了他。”三名劲装汉挥舞兵刃，刀风呼呼，向孟如仁兜头砍至。孟如仁头一偏，堪堪避过。此时鼻中闻到呛人气味，胸腹间难过难熬，险些便要吐了出来。劲装汉子又挥动兵刃攻来，孟如仁双手在地上乱抓乱摸，想要拿起什么物事，来稍作抵挡。抓摸之际，手指碰到一物，虽异常滚烫，却是坚硬无比，似为金铁器物，孟如仁哪儿还有时间细查，于是忍热抓起，胡乱朝外一丢。

只见光芒闪烁，光芒过后，马上恢复正常，不过说来奇怪，几乎便在同时，屋外三名劲装汉子的叫声也戛然而止。

孟如仁适才因迷雾遮眼，没瞧清楚，只是觉得光华大异寻常。他心下疑惑，故起身察看，往外行出数步，就听得有个洪亮的嗓音失声喊道：“妖术，这人会使妖法。”说话者脸色晦暗，身上还沾有不少杂草，是先前给孟如仁击倒的某位劲装汉子。话音落下，黑衣劲装大汉接口道：“不，这不是妖术，这是很厉害很厉害的武功。咱们快去告诉黎山老妖，他的徒弟让人给杀了。”五名劲装汉先后爬起，蹒跚着循来路而去。

孟如仁没发现后来攻击的三人，诧异殊深，现下不便追上去问个究竟。恍惚时，隐约望到一道红光掠过天际。那红光形如飞鸿，矫矢腾空去了。

石屋被烧得不成模样，孟如仁脱下外套，扑灭余下的火苗。

屋内地面上，横七竖八的摆着许多被烧黑的瓦砾。在一片瓦砾堆中，有个方正的脸蛋显露出来。看到屋中有人，孟如仁惊骇不已，他踢走瓦片，将那人从屋内拖出。

孟如仁探他鼻息尚有，惊异更甚，仔细观看，地上躺着之人脸上尽管涂了不少烟灰，但还是掩饰不住内中一股清秀之气，寻思便是瓦片石头，在屋内也都烧得乌七八黑，此人亦是血肉之躯，怎会安然无恙？

第八十章　说书人

孟如仁带他归家，过去数日，清秀汉逐渐清醒过来，火伤基本痊愈，只是身体先前曾遭重创，内伤一时不得便好。但说话行路全无妨碍，一眼看去，与常人并无二致。清秀汉自称姓宁，单名一个甫字，本是浙江人氏，今番来到岢水，是为访友而来。对于如何受伤，宁甫摇头不语，神色间异常落寞，孟弘夫妇见他如此，就不再相问。

这日傍晚，孟如仁独自步行出门，准备砍几捆柴，回家烧火用。过山涧时碰上一只恶兽从石沟内跃出。天色既黑，地面且滑，孟如仁不小心摔了个趔趄，登从百十丈的斜坡咕噜噜滚下。一路荆棘尖石颇多，孟如仁皮粗肉厚，恰如开了个油盐酱醋铺子，刮得遍体是伤，纵无大碍，不过伤痕累累之态，令人不忍直视。

孟如仁拍打掉身上尘土，抬头看一眼坡顶。只见木柴四散，遗落的山坡上到处都是，遇这情状，他即弃了捡拾的念头，迈步往回而行。

走到半途，月光下见一人面河而立，见到背影，孟如仁便迈步上前，开口问道："宁大哥何故来此？"

那人就是宁甫。他转过头来，看见孟如仁模样，先吃一惊，过了会儿答道："我有些心事，始终难以索解，刚刚上床睡不着觉，所以出来走走。"孟如仁说道："小弟现在口渴得紧，前面正好有家酒楼，宁大哥倘无别事，便陪我吃上杯酒吧。"宁甫望见百丈开外有座灯火明亮的酒馆，约有两三层楼高，一面酒旗招子从门口探出，烈风呼啸，将之吹得摇摆不定，上面以铜丝做线，仿佛绣着"太白楼"数字。

宁甫说道："一醉解千愁，多少吃些酒，于我多半是好的。"

两人并肩走向酒楼，楼内客人不少，他们径直上楼，选了个齐楚阁儿内坐下。阁外人声嘈杂，才一坐定，便听见木板"啪"的一声大响。这声响过，喧哗的酒楼刹那间变得杳无声息。孟如仁诧异，问店伙道："这是怎么回事？"店伙是位长相机灵的少年，听孟如仁说话声音过大，忙把右手食中两指放在嘴边，做个噤声的姿势，轻声道："客官小声些，这是我们请来的说书名角，叫做'百里一说'，讲的故事可谓精彩至极，我们酒楼不惜花费重金，特地将他请来这里。"

孟如仁道："听书怎可无酒，店家快将些烈酒筛上来，肉只管拣新鲜的上。"

店家连声应诺，没一会儿，酒肉流水般端上。

两位各倒上酒，才饮了半盏，阁外有人大声道："今日俺来到贵宝地，要服侍各位听一段故事，名字就叫'龙王爷大战道神'。"

宁甫端起酒杯，欲待饮喝，乍听此言，神情不自然的变了一下，那端着酒杯的手儿略微倾斜，杯中酒顺势向外倾洒出来一些。

第八十一章　说书

孟如仁以为宁大哥手滑拿不住酒杯，并没怎么放在心上。

说书人先云里雾里地说了一通，及至讲到龙王一行来到徂徕山脚，声调不知不觉提高了些，每位酒客均听得是清清楚楚，他声音圆润，断断续续讲道：

“话说南海龙王率众来至徂徕山，各把云头收起，军中小校随即拿出一面皮鼓，伸鼓槌哐哐哐敲击起来，鼓声嘹亮，瞬间传遍了徂徕山，道神爷闻讯仗剑而出，他身边还跟着凝玉夫人。说到这位凝玉夫人，就不能不提她身上那颗珠子。据说凝玉夫人幼时患过一场大病，因一个游方僧人舍却一颗亮珠，喂给凝玉吞下，这病方才治愈。从那以后，凝玉夫人便与珠子形影不分了。那珠子晶莹光滑，十分奇特罕见，在下要是没有记错，似乎叫做”天火珠”。道神爷所执之剑无坚不摧，名曰‘驱魔’，说起来也是一件稀世宝贝。”

单听声音，孟如仁觉得不够过瘾，于是让酒楼伙计撤去屏风。

屏风一去，楼内情境一目了然。偌大的酒楼内，密密麻麻坐了许多人，正前方有个石台，长宽均不过丈许，上面放了张木桌，桌面更铺着块红色绒布，把大半张桌子都遮盖起来，绒布靠南位置，摆了木板和折扇。

桌后站着位中年汉子，看上去很是严肃，他右手从桌上抓起折扇，然后五指用力，将其一下打开。扇子在身前扇了数扇，继续道：“龙王见道神爷出来，当即吩咐手下几员大将上前攻击。道神提剑抵挡，双方打了几十回合，不分胜负。龙王见己方不能取胜，不禁有些着急。他又下令一众手下并力上前，如此一来，道神就招架不住了，纵然加上凝玉夫人在旁相助，仍是无法抗衡。道神边打边退，万分危急之时，低声念动咒语，那长剑突然间光芒闪烁，这光芒威力极大，一经发出，南海众将便齐相倒退。南海龙王震怒，他迈步上前，沉声喝道‘宝剑啊宝剑，本龙在此，你还敢造次么?’道神所提宝剑本是灵异之物，南海龙王这样一说，它果然收起光芒，不再发射。道神敌不过南海神将，唉，可怜堂堂一位好男儿，就这么被打得一命呜呼，魂飞魄散了。”到了后来，语气渐转悲伤，中年汉提起木板，在桌上重重敲击一下。

“曾仲有，我们兄弟到处找你不到，不想老兄你偷偷躲在这里当说书先生，阁下这般大放厥词，泄露天机，小心让龙王爷知道了，好歹有你的苦果子吃。”话声发自酒客中间，声音尖削刺耳，乍闻之下极不舒服。

中年汉笑道：“我说的都是实话，龙王要当真怪责，我心甘情愿领受便是。”

“闲话少说，这就跟我们走吧。”说话声中，酒客中接连飞起两人，还没看清模样，便一左一右架住中年汉的胳膊，身形纵起，向酒楼窗外跃去。

第八十二章　酒楼异闻

众酒客见状齐吃一惊，大家你一言我一语，好半晌停不下来。

孟如仁诧异尤甚。他是练武家子，功夫称得上非凡，只是见识了适才三人的轻功，自觉颇有不如。寻思便再修炼多少年，都未必及得上他们。另外两人倒还罢了，那个说书先生身材肥胖，轻功之术居然也有如斯造诣。他当然不知对方是仙流人物，本领就算不济，也比凡人高手为强。这么想了会儿，始终难以明了，于是干脆丢下不予理会，一转头，见宁甫脸色苍白，坐在那里呆呆出神，以为他跟自个儿一样，也被三人轻功所惊。便道："这三人轻功自成一路，是孟某生平所仅见。宁大哥不是江湖中人，倒也有些识别。"

宁甫缓过神来，低声应道："轻功什么的我没太留意，宁甫听书入迷，以致有此失态。"孟如仁望一眼窗外的月亮，说道："现在天色已晚，咱们喝酒听书够了，这就回府吧。"付过了账，两人起身下楼，踏着月光一同回家。

等到了家中，孟如仁除下衣衫，把伤口一一洗净，略为包扎后，倒头就睡。

第二日起床后，发现宁甫已经不在，问过父母，均说宁甫一大早便就离开，孟如仁略觉疑惑，过去几天，也就渐渐的撇在一边了。

这天晌午，孟如仁干完活计，准备归家。走在路上，听到身后有人喊叫自己名字，回头看时，有几分惊喜，那人穿一身青衣正是宁甫，不过他背后忽然多了柄长剑，文秀气质中兀自平添几分英侠之气。刚一见面，就开口道："前些日子多承孟兄弟照顾，又蒙以一顿酒肉相待，宁某不胜感激。在下趁今日有暇，特地赶过来，除了要叙叙旧，还做回东道，把些酒食相酬，也是朋友间礼尚往来的意思。"孟如仁一笑。

两人七拐八绕，再次来到太白楼，于是提脚迈步，上了二楼。

酒楼上高朋满座，好不热闹，他们选了个靠窗的座头坐下。

孟如仁见宁甫身背长剑，至此才晓得对面坐着的这位儒雅相公是位武功高手，说道："孟某习武多年，会过的好手多不胜数，谁知这次竟走了眼了。宁大哥深藏不露，剑法想来也是极好的。"宁甫答道："偶然学得几路剑招，只是防身的手段罢了。"

在他们说话时，楼下街上起了一阵喧哗，紧接着唢呐响声不绝传入耳内，旁边酒客中有人说道："任知府的大公子要娶第二十房姨太太了。听说这房姨太太模样标致，是惠丰镇出名的美人儿。"这话说完，另有个浑浊的声音接口道："惠丰镇？是不是许家贤的二千金许雪莲？"先前那人应道："对啊，便是此女。"浑浊声音又道："许雪莲名声在外，老哥也颇有所闻，只是据说她已经有了未婚夫了，名字叫卫什么，对，叫卫瑞儿。"

第八十三章　闯下祸端

片刻后，一名女子的哭声响起，声音惨厉，与喜庆的唢呐声相伴和，听起来很不协调，不仅相差极大，且有南辕北辙之感。少顷，又有个男子的声音喊道："雪莲，小生来得迟了，你不要离我而去，便是死，咱俩也得在一起。"女子止住哭声，呜呜咽咽说道："卫郎，你总算来了。"

"你这奴才，来此啰噪，敢情是吃了熊心豹子胆了！左右，给我棍棒伺候。"言罢，马上响起几声如狼似虎的吼叫，然后板子声、哀嚎声、旁人的惊呼声相继响起，杂在一处既嘹亮又混乱。

楼上酒客纷纷探头窗口下望，看到街上一幕，无不摇头叹息道："作孽啊，真是作孽。"

孟如仁与宁甫耳聪目明，不用去看也知下面发生了什么。孟如仁性如烈火，当先发作道：“贼子可恶，我如不痛打一顿，难消心头之气。”不待宁甫反应，当即离桌而起，他左手在窗沿上一搭，使个“鹞子投梭’，翻身从窗口跃出。

街上围观者不少，见有人从酒楼上跃下，均是大吃一惊，边躲边说道：“这人得了失心疯了，大家伙赶快躲开些。”

孟如仁双脚踏地，急睁凤目观看，只见身前不远处有座花轿，四周围以红色帷幔，花轿前后站了许多灰衣大汉。汉子中间是一位头戴黑帽的无须汉子，身上还裹了件大红衣裳，在他脚边地上，横躺着一位浑身是土的汉子，脸上青一块紫一块，模样极其狼狈，不问可知，那全身着红的是知府公子，躺在地上的应为卫瑞儿。

孟如仁提气喝道：“无耻恶贼，趁早赶紧放人，否则小爷的拳头不认人。”任公子愣一下，又抡起棒子，继续击打躺在地上的卫瑞儿。花轿帷幕突然掀开，从中冲出一名女子，挡在卫瑞儿身前，说道：“不要再打了，不要再打他。”任公子收手不及，有几棍打在女子身上。那冲出女子穿着凤冠霞帔，看上去十分秀丽。只因冲得快了，凤冠被甩到旁边地上，头顶便露出满头乌黑的秀发。

任公子急得抓耳挠腮，过了半晌，吩咐一众手下道：“把他们给我统统打死。”‘死’字刚出口，屁股上就被人狠狠踢了一脚。任公子如腾云驾雾一般，向前远远飞去。

孟如仁从后追上，又挥拳打了几下，才肯罢手，怒道：“下次若再这样，定不饶汝性命。赶快滚吧。”

其余奴仆见孟如仁勇猛，哪个敢靠近身来，听他松口，如逢大赦，众仆扶起任公子，一瘸一拐地去了。

任公子诸人走后，众人齐地鼓掌赞道：“义士好手段。”许卫两人走上前来，谢过救命之恩，孟如仁客套几句，匆匆上楼而来。

第八十四章　被抓

孟如仁回到自己座位上坐下，店伙从旁过来，打了个躬说道："那位任公子倚仗父势，无恶不作，今番吃了大亏，定不肯甘休，两位爷吃完这杯酒，还须急速回避为是。"孟如仁答道："店家不用担心，我们自有主张。"

也不知多久，街上响起大片蹄声，到了楼下戛然而止，有个沉厚的声音接着喊道："奸徒就在酒楼，大家快围拢过来，不要走脱了他。"

孟如仁大怒，就欲跳下楼与之厮拼。

宁甫一把拉住，劝道："你我酒足饭饱，这就去吧。宁甫还有些俗务缠身，不即离开此地。孟小弟要有什么事情，只管来庄东寺庙中寻我。"

孟如仁愤然道："好好的一顿饭，到头来给搅了个乱七八糟，着实气煞人也。依我往日的性子，不打它个落花流水才怪。"

说话间，大批官差手执铁链戒尺，从下面一涌而上，看到宁孟两人，齐地欢呼道："啊哈，在这里了！抓住他们，知府大人定会重重有赏。"

官差抖动铁链，哐啷啷声响中，迈步上前。

孟如仁展动身形，想与官差恶斗一番，身体将动分际，觉得浓雾弥漫，眼睛立刻随之闭上，一晃神间，身子离地而起，眨眼便来到了大街地上。

睁眼见所处之地是条狭窄的街巷，旁边并无他人，不由十分纳闷。走过数街，隐隐听到远处巷弄里传来官差惊愕诧异的声音。孟如仁猜测此事多半与宁甫相关，但又不敢过于确信，当下带着满腹狐疑，回到了家。

下午时光匆匆易过，夜色逐渐降临，吃饱了饭，孟如仁一家稍作洗刷，就各自上床睡下。

到了半夜，院中突然亮起火光。孟如仁大惊，还没起身，一群官差撞开房门，闯入屋内，这时来不及取衣，右掌运劲，发出裂石开碑的一掌，前面五六人被掌风震得前仰后合。第二掌再要发时，十多名官差已飞扑上前，将他的手臂牢牢抓住。孟如仁手臂转动不灵，力道一点也使不出来。后面官差相继进屋，用一条铁链拴住孟如仁身子。

众官差抓住孟如仁，无不大喜。有那顺手牵羊的，翻箱倒柜之际，将些值钱物事一并取了出来，其中就有孟氏在河边捡拾的珠子。

百十人前呼后喝，一起押送孟如仁回衙。

当他们踏进府衙的时候，一位打扮怪诞的汉子正在院中练拳。这名汉子生得不丑也不俊，头顶挽着高高的发髻，加上全身套一件半新不旧的衣服，样子看上去着实另类。

下人走上前，双手横托一柄朴刀递上，另类汉子伸手接了，朴刀便于月光下唰唰唰舞动起来。

官差经过他身畔，先后朝官衙大牢行去。最后一个将要过去时，另类汉子忙停下舞刀，叫住了这人。官差还以为自己有什么差错，吓得一动不敢动。另类汉子指指官差上身衣服，沉声道："那是什么，拿出来我看。"官差会意，他探手取出一颗晶莹光亮的圆珠出来。另类汉大笑道："这么多人你争我抢，到头来反被我'朴刀戴'所得。真是天助我也。"

第八十五章　相救

孟如仁被官府带走的消息不胫而走，轰动整个地方。宁甫在寺院呆上两日，每日里不是吃斋念经，就是练武修身，对外界传闻居然一概不闻不知。这天心头感到沉闷，所以步出院门，闲看会儿街上的热闹。走了半程，听大家交头接耳，都在议论孟如仁之事，一怔之下，惊怒交迸。为了查知事情根底，故来到孟府探问。大门虚掩着，宁甫迈步上前，执起铁环，在门板上轻敲数下。过不多时，大门打开，一位穿着朴素的妇人从内缓步走出，妇人愁容满脸，见宁甫面生，很是诧异。宁甫道明来意。妇人说道："老妇是隔壁邻居，过来帮忙照顾照顾，前天夜里官差突然闯进家中，将如仁带了去。"说着长长一声叹息。宁甫说道："这个不甚要紧，据我估计，他今日若不归家，八成明日就会回来。前辈只管宽心。"妇人勉强笑道："若是如此，那就好了。"宁甫已有闯衙劫狱之念，因而有此一说。他匆匆别过妇人，迈动脚步，径奔府衙去了。

宁甫行速本快，这时全力施展轻功，脚下足不点地，宛如御风而行一般，顷刻来至府衙。正要进府，寻思知府大人或许不知此事，这样冒冒失失的闯入，未免于理不合，不如先写一封信，将那日情境详详细细的告诉，看知府怎生回复，再定行止。他找来纸笔，先把宣纸平铺桌面上，笔尖饱蘸了墨汁，在其上一挥而就，写好后塞入信封，令人带进。在外等候多时，不见音讯，宁甫颇有些不耐，门口突地人影晃动，两位身穿官袍的汉子肩并肩从府内走出。其中一个四十来岁，身形较胖。另一位中等个头儿，嘴角似笑非笑，远远观望，挺有几分古怪。

两人走下阶梯，各把脚步停住，胖汉向中等汉子摆手道：“任知府不需远送，本督回去，立刻写一道奏折，褒奖汝擒恶有功。”中等汉子笑道：" 那就有劳申都督了。那个小贼也是前儿晚上刚刚抓到的，脾气倔强得很。缓上几日我便派人将他押赴京城，交给刑部发落。" 胖汉连连点头，一矮身进了旁边轿内，下人将轿抬起，随后迈着急遽的脚步，如飞般去了。

待其走后，中等汉子转过身，将两份信纸劈手扔在地上，厉声喝道：“适才要不是任某乖觉，早就在申都督面前拆穿了西洋镜，这样的东西，以后不要再让本大人看见了，否则严惩不贷。”下人没口子的答应，声音里满是惊恐之情。中等汉子发作完了，背过手，又大摇大摆地走进府衙。宁甫由于坐在旁边茶楼，所以没被任知府察觉，低头一看地上的信纸，心里立时凉了半截，此信正是自己所写。对方非但没当回事，言下之意，似欲重责孟如仁。

第八十六章　激战

宁甫起身出楼，当即使个手段，飘身入衙。官衙门口站着许多人，见有团黑影从眼前一闪而过，却是谁都没有看清，大家你瞧我来我看你，眼神中不禁流露出几分疑惑。

宁甫进衙止住身形，运“天眼通”查看四周。周遭围墙高垒，竟挡不住他的混元天眼。当得知孟如仁被困在一间铁室中，再展动身形，纵起跃去。

铁室处在官衙一隅，有十大高手在旁把守。这十人内功深湛，各怀绝艺，是江湖上响当当的角色，待看到一团影子朝这边飞快射来，就各提兵刃迎上前来，同时大声喊道：“喂，干什么的？赶紧给我停了下来。”“这位朋友，你是人是鬼，先留下万儿来。”“再不驻足，可别怪我们不客气了。”

宁甫哪有工夫跟他们纠缠，他东闪西避，先行越过前面五人。到与第六人擦身时，头顶身侧均有凉风袭至，这时适才越过的五人快步从后赶上，举刃劈刺。宁甫头也不回，双掌接连朝后打出，但听“哎呀”“哐啷”之声响成一片，交手才仅一招，那五名江湖好手就被掌风击倒，兵刃胡乱洒了一地。宁甫脚下丝毫不停，继续前行，其余五人顺次赶来阻截，宁甫如法炮制，将其一一打败。他用的只是俗世功夫，纵然如此，出手间仍是潇洒从容，犹有余力。

到了铁墙处，急顿身子，衣袖挥出一股疾风，去推牢门。

“大胆妖人，要想劫狱，得过了我这关。”伴随说话，旁边大树上枝叶晃动，从上跃下一人，乃是个打扮怪异的汉子，左手还提着柄半人多高的朴刀。到了地面二话不说，右掌提起，呼的一声击出。宁甫挥掌抵挡，双掌相交，怪异汉子不由后退十余步。怪异汉努力调匀呼吸，适才对那一掌，察觉出对方功力远远高于自己，要想取胜，唯有依靠“天火珠”。念头落下，不觉阴冷一笑，说道：“好内功，我这掌可不知接不接得下。”说话声中，暗把天火珠藏于掌心，发掌又即攻来。宁甫诧异道：“还不是一样嘛。”说着发掌抵挡，掌心甫相接触，宁甫便感到有极强的劲力涌至，一波未退一波又来。他吃了一惊，想要将掌收回，但为时已晚，就听“砰”的大响，宁甫足底踏断石砖，身子向后摔倒。怪异汉仰头大笑，这当口上前一步，双手持刀，直劈宁甫头顶。宁甫以为自己必死无疑，索性闭上了双目。就在这时，宁甫身后宝剑脱出剑鞘，剑刃轻轻一划，那朴刀从中折断，一分为二。怪异汉大怒，他运劲掷出”天火珠”，说道：“看你的宝剑厉害，还是我的珠子更强。”

第八十七章 离开府衙

天火珠飞上天空，与宝剑斗在一处。宝剑锋锐，居然占不了上风，这皆因珠子浑身所发之光，可抵挡亦能攻击。抵挡时其光微弱，受得住千钧重力，攻击时光芒暴增，纵及不上驱魔宝剑，也相差无几。

天火珠是凝玉夫人物件，宁甫固然不愿宝剑遭损，珠子同样不忍有何不测，看来今日之事多半难成，勉强提一口气，朗声道："山水有相逢，宝剑，这就先跟我离开。"

驱魔剑击退珠子，转身飞回，宁甫伸手接住，将之重新纳入剑鞘，冲着铁牢喊道："孟贤弟，请你耐心等待数日，宁甫到时再来相救足下。"

孟如仁粗重的声音断断续续传出"大不了一死而已，又有何惧。宁大哥为小弟这般舍命，着实不值当。"

宁甫说道："好好保重身体，别要再说丧气话，将来你我总还有见面之时。"

朴刀戴在一旁冷笑道："想要一走了之？嘿嘿，看看我的宝珠答不答应。"他继续催动珠子，向宁甫进行攻击。宁甫不想拔剑互斗，于是使个唤云术，唤五彩云飞至。此云因身染多色，故名五彩，是宁甫苦练多年所得，有飞天入地之能，可日行万里。他牙齿一咬，纵身跃上五彩云，欲行之际，宝珠飞来，放出光芒相射。宁甫一面挥出疾风阻挡，一面暗念咒语，催赶五彩云前行。宝珠之光发射一会儿，立即收敛，五彩云则趁机飞离府衙。

宁甫脱出险境，立马昏厥，直到了爪哇国边境，才醒转过来。这时飞离甚远，等到心情略觉平复，再掉转头，驾云驰向来路。他与凝玉相处时久，几已达到心灵相通的地步，原打算请得凝玉前来，将宝珠收服，可百般念动互通心法，居然没起半分效验，所以干脆停了心法，自家练起功来。练功之余，不免思量凝玉夫人，不知她近况如何，现在身处何方？

徂徕山一战，宁甫、凝玉均是元气大伤。南海诸将后来聚集功力，分别将宁甫两人打走。宁甫受伤之重自不待言，凝玉因有天火珠护身，伤势并不怎样厉害。但那一击力道究竟非同小可，使得凝玉不但吐出珠子，而且被接连打出数里开外。宁甫得救后曾试图相寻，无奈皆以失败告终。驱魔剑也正是那时被打离身体过后又找到的。此番遇到天火珠，不由又记起这位老相识来。

宁甫欲邀同道朋友前来相助，可转念一想，觉得不妥，便再放弃。自己所认识诸人，本领多半与己在伯仲之间，来了不准能帮上什么。

没法子，宁甫只得再单枪匹马赶过来。一路之上心头反复盘算，终于下定决心：孟小弟对我有救命深恩，纵然豁出性命不要，也要救他脱险。那天火珠虽是故人之物，不得已时便损伤一些，却也顾不得了。

第八十八章　追踪

宁甫盘膝运功，过了一会儿，伤势渐好。来到官衙时，孟如仁已被带走，偌大一个府衙，只剩下一干官差在此看守。宁甫问清了孟如仁去向，当即离开府衙，快步从后追去。

走了许久，前方红光乍现，紧接着光芒隐去，从中跳出一人，仔细观看，见是名英俊少年，双手握一杆丈八火尖枪。

到宁甫面前打个躬，说道："我是观音座下弟子红孩儿也。你是何人，怎么有光芒护身?"

宁甫回礼，把自己来历说了。

红孩儿道："你不在驻地修行，是否为追踪妖道而来?"

宁甫诧异反问道："这话怎讲?"

红孩儿继续说道："我奉命去往天山摘取灵芝，走到这儿遇到一群差役，后面还押了名大汉，因我多看了两眼，差役中间登有两人跃出，一个使柄朴刀，一个执着拂尘，不由分说，便上前与我打斗起来，边斗还边说'你武艺再高，也休想劫了他去。'使朴刀的倒还罢了，那个用拂尘的着实厉害，我与他俩对拆了十多招，就败下阵来。这两人手段大非寻常，因又见你来到，是以大胆揣测，尊驾便是他们话中所指之人。"

宁甫回答道："红孩儿猜得不错。"寥寥数语，将事情简单说了。红孩儿说道："那个使朴刀的，武功路数好像来自菩提门，使拂尘的功夫更高。他的门派我瞧不出来，只是见他恶斗分际，头上显现双角，或许不是凡间之物。这两位非同小可，你千万小心，我身上负伤，不能帮你除敌，危难之时可来菩萨处求助。"说毕自去。

宁甫上路，他行走极快，到下午申时已经追上。

对方一行约莫五六十人，大都是孔武有力的汉子。骑马而行的有两个，其中之一便是朴刀戴，另一人样子四五十岁，星冠黄袍，一柄拂尘更斜插颈后。

孟如仁身带锁链，在后随行。

宁甫见对方人多势众，暂时不便出手，所以化身为给人看病的郎中，紧紧跟在后面，只待他们松懈，再行动手。

诸位脚速较慢，到傍晚时，才不过走了二三十里路。这时来到一座小城，看看天色渐晚，朴刀戴吩咐众差役先行住下，明日一早再动身上路。

差役听命，即寻了本地最大的一家客栈歇脚。店家见是当差的前来，忙吩咐小二过来招呼。

官差放下行李后，纷纷来到大堂就食。

孟如仁被安排在北面屋角坐下，旁边围绕着十几位官差。众差役从腰畔解下佩刀，倚在桌边，眼睛却紧紧盯着孟如仁，只要有什么异动，就拔出钢刀，上前恶斗一番。

孟如仁不由动怒道："怎么，还怕孟某跑了不成？饭我便不吃了，只把些好酒筛来。"他将桌上饭菜推到一边说道。

一名官差骂道："贼囚犯，死到临头，还在这里耍横，惹急了大爷，让你连饭都吃不上。"边说话边起身，作势就要冲了过去。

第八十九章　江湖汉

官差说到一半，某物呼地飞入嘴中，直撞得牙齿咯咯直响。官差吐出嘴里的物事，见是块木板，上面还带着许多血迹，怒道："小子这般大胆，我瞧你是找死。"

然后持刀骂道："这一刀劈下，管教你脑袋开花，恶徒作恶多端，死有余辜。"举刀砍下，但听得风声呼呼，劲道竟是不小。

孟如仁仍端坐椅中，连眼皮都不眨上一下，他手脚虽带着镣铐，威猛气势犹存。

官差见状先惧三分，此刻上前不是，但若就此罢手，却也不能。

朴刀戴在旁发话道："好了好了，给他碗酒喝又何妨。我们押他赴京，这一路免不了要碰到诸多阻挠，最好能少生些枝节。”

官差应道：“戴爷发话了，就暂放这恶贼一马。喂小贼，你还不赶快谢谢不杀之恩。”说到后面一句时，已转向孟如仁。

孟如仁冷冷道：“朋比为奸，何足道哉。”

朴刀戴微微皱了下眉，对坐在身边的道士说道：“这人现在沦为阶下囚，谅他插翅难逃。不过有一干好手与他颇有勾结，这一路恐怕不会太平。”

道士捻须道：“来一个打一个，来两个抓一双。凭着贫道的本事，对付些许蟊贼，那还不是手到擒来吗？就如刚才的那名汉子，手段也是挺不错的了，可在我拂尘面前，一样的讨不了好去。”

朴刀戴笑道：“有真乐道长出马，又有哪个狂徒胆敢放肆，朴刀戴这次可以高枕无忧了。”

他低头吃了口菜，接着说道：“真乐道长是百年难遇的高手，任知府怎会为了区区一个小贼，便将道长请来。”

真乐道长淡淡说道：“知府又岂能请得我动？老弟实不相瞒，真乐此番出马，是当朝宰辅赵大人秘密授意的。至于押送这个犯人，哼，那不过是适逢其会而已。”

朴刀戴好奇问道：“奥，我这还是头遭听说。中间究竟有什么猫腻，道长还须详细告知。”

真乐道长摇头道：“这事牵连太大，何况临行前赵大人曾千叮万嘱，要我无论如何保守秘密。等到了京城，戴老弟自会知晓一切。”

朴刀戴大笑道：“这个使得，来来来，咱们喝酒。”

便在这时，一阵嘹亮的蹄声划破寂静的夜空。

蹄声起初相隔较远，刹那工夫就到了店门左右。这蹄声来势奇快无比，而且说停就停，众人心头疑惑，不约而同把眼睛望向门口，要瞧瞧来者是何等人物。

“店家，把我们的马儿牵到后面，草料好好伺候着。”

随着话音，门口人影晃动，两名锦袍汉子手执马鞭，从门外飘进。

这两人同时走进，众位眼前均是一亮。

只见左边那人相貌俊秀，不仅如此，他走动时衣衫飞扬，飘逸之态沛然欲出。右边那人年纪大些，身形也远比左边之人胖大。

在他们身后又陆陆续续进来了十余人，个个劲装结束，身材壮硕，看样子是练武家子。

那十来人有的挑担，有的提秤，有的拿菜，手里的物事五花八门，让人目不暇接。

第九十章　天地门

两位锦袍汉子先后落座。年纪较轻的开口道：“贺师叔，这里好多官兵啊。”吐字如珠，这人原来是名女子。与她同来的锦袍汉应道：“他们个个身怀绝艺，不像平庸之辈。”跟着又摇了摇头，疑惑道：“奇怪，真是奇怪。”锦袍女问道：“什么？”贺师叔眼光向四周一扫，说道：“和咱们同来的这群汉子，似乎也非寻常人物。呀，那是铁拳帮的吴大勇，丐帮的肖长老也来了。他今日怎地换了这身行头。叫花子不去沿街乞讨，反来这里扛秤卖菜，小玲，你说奇不奇怪？”边说边朝周围指指点点。

锦袍女笑道：“要让我说啊，奇怪的不是他们，两个人一口气不歇，从武陵马不停蹄地赶到这儿，才真真叫人纳闷哪。”贺师叔道：“哎，那也是没法子的事。明日校场比试，咱们得提前赶到才行。幸亏你我骑的是汗血宝马，要换成一般脚力，恐怕早就不支了。嗯对了，这一路颠簸，师叔还禁受得住，师侄你身体还能行吗?”锦袍女答道：“师叔勿用挂心。师侄在路上服下几颗定心丸，不碍事了。反正来到了家门口，小玲也很想早点见到爷娘呢。”过上会儿，月亮悄然爬上梢头，贺师叔说道：“时候不早了，玲儿，咱这便离开。”起身当先前行，锦袍女紧随其后，经过宁甫身边时，感到一股强烈的气流。贺师叔觉得惊奇，朝对方一瞧，看到他气定神闲地坐在那儿，身子绝不摇晃半点，心下暗暗骇异：这人定力好强。然后出了客栈，与玲儿同时翻身上马，策马扬尘去了。

也不知多久，门口脚步声响，一位尖脸汉子脚步匆匆，从外闯入。这名汉子右手提棒，到了厅中，将棍棒在地上一拄，朗声道：“天地门弟子左辉奉师命前来拜会各位江湖朋友，家师正在帮中相候，还请诸位移动尊驾，前往一聚。”他说话时暗运内力，客栈中人无不听得是异常清晰。

一位中年汉子粗声回答道：“这位小哥怕是认错了人，我们都是正儿八经的生意人。什么江湖朋友，我们可半点不懂了。”左辉说道：“铁枪吕说笑了，吕爷享誉武林多年，当年靠一杆铁枪打遍绿林无敌手，小可仰慕得紧，只是一直无缘得见，常自引以为恨，今日在这遇见，殊为难能，等会儿可要向您好好讨教讨教。”铁枪吕尴尬笑道：“小子你一语道破玄机，我吕英良便想遮掩也是不能了。”左辉缓了口气，继续道：“师父他老人家说了，众位好汉光临本地，如果不进家门，那还成什么话。一旦传播开来，江湖上某些好事之徒难免会说，天地门太也不够朋友。所以不管怎样，也要请朋友们跟我走上一趟。”“天地门的这位小哥，我们官差你们请不请?”官差中有个粗狂汉子插嘴问道。左辉笑道：“我们从来不与官府交往，官爷如想进天地门看看，也没什么不妥。”这名官差对朴刀戴说道：“戴大人，天地门掌门尤宏素来好名，咱们走一趟也好。”朴刀戴皱眉道：“你我还有公务在身，羁留于此，恐怕会耽误了正事。”

第九十一章　老太爷生病

左辉说道：“明日由我师父主持，将在本帮举行比武大会。众位都是江湖朋友，到时观一观礼，也是好的。”听到“比武”二字，一众好汉立刻来了兴趣，表示愿意前往一看。真乐道长也有意观摩中原武学，遂对朴刀戴道：“这个盛会可遇不可求，你我观礼完了，再走不晚。”朴刀戴勉强应道：“到时真乐道长露上一手，大家伙好歹要见识见识。”

左辉在前领路，直向东行，七拐八绕，把众汉子带到一座宅内。宅子内外均有劲装大汉把守，见了左辉，问声好，神色间显得很是恭顺。左辉叫下人点起灯笼，自己提起一盏，便又迈步前行，过了片刻，来到一堵围墙外面，旁边树木繁茂，地面上同时隐隐有波光闪动，大家知是假山流水之类，此时听到有戏曲从墙内传出。紧跟着穿过月洞门，来到院中，院内地面极为开阔，远处灯火明亮，分从两座台中射出。一座在东，是木头架子搭起的丈许来高的平台，平台上铺着很厚的红色地毯。在台子的左右，各竖起一根胳膊粗细的竹竿，竿上插满了刀剑，十几只火把自竿身上斜斜探出。明亮的火光下，只见台上三个人儿穿了戏服，在咿咿呀呀的说唱。这三人一个红脸两个白脸，唱的是《借东风》中的一段。另一座台子搭在它的对面，乃是一座看台，此台高低错落，安放了百十张桌椅。椅中零零落落坐了些人，很多地方还空着，人数该在一半左右。

在看台最上一层，居中坐着位虬髯汉子，五十多岁年纪，长得虎背熊腰，着实好一条大汉。左辉整一整衣襟，上前拜道：“按照师父嘱咐，弟子已将江湖朋友都领来了。对了，还有几位官爷。”

虬髯汉子右手在空中一挥，下令道：“先请各位入席看戏，养足了精神，明日还有大戏要看。”

左辉领命，把众人带至空处坐下。

宁甫也一起跟了来，因他使了变化之术，模样已与原来大异，是以杂在人群内，孟如仁等人并没认出。

戏唱到中途，一位侍从匆匆忙忙地跑过来，在左辉耳边轻声说了数句。左辉听罢脸色骤变，待仆从离开，就走到宁甫身边问道：“这位朋友面生得很，想来不是武林中人，是否当真懂些医道？”

当此情势，宁甫只得搪塞道：“些小疑难杂症，尚能应付。”

左辉沮丧之情立化乌有，拍掌笑道：“那敢情好了。刚刚下人来报，说是老太爷旧疮复发，先生既懂些，便请上前给诊治诊治。大恩大德，不胜感激。”

宁甫硬撑到底，当下含糊道：“这个，那个，嗯，好吧。”

左辉大喜，吩咐家仆将宁甫带至老太爷处。

宁甫两人来到一处幽静的院落，院子北面是间大屋，昏黄的火光从内射出，照得门前一株杏树越发明亮。家仆走上前禀告一声，得了允许，便与宁甫一同推门进入。一进屋子，一股腐气迎面扑来，呛得口鼻难受。寻味一看，见屋子中央有个摇椅，椅中躺了一人，大约七八十岁的样子，脸上脓疮满布，看上去十分吓人。见有人走进，不禁开口道：“我都说过了，不许再找大夫，你们就是不听。”

第九十二章　刺客

家仆道："左公子如此安排，小的们不敢不从。"接着使个眼色，宁甫会意，迈步上前，对老太爷道："老爷子手伸出来，在下把把脉。"他已打定主意，自己看病稀松平常，但内力高深，说不得，过会儿就运功把对方体内之毒逼出。

都到了这份儿上，老太爷便不再违拗，于是左手手心向上，平放在扶手上面，说道："这个病反反复复，总不能治愈，小兄弟能治便治，不能亦无妨碍。"说时气息短促，显得身体较为虚弱。宁甫在他身边坐下，右手骈起食中无名三指，搭到老太爷手腕脉搏处，怎料手指刚一触及对方皮肤，一股真力猛地从中逸出，宁甫猝不及防，手指不由向旁滑动数尺。一连试了数次，每次皆是如此。

宁甫心知对方在运功相抗，不由异常诧异。从适才情况来看，老太爷的功力已有相当造诣，而且他脉象平稳有序，不像身染恶疾。犹豫之际，老爷子转过头，平静地说道："怎么样大夫，我的病不妨事吧？"说着话眼睛中放出一种异样的光辉，这光芒一闪即逝，立刻便又恢复正常。宁甫心头突突乱跳，霎时明白过来：这人身体无恙，他只是在装病。宁甫不懂对方是何意图，此时不便当场揭穿，低头想了想才说："先开副解毒的方子，发发汗再说。"家仆将纸笔递上，宁甫稍作酝酿，便笔走龙蛇，写将起来。顷刻完成。

这时屋外响起一片吵声，脚步声紧随而至。一个二十来岁的年轻汉急忙冲进，大声喊道："不好了老爷，少爷他，他，叫人给伤着了。"老太爷并不很急似的，只是把头微微抬起，问道："怎么回事?"年轻汉咽了口唾沫说道："唱戏的那几人原来是刺客，他们趁少爷不备，一个使飞刀，一个用弹珠，还有一个不知怎么回事，手掌这么一抬，就有道寒光射出，这些玩意儿统统打向少爷，少爷眼看避无可避，亏得左公子和一位客人跃起，分别将飞刀和弹珠挡开，这才没造成大碍。不过那道寒光终究没能避过，'噗'的一声，眨眼便穿透了少爷的胸口。"
"客人?那是什么人?"老太爷站起身，语带焦急地问道。

年轻汉答道："夜里看不大清，他双手带着锁链，样子好像是名囚犯。"宁甫一听即知是孟如仁。老太爷重坐椅内，喃喃自语道："囚犯，嘿嘿，哼，"忽然又醒悟过来，转而说道："少爷伤得重不重，要不让这位大夫过去给瞅瞅?"年轻汉摇头道："我看不用了，少爷伤的不在要害，刚才包扎了几下，血早就止住了。左公子怕老太爷这边有什么疑惧，忙令小的过来通报一声。"老太爷闭眼一会儿问道："那群凶徒怎么样了，抓住了没有?"年轻汉回道："当时大乱，大家伙忙着保护少爷，其余的事就没顾及，给恶徒们溜了。"

第九十三章　野外对话

老太爷略一点头，命年轻汉退下。又转过头来，对宁甫两人道："没旁的事，你们两个也下去吧，老夫累了要睡会儿。"家仆先抓了药，等服侍老太爷服下，方与宁甫一同退出。两人西行至隔壁房外，停下脚步，家仆手指该屋说道："屋子久已无人居住，委屈先生暂住这里一宿，若有什么事，晚上也好招呼。明日一早，小的再来接应先生。"说毕挥了挥手，自行离去。宁甫进房坐了会儿，觉得困意袭至，就吹灭烛火，和衣倒头睡下。

到了中夜，院中突然有人击掌，声音轻微至极，且响过一下就不再发出。宁甫入睡不深，马上醒转，寻思深更半夜，却是何人前来相戏？他起身下床，走到院内。白亮的月光下，只见一名壮实汉子双手叉腰，正站在庭院中央。这人身上套一件褐色大氅，模样瞧不太清。看到宁甫走出，就压低了嗓音，沉声喝道："跟我过来。"声音中自有一股威严的气势，令人抗拒不得。宁甫见对方纵身跃向院外，也施展轻功从后跟去。

两人出了宅子，随即来到旷野偏僻某地。一片乌云飞来，将星月尽行遮掩。二人相距约莫丈许远近，彼此间呼吸可闻，样子竟是异常模糊。

壮实汉子缓口气，先行说道："多日不见，你的功力真是见长哪。难道假装做他们的老太爷，于内力一道便有莫大好处不成。"说着干笑数声。

宁甫惊诧莫名，身子忍不住轻轻抖动。壮实汉子见状问道："怎么，老弟身体不适吗？"宁甫回答不是，不答也不是，杵在当场，觉得尴尬无比。壮实汉微怒道："问你话呢为何不说？啊，我知道了，你准是养尊处优惯了，连话都懒得去说。好啦好啦，不说便不说。主上让我传话给你，刺杀计划原本万无一失，哪知半路杀出个程咬金，到头来给一名囚徒坏了大事。那尤宏虽然身受重伤，性命却是无忧。明日的比试还得照常进行，尤宏身上有伤多半不会参加，你便以代掌门的身份前往主持大局，到时见机行事，无论如何不能让中原群雄赢了这场胜利。呵呵，老弟放心就是，主上特地请来了边陲武士，这番比武咱们志在必得，一来要杀杀这群武林汉子的锐气，二来你我里应外合，务须将天地门掌握手中。主上说了，天地门执掌武林牛耳，是块大大的肥肉，只要咱们把它拿下，就不怕那群桀骜汉子不乖乖听从。一旦武林人物驯服，大倭国要想夺取中原，那便容易得很了。"

宁甫听得是背后冷汗直冒，心中疑团一个个也随着解开。壮实汉子最后说道：“行了，为免有人瞧出破绽，你须得及早回去。记住我说的话，明日照之进行，不能有半分迟误。”说到后面一个字时，飞身跃起，几个起落，就消失在了茫茫夜色中。

第九十四章　进入校场

宁甫心情忐忑地回到了客房。这一晚翻来覆去睡不着觉，耳边萦绕着的，全是壮实汉对自己说过的话，直到了黎明时分，方合眼入眠。半个时辰后，天色大明，一阵锣鼓声吵得震天价响。宁甫一惊起身，推开房门，见几名家仆抬着空轿，急速跑过来。昨晚的那位侍从恰在其中，到了近前说道：“比武大会已经开始，左公子让我们来请先生。”说着话，右手掀开轿帘，做个请的姿势。宁甫摇头道：“不用了，咱们还是走路方便些。”迈步径往前行。仆役只得在后相随。宁甫记起晚上之事，边走边问道：“你们老太爷呢？”仆役回答道：“刚刚给人接到校场去了。先生的药果然灵验，我们老太爷吃了，一觉睡到天亮，晚上竟没起身。”宁甫笑道：“都是些补气安神的平常之物，说来不值一提。”顿了一顿又问道：“你们老爷子经常起夜吗？”仆役思考后答道：“倒也不是，大概两个月前，老太爷才变得如此。人只要上了年纪，就容易闹毛病。原来找过几名大夫却总未能治愈。今番请得先生，无论如何也要帮我们太爷把病治好。”宁甫淡淡说道：“这个我自会尽力。”

不知不觉间，走到了校场之侧。此时从旁边走过来几名褐衣大汉，模样很是凶横，见了众人说道：“闲杂人等不得入内，大夫可带来了么？”仆从指着宁甫对青衣汉道：“这位便是了。”

众青衣汉将宁甫上上下下打量一遍，粗声道："这边有请。"招了招手，扭头就走，宁甫殿后，众人相继来到校场中心。这里聚集了大批武林人士。前面是一片平坦的场地，两个人儿展动身形，正空手斗在一起。这两人穿的都是中原衣饰，一位身躯庞大，使的招数可谓沉雄，另一位体型较小，不过身手灵活，闪避进退分际，异常迅捷。一众武林人物眼睛紧紧盯着场中打斗，神情显得兴奋之极，宁甫并没多少心思观斗，向旁一看，见孟如仁手带锁链，站在官差身前。寻思趁他们不备，这倒是个救人的好机会。

心念未已，孟如仁身边一名汉子侧过头，朝宁甫怒目相视。这人星冠黄袍，颈中还插了柄通体乌黑的拂尘，样子有两三分凶恶。正是真乐道长。宁甫与其对视一会儿，眼光再转向别处。在他们身后不远处，一字排开，并肩站了几十位褐衣汉子，手中均提着明晃晃的刀剑。褐衣汉之后又站着七八人，左辉以及小玲贺师叔都在当中。小玲今日改扮女装，这样英气略减，而平添几许秀美。贺师叔褪下长袍，两条手臂肌肉虬结，登时凸显出来，上面一左一右，分别纹着长蛇与虎。在他们中间，是身穿长袍的"老太爷"，因脓疮的缘故，他头上戴了一顶草帽而且帽檐压得低低的，如此一来，大半张脸儿被遮掩起来。除此以外，还有些别的人儿，内中独不见尤宏。

第九十五章　狮头人

这时校场上的两人决出了胜负。紧跟着又上去两个，是一男一女。男的是崆峒派掌门御龙真人，女子为梅花帮高手辛晴。梅花帮在江湖上崛起未久，派中弟子个个全是女子，辛晴入门数载，功夫已得真传。

两人一刚一柔，斗了半晌，辛晴渐处下风。不过她少年时曾遇高人，习得奇门异术，中途使出来，大片雪花从空坠落。御龙真人呆得一呆，就被辛晴上前一掌劈倒。接下来又进行数场比拼，均为中原高手间的相互较量，胜出的四人分别是：长白山天眉老人，梅花帮辛晴，天地门左辉以及须弥秀才。至于宁甫、孟如仁等后来在客栈请来的一众武林人士，因是仓猝前来，所以并没安排上场。

比试一过，有汉子纵马驰出校场。众人心头疑惑，片刻后只见飞沙走石，一团乌云挟势卷来，与此同时，有股腥臭猛地扑鼻袭至。校场外的围栏一下给刮倒了，浓雾滚滚，百十号人一同闯进。

这百十号人一式短衣打扮，长相说得上奇诡，当真是闻所未闻，见所未见。一位脸上有疤的长发披肩男子挑衅似的吆喝道："中原武功不行不行的，我们大倭国人，才是厉害。"

中原群雄纷纷喝骂道："倭寇臭不要脸，趁早滚蛋。""这群人物来者不善，大家不要理会。"

长发披肩汉子冷笑道："是否怕了我倭国武士？"

群雄怒道："倭寇休得猖狂，有胆量的便来较量较量。"

长发披肩汉将手一挥，一个狮头人身的汉子立即跃出。他张开口，露出满嘴白森森的牙齿，嘶吼道："我能入土奔行，力气之大，随便吐口气，就能把树吹倒。听说你们决出四名武功强者，那就选一个与我决斗吧。"

"让我来会会他。"话音甫落，场中地上即多了一人，长得身材雄壮，上半身脱衣赤膊，露出白花花好一团刺绣，站在当地，好似铁塔一般。此人名叫贺连章，便是小玲口中的"贺师叔"，是天地门护法。

狮头人问道："你是那四大高手之一吗？"

贺连章答道："四大高手功夫卓绝，岂肯轻易跟人过招，还是让我来领教领教你的手段吧。"他知左辉四人招数精妙，论力气则远远不够，倘与眼前之人来个硬碰硬，非得自己迎战不可。

狮头人张嘴吐出一股恶风，贺连章双脚借力，身子飞起，轻轻巧巧避过了。别瞧他身子长大，身手之敏捷灵活，不输猿猴飞禽。

狮头人嘶吼数声，上前猛扑过来。

贺连章飞身迎上，右脚并使个"重锤"，脚尖向上，向狮头人下颌狠狠踢去。狮头人右手五指簸张，宛如虎爪，一招"黑虎掏心"，袭向贺连章心口。贺连章连忙收回右脚，避招还招。贺连章略胜半筹，到了急处，左手一把抓住狮头人毛发，右手攥起，冲着狮头人面门就是一拳。这一拳本拟将狮头人打个厉害。

第九十六章　黑衣忍者

拳头走到一半，却见狮头人打个喷嚏，从其鼻中喷出许多浊气，气变白光，全部扑向贺连章。贺连章躲让不及，登被白光击中，他感到数股大力袭来，不禁接连倒退数步，脚下给什么东西一拌，咚的一声，立时仰天倒了。中原群雄见贺连章已操胜券，仅因一时大意而致最终落败，无不暗叫可惜。几名褐衣汉把他抬离校场，左辉放心不下，走过去略加探望，见贺师叔伤势无碍，心头大石才始落地。贺连章苦笑道："老夫一生纵横江湖，不想今日栽了个大跟头，我丢人事小，连累天地门也一起跟着遭殃。"左辉说道："贺师叔，你好好休养，且莫作别想，师侄这就替您老人家出气去。"一挥手，立有侍从将铁棒递上。左辉伸手提起，脚下使劲，纵身跃到场内，戟指喝道：“喂狮头人，让小爷来领教领教你莫测高深的手段。”狮头人摇头似拨浪鼓，颇含惧意地说道：“狮头人只比一场，下面的比赛自然还有他人接着。我不奉陪了。”跟着施展轻功，重新回转倭人阵营。左辉不肯罢休，摆一摆铁棒，欲逼他出来，却听“老太爷”在旁说道：“左公子，你给我快快住手，咱们这儿是比武场，不是个人泄愤之地，若人人都如你这般，天地门还怎么在江湖上立足。”左辉觉得有理，遂弃了找狮头人比武的念头，转而道：“徒孙一时冲动，险些置天地门于险地。这第一场咱既已败了，第二场无论如何也要扳回一局，徒孙请缨一战，望师爷答应。”“老太爷”断然拒绝道：“你身负天地门重任，怎可轻易赴险，这个机会还是留给其他人吧。”左辉纵不愿意，对“老太爷”的话却是不能不听。他提起铁棒，垂头丧气的退下。

第二场倭人阵营派出一名瘦长个儿。这人穿一身黑衣，黑衣包裹严实，不仅身体，就连头发口鼻都给遮住了，只把一条窄缝留给眼睛，专门向四周察看。瘦长个儿操着一口并不十分流利的汉语，含糊不清地说道：“我是忍者，练习多时，武功那是大大的好。你们有谁不服气，尽管上来与我对阵。”四大高手中的另外三位纷纷表态情愿与之一战，结果都被“老太爷”无情否决，理由虽不充分但大家也无话可说：天眉老人岁数太大，当不起年轻人重重一击；辛晴为弱质女流，这番比试定是全力相搏，如果胜了那还好说，万一不敌，多半会有性命之忧；而须弥秀才来自西域，无法代表中原人士跟倭人进行决斗。其余江湖汉子要动手的，不是这借口，便是那原因，均给“老太爷”一一阻止，理由千奇百怪，令人啼笑皆非。不过“老太爷”是天地门之主，大家只好忍气吞声，不发一言。现在没有被“老太爷”编派仍然还站在场中的人物，只剩下了官差、孟如仁以及宁甫等一干人物。

朴刀戴对真乐道长说道：“道长怎不上场玩一玩?”

真乐道长淡淡笑道：“贫道只是来观战的，对这个没多少兴趣。”

宁甫寻思说不得，自己便上去接下这场，大不了道破身份，总好过让倭人得了胜利。他紧一紧腰带，就要跳出。此时突听一声吼叫响起，这吼叫猝然而发，宛似平地起惊雷，众人闻之，齐吃一惊。人影晃动间，场中兀自多了一人。

这人穿一袭粗布衣衫，剑眉入鬓，相貌说得上威武，那两手之间，还用根铁链相连，当下挺直身躯，朗声说道：“孟如仁前来拜会。”

黑衣忍者望了望孟如仁手上的锁链，不觉冷笑道：“就你?锁链的带着，怎打得我过?”

孟如仁傲然道：“对付倭寇，带着锁链又何妨。”

黑衣忍者皱皱眉头，脸上掠过一层煞气。

孟如仁不去管它，转过头来，对“老太爷”这边喊道：“那位管事的老大爷，怎么样，我来跟他交手，没什么异议吧?”

“老太爷”将帽檐压得更低了，连一句话都没说。

黑衣忍者低喝道：“你的不识好歹，我要把你死啦死啦地。”他抽出一柄六尺长刀，刀柄镶有花纹，刀刃弯曲，成一条蛇的形状。黑衣忍者双手握刀，然后迈着小碎步疾跑过来。他的鞋子为木头做成，鞋跟颇厚，踩在地面上，发出‘咯吱咯吱’刺耳的声响，边跑边叫道：“把你劈作两半。”提刀猛砍，孟如仁不闪不躲，双手随便这么一举，就见火花迸溅，锁链与弯刀相撞一处。孟如仁不待对方将刀抽回，手上锁链在刀刃上来回缠了数圈，然后使劲向两旁一拉，那黑衣忍者不论怎么用力，刀便如嵌入石罅里，居然纹丝不动分毫。孟如仁连续踢出两脚，黑衣忍者身如离弦之箭，立刻朝后跌去。他的背脊略一沾地，足底用力，又再站起，阴笑道：“这次是我的大意了。”右手跟着伸进衣内，掏出恍若弹丸的两颗圆球，圆球在地上一磕，马上浓雾弥漫，向对面蔓延过去。孟如仁看不到周遭物事，心中很是着急，这时一个熟悉的声音传到“那人想用硬弩射你，当心，当心。”孟如仁听出声音是宁甫所发，心下大喜。几乎便在同时，暗器破空之声接连传至，他不假思索，脚步迈出，自然而然按照八卦步法走将起来。八卦步法来源于八卦图，是第一等防身步法，孟如仁自幼练武，对其自是熟悉不过，此时按八卦步法奔行，那从不明方向射来的弩箭都给他一一躲过。一会儿以后，浓雾渐散，孟如仁便停止走动。黑衣忍者见对方还安然无恙地站在对面，这一惊真是非同小可。他怒发如狂，继而撕开身上衣衫，一大群黑乎乎的东西从中飞出。这群物事低声鸣叫，数目不下千万，仔细一看，竟是苍蝇蚊子等物。

第九十七章　对阵独佼

群雄齐相喝道：“这算什么，没得恶心人！”

黑衣忍者低喝道：“你们地别不识趣，我的细菌与毒气的没放，不然全部死啦死啦地。”

说话间，苍蝇蚊子不绝涌至，孟如仁躲避不及，给硬生生推后了数尺。

只要再退一步，便要冲出比赛圈子，那时即便身子未倒，也算输了。

孟如仁将双足足尖翘起，在地上一借力，身子立如陀螺般迅速转动起来。

陀螺产生烈风，刮得周遭苍蝇蚊子东倒西歪，再也靠近不了。

孟如仁自幼习武，到现在已有十多年时间，这十余载寒暑不断，武功修到了较高境地，适才牛刀小试，就颇具模样，如今濒临险境，多年苦练的功夫才真正显露出来。

黑衣忍者又从身后抽出一柄剑，双手端平了，缓步走上前来。

到孟如仁跟前，急忙止步，剑尖挟着劲气，猛朝孟如仁身上戳去。

剑尖还没触及对方身体，就被陀螺之风激得偏离了半寸，黑衣忍者收势不住，向前踉跄半步，膝盖处觉得一软，扑通一声，最终给跪在了地上。他这一跪面向中原好汉，狼狈之态，莫可名状。大家见己方拿下一城，不禁齐声欢呼。

第三场倭人阵营中走出一名头扎小辫的汉子。此人浑身上下全是肥肉，许是身体太胖，没尺寸合适的衣服，这当口仅穿了条黑色短裤遮住私处。上得场来，化作妖娆女子，再一变，又成了只怪兽，发出阴冷笑声，体型如鹰而蛇头，声音似裂帛，乃自然界所无。大家瞧他变化多端，心中都为即将要出场的己方人物暗暗担忧。那人摇身变成本来肥胖模样，喝道："我名叫独佼，来自南芙国，一局定胜负，有谁要跟我斗，就快些上来。"众人不约而同把目光望向扮成郎中的宁甫，一些人不免心里嘀咕：现在也只有这位老兄能够上场了，看他文文弱弱的样子，不知可否接应得下。更多人想的却是：便是身手敏捷的好汉，都及不上这胖大汉，他一个给人看病的大夫，能有什么能耐？大多数人认为己方败局已定，他们纷纷将头扭转别处，不愿再看。

宁甫从容上场，慢条斯理地问道："你不是倭国人，又何苦为其卖命？"独佼淡淡说道："拿人钱财，替人消灾。"说话声中，手中变出一柄大斧，斧头尖锐，犹如利刀快剑，笔直朝宁甫头顶砸来。宁甫双掌变大，往上一托，那斧头凝滞半空，停住不动。胖汉扔了大斧，身子摇动，成为先前怪物，张口朝宁甫扑来。宁甫变作大树，立在当地，独佼一扑扑了个空，再化尖针，来钻树干。宁甫则变盾牌抵挡。两人各使出浑身解数，你来我往，彼此对拆，到后来独佼干脆变化成马，此马并不普通，它毛羽如戟，头上并且生有犄角，在那儿跳跃奔行不止。宁甫恢复本身，一个纵身，跃上马背，伸手把缰绳牢牢抓住。马儿刚开始颇不驯服，翻跟头、到处窜蹦，折腾得可够厉害，但不管它怎么使性子，宁甫都似大山般紧紧压在上面。

第九十八章　火来

马儿腾空跃起，宁甫便也跟着行去，两位穿山越岭，踏浪逐波，来至西面一地才停。那马失了锐气，当即变回原形。一个肥胖的身子躺在地上呼呼喘息不已。片刻恢复过来，开口说道：“独佼不及小哥，认输了就是。”宁甫道：“倭寇为非作歹，令人不齿，你这般助纣为虐，本该进行责罚，念阁下还有些进退，就不为难汝了。只是不许你以后再助恶。”独佼平静了气息，站起来道：“独佼甘拜下风，这个自当遵从。”起一阵云雾飞将去。宁甫单独回转校场。

中原群雄见己方又胜一场，登时欢呼雷动。

长发披肩倭人铁青了脸说道：“我等意外受挫，这个场子迟早找回。咱们走。”一挥手，倭人众武士一起退场。他们来时如雾，去时似电，行走倒是颇为迅捷。

宁甫在激战中还原真身，此时不便再以假面示人。朴刀戴认出是劫狱之人，惊怒交迸，低声对真乐说道：“这人和劫犯是一伙，真乐道长可要万分在意。”真乐道长点点头，他伸手颈后，将拂尘取在手中。

当下孟如仁与宁甫相见了，自不免有番别来叙说，且毋庸赘述。

说话间，狂风陡作，一阵焦味紧接着随风飘进鼻端。大家各自一怔，站在高处往外看时，见十数里开外，火蛇肆虐吞吐，直烧红了半边天，挟势并朝这边卷来。

“不好，倭寇想一把火烧死我们。”一名江湖汉子出声喊道。

校场处在密林环抱内，大火一旦袭至，除非身负绝顶武功，否则难逃性命。众人蹙额皱眉，脸上现出忧色。

左辉站出来说道：“朋友们不要惊慌。我天地门为了应付外敌，多年前早就建了地下石窟。这石窟便在我们脚底。大家伙先进去躲避些时，待火势稍小，咱再出来迎敌。”群雄齐声叫好。

左辉带领众人来到一座石门前面。那石门紧紧关闭，旁边墙上装有可旋转的机关。左辉手握机关，先向右转了两下，停一停，又往左拧转三圈，就听咯咯声响，石门门板缓缓打开了。群雄感到热气扑面，心知火儿近在咫尺，大家不敢耽搁，遂按照长幼顺序鱼贯进入。天地门弟子殿后，等全部入窟，左辉又启动开关，关闭石门。

石门关上，窟中一片黑暗。左辉命天地门弟子晃火折点燃火把，借着火光，只见洞窟面积不小，状如圆形。众人盘膝坐地，未已，隐约听得头顶劈啪作响，大家凝神倾听，不发一言。偌大的洞窟里，刹那间显得异常静谧。

宁甫忽然记起什么，走到左辉跟前说道：“左相公请进一步说话。”左辉诧异，但也没做别想，见宁甫向北而行，就随后跟了过去。宁甫轻声说了几句，左辉脸色大变，问道：“此话当真?”宁甫说道：“这是我夜里亲耳所闻，不敢有半分隐瞒。”左辉在人群中来回走了几圈，摇头说道：“老太爷不在这里啊。”他右手一拍脑袋，气道：“坏了，坏了。”展动身形，直向洞窟深处行去。一众汉子见状均感疑惑。

第九十九章　假面“老太爷”

左辉施展轻功，没一刻到了洞窟尽头。此处立一石碑，碑文模糊，中间好像写着“万锁石”。石碑旁站了一人，伸出双手，正在墙壁上胡乱摸索。左辉喝道：“赶快给我住手。”那人吓了一跳，双手却仍是摸索不停。左辉提棒上前，手掌径来抓取对方肩膀，嘴里兀自喊道：“喂，让你住手，听见了没有?”手指堪堪碰到对方衣衫，有个浑厚的声音说道：“姓左的，你越来越无法无天了，难道对师爷也要动粗吗?”左辉一惊，递出的手掌急忙收转，说道：“徒孙不敢。‘万锁石’机关重重，稍有不慎，不免是玉石俱焚之祸。因此师父曾下过严令，凡属天地门弟子，任何人都不能靠近。师父之命传达已久，想来师爷有些模糊了。”

“老太爷”道：“你师父下的命令，做徒弟的自然要一体遵从，但我是你师父的爹，自古以来，只有儿听爷话的，哪有反过来的道理。”左辉语塞。这时身后脚步声响，一众江湖汉子举火执刃，一齐走近，宁甫行在最前，见状说道：“左公子，宁某适才说的你还记得吗?”左辉醒悟过来，再对“老太爷”说道：“事关重大，那在下只好冒犯了。”右手抓住棒身挥舞，棒端挟着风声，戳点“老太爷”背后诸穴。这一下出手之快，认穴之准，堪称是第一流水平。他使力不大，目的旨在制住“老太爷”，铁棒走到中途，“老太爷”足底用劲，轻轻巧巧避了开去。左辉收转铁棒，又发力打来，均被“老太爷”一一躲过。

左辉大怒，棒子交于左手，右手握紧，“呼”的一声朝前击出，拳风铿锵，是一招气势凌厉的“通背拳”。这拳加了七八分力道，此刻情势危急，说不得，只好先将“老太爷”打晕，余下的事以后再作处理。“老太爷”挡格不了，只听“砰”的一声，这裂石开碑的拳力，重重打在了背上。“老太爷”吐出两口鲜血，身子慢慢往前倾斜。倒下前双手不知在哪里一按，洞窟顷刻间摇晃波荡，似乎要完全翻转过来。

左辉不去理会，他一个箭步飞奔上前，然后蹲下身子，在“老太爷”脸上仔细察看，因光线黯淡，这一望瞧不清楚，故连忙朝后招手，喊道：“火儿拿来。”有从人递上火把，左辉放下铁棒，一手持着火把，一面向“老太爷”看去。只见“老太爷”脸如白纸，躺在地上微微喘着粗气。见对方性命无妨，心中先有几分着落，余下一手在“老太爷”颌下轻轻一触，觉得有甚异物，诧异之下，手指捏住异物往上一提，就听得“嗤嗤”声响，“老太爷”脸上一层薄膜被完全揭开。薄膜一去，“老太爷”的庐山真面目终于呈现眼前，细眉毛，斗鸡眼，原来竟是位三四十岁的汉子，那戴在脸上的薄膜却是他的假面。左辉苦笑一声，心里也感释然，站起来对众人说道：“这人假扮老太爷，刚刚已碰到了‘万锁石’机关，此地很快便会给夷为平地，大家收拾收拾，得马上离开。

第一百章　恶神

众人准备沿原路返回，才行数步，地面摇晃得愈加厉害，左辉暗叫不妙，难不成今日要毙命于此？心念未毕，只见宁甫手掌挥出一道白光，白光在头顶石壁上一划，但觉阳光耀眼，头顶石壁被大半移除，立刻露出好大一块空隙出来，直与外面相接。群雄见有路可走，纷纷展动身形，纵跃上来。站在外面地上，脚下仍旧不稳，同时周遭火苗吞吐，大有吞噬众人之意。大家伙给火苗一烤，头发胡须无不变得卷曲变形。小玲因为爱美，特将头脸埋在衣内，以避热气的侵袭。

宁甫这时哪敢怠慢，忙念动心法，片刻间风云色变，一块乌云从远处飞来，停在头顶不多久，便下起了滂沱大雨。群雄本以为降下雨珠，定能缓解火势，怎知雨滴落地，那大火非但并没消减，反倒烧得更旺了。一位白胡老者突然踏云出现空中，指着江湖众汉说道："'天之火'威力无穷。想用雨水灭掉此火，嘿嘿，你们未免忒也天真。"宁甫没奈何，唯有使出召唤术，将驱魔宝剑唤至。驱魔宝剑可大可小，变化无方。宁甫随即把它变作一艘大船模样，江湖众汉按序走上，宁甫再行念咒，将之起在半空，欲行时分，白胡老者飞来阻挡，问道："看你也有些道行，不晓得是个什么来历？"宁甫勉强说了。白胡老者怔一怔，继而捻须说道："你就是南海的敌人？听说为了对付你小子，上个月南海将领全体出动，嗨，怎么你还活得好好的，没去见阎罗王吗？"宁甫道："一时侥幸没死。"白胡老者仰天打个哈哈，说道："遇上我你得认栽。老夫与南海龙王颇有旧交，今日便替老龙王除去仇敌。"他语音缓慢而温和，那"杀人"之语自他口中说来，犹似家常便饭一般。

孟如仁听他啰里啰嗦，本就不耐，这时见他要对宁甫下手，不由气往上冲，说道："看你一大把年纪，为人怎地这样。趁早让开便好，不然别怪我不客气了。"白胡老者道："老夫最恨旁人在我面前指手画脚。好，第一个先拿你开刀。"说话声中，右手发出一道闪电，闪电来的且是急促，孟如仁刚说了个"啊"字，便觉劲风袭体，他当下站立不稳，双脚离剑，径向地面跌去。那地上是熊熊烈火，一旦跌落其中，性命难保。宁甫轻轻念咒，把五彩祥云唤来，托住孟如仁身子。

白胡老者斜眼说道："好，看不出来，你的手段还挺厉害。

老夫修炼几千年，‘闪电掌’称得上无敌，今番倒要试试你的道行。”他左手一划，右手再一划，两道闪电连续劈向宁甫心口。宁甫身后是众江湖汉子，倘若躲让，势必会连累别人遭殃。此时只有硬接硬架一途。他努力调匀呼吸，将功力凝聚，待闪电袭至，双掌猛地向前推出。只见他掌心产生白光，那闪电与白光一碰，立时消失。白胡老者一连发出几十道闪电，结果都给白光挡住。白胡老者怒极，向后一招手，从云层内飞出两人，长相均怪，一个人首鹿身，身上长了十条臂膀。另一个蛇尾而人身，双手手执一杆方天画戟。这两人眨眼来到跟前，分别使出手段从旁夹击宁甫，后来的两人功力不在白胡老者之下，三人合力，宁甫渐觉抵挡不住。江湖汉子中有懂异术的，上前与之进行对抗，不过他们功力较弱，斗了几个回合，便纷纷退后。

那蛇尾人身之人笑道：“刚才的大火居然没烧死你们。可惜浪费了我的一只火苗，这可是冒险从天庭偷来的宝贝，非得让我们兄弟亲自出手，你们便是马上去死，那也不枉了。”

宁甫疑惑问道：“大火是你们放的？为什么？那些倭人的武功也是你们教的了？”

蛇尾之人边斗边说道：“反正你们快死了，说给你听也不打紧。我们乃天上之神，本可修的不生不灭，与日月天地同寿。哪知玉帝诸神并不委以重任，偏偏将些细小杂活交给我等，这些职务地位卑贱不说，还极大地分散精力，影响个人修炼。我兄弟一气之下，当即离开天庭，前往投靠恶神。天庭势大，我们一时半会儿插不上手，只好来到人间培植力量。那些倭寇以及所有凡间邪恶之徒，均是我兄弟的好助手。”

宁甫脾气纵好，到此时也忍不住怒火撩胸，责备道：“为了一己私欲，而如此做派，到头来跟魔道中人又有什么区别。”蛇尾之人阴笑道：“小子，我们兄弟对也好，错也罢，还轮不到你来品论。”说着话，手执方天画戟，接连递出八九招，每一招皆是凌厉狠辣，气势磅礴。宁甫一疏忽，手臂上登给画戟划出两道口子，大股鲜血顺着伤口向外渗出。

“大家休戚与共，还是让我来助一助你吧。”话音甫落，从身后跃出一人，星冠黄袍，正是真乐道长，他持着一柄拂尘，与蛇尾那人凶狠的斗在一处。蛇尾之人骇然变色，连声叫苦道：“乖乖，这人间怎么有如此多的好手。”拆了几招，瞧出一些端倪，不由说道：“你的手段是南极仙翁教的，听说南极仙翁有头貔貅坐骑，跟着老翁行卧一处，学了不少本事，莫不然你就是那貔貅，趁机偷跑人间来了？”真乐道长低喝道：“你管我是谁，打赢了再说吧。”蛇尾之人冷冷一笑，手抡方天画戟，和真乐道长剧斗起来。那边厢宁甫与江湖异士合斗白胡两仙，只不过宁甫施法较多，时候稍长，伤口鲜血汩汩流出，如此他便有力气不济之象。要不了多久，大家便得相继落败，宁甫想起“天火珠”可以避难退敌，勉强提一口气说道：“要不是驱魔剑变为大船，本来可借它破敌。现在还有一物，与驱魔剑齐名，如今之计，只好拿它来脱眼前险境。”众人忙问何物。

第一百零一章　“天火珠”被夺

宁甫说道：“那位使朴刀的朋友，请你把珠儿取出，大家存亡胜负，现在可全需靠它了。”朴刀戴佯作不知，道：“什么猫儿狗儿的，在下不曾听到过，更别说放在身上。”宁甫听朴刀戴说话坚决，干脆绝了向他索要，当下边施展全力与白胡两位周旋，边筹思脱身计策。多久以后，宁甫感觉头晕目眩，脚下站立不住，堪堪便要摔倒，只是他知自己一旦倒下，身后众人不免会尽遭毒手，是以形势虽险，他仍苦苦支撑，不肯退避。白胡老者看出便宜，在同伴耳边悄悄低语数句，那十臂怪物会意，即收了刀枪，驾云来至“剑船”另外一端。宁甫暗叫糟糕，念头刚落，就听得后面相继响起惨叫。原来白胡老者见宁甫一身不能二用，因此自己在这头将他抵住，却让十臂怪物飞到对面对付别的江湖汉子。

十臂怪物师从天甲神人，学习法术将近千年，天甲神人看他心术不正，遂把正经功法收起，平常仅以求仙占卜等寻常道术相授。十臂怪物兀不死心，每当师父练功分际，就偷偷跑来学习。若干年后，终于融会贯通，练就无上神功。某日因琐事与同门起了争执，口角之争继而演化为拳脚相加，十臂怪物一时失手，不禁将其打成重伤，因怕师父见责，所以离了仙界，加入恶神一派。后来又拜恶神无涯天为师，于功夫上又有增进。如今本领之强，跟当年的天甲神人已相差无几。他的十只手掌中分别提了十件样式不同的利刃，光线下灿烂闪烁，件件是削铁如泥的神兵利器，江湖众汉辄一与之交手，便各自不敌败退。有的躲避稍慢，不是脑袋被削去半边，就是断了一腿，或折去一脚，悲惨情状，令人不忍直视。

十臂怪物正杀得起劲，不意前方有人身上闪烁光芒，光芒一现即逝，他递出的兵刃撞在上面，立马给反弹了回来，同时手掌感到隐隐酸麻。这一惊不小，凝神细观，见那人是个打扮异类的汉子，双手托着柄朴刀。十臂怪物诧异殊甚，此时不便再行上前攻击，紧接着从袖内取出十几把飞刀，运气好了，将飞刀一一射出。手托朴刀的汉子自然是朴刀戴了，那飞刀分上中下三路分别袭至，刀尖清亮，显然挟有仙界高手的深厚内力，朴刀戴知道万难抵挡，不禁后退一步。就在这时，他身上的光芒再次闪现。不知为何，那些快要来到的刀儿纷纷转向，射去了别处。

十臂怪物看得真切，于是发出一声轻啸，随着啸声，身子陡然拔起，径扑朴刀戴。朴刀戴打算舞刀护住头脸，结果那柄朴刀给十臂怪物发出闪电磕飞了去。刚呆一呆，十臂怪物又把些火儿打来，虽没及身，可是浑身热得难受。朴刀戴抓住衣衫往外一扯，藏在胸口衣衫中的什么东西顺势滚了出来。那是颗晶莹透明的圆珠，表面处罩了层淡淡的光晕。朴刀戴一怔，忙丢了衣衫，伸手去接。手没递到，便见十只毛茸茸的手掌先自己一步，将圆珠夺去。朴刀戴大骇，转身就逃，才行两步，就被十臂怪物从后发出闪电，击中要害而亡。

第一百零二章 赵慧

十臂怪物拿到“天火珠”，心下大喜，这么一来，他更加如虎添翼。武林汉子为避锋锐，多数向旁纵跃，只有左辉等几名本领高强人物尚在苦苦支撑，但双方实力悬殊，败亡说来不过是转瞬间的事。

他们这番打斗，风起云涌，弄出很大的声势。附近鸟雀闻之，皆惊起而走。距此百里开外有一山，名叫云盘山，山中有一庵，唤作月锦源，庵中住了许多尼姑，其中一个只有十一二岁，姓赵名慧，道号可云居士，生得聪明伶俐，颇惹人爱，庵中数她年纪最小，大方成熟却是无人能及。另有件奇处，就是天生能懂兽语，动物说什么话，她可以一一听懂，并能从容应答。旁人看她蹲下来跟蚂蚁小虫叽叽咕咕一阵子，还以为是小孩子过家家闹着玩儿，殊不知是在跟它们说话交流。

这天众多小鸟从远处飞来，一起落在树梢。赵慧诧异之下，不免问上几句。

“你们吃饭了吗?”

“还没呢。”

“这都大晌午了，怎么还不吃。啊对了，你们都是从哪儿来的?”

“从东面过来，那边有人在打仗，我们一路狂飞，就没顾得上吃饭。”

“打仗?打什么仗?”

“说起来可挺气人，一个白胡子老怪领着两个似人非人的家伙，非得跟一帮地球人过不去。打就打呗，他们还要放上一把火，这倒好了，巢穴给毁得一干二净，我们回不了家，只能露宿你们尼姑庵里。”

“你们住在这边好了，我师父她人很好，过不了几天，便会布施一些水米粮食。你们住在庵里，保管渴不着也饿不着。”

“小姑娘，你这么说的话，那我们小鸟只好却之不恭了。”

赵慧和小鸟说完话，不觉有些困倦，她来到卧房，寻到床倒头就睡。

沉睡中，一股青烟从身上逸出，那青烟随后消失，半空处出现了位持花女子，全身穿着淡雅的衣衫。持花女子破墙而出，向东飞去。

到了大火跟前，举起花，先向烈火点上几点。第一点风来，第二点雨至，接着风雨交加，电闪雷鸣，未过多久，大火渐渐熄灭。等火熄了，这才望到高空中互斗的众人，尤其注意到十臂怪物身法迅捷，在施杀戮，持花女轻喝道：“如此妄为，那还了得。”说着，手中花笔直投了过去。

那花在空中分散开来，六片花瓣从不同方向袭向十臂怪。

顷刻来到，十臂怪伸兵刃击挡，咚咚咚咚咚，打落了五片花瓣，朝头顶投来的最终没能挡住，就在花瓣及身的那一刻，十臂怪身上发出光芒，将花瓣挡回。

持花女不敢相信，那十臂怪却嘿嘿冷笑道：“何仙姑，我有了”天火珠”，现在就是不作抵挡，你也奈何我不得。”

何仙姑叹息一声，转身飞走。

宁甫功力深湛，耳目练得尤其灵敏，他在恶斗之际，感知大火已停，故而念声咒，把“剑船”轻轻停落地面。

第一百零三章　出发

十臂怪物纵声笑道：“今日无论何人前来，都救不了你等，这就受死吧。”说完一使力，手中兵刃递出更快。宁甫避过白胡老者的攻击，说道“驱魔剑快些还原，”话音落下，“剑船”登时身子缩小，变作原来的尺寸模样。再发声令，长剑便迅疾飞起，剑光闪闪，急朝十臂怪冲去。十臂怪提十件兵刃依次阻挡，只听得响声不绝，十件兵刃与驱魔剑才一相交，无不折断当下。

十臂怪慌而不乱，他探手取出“天火珠”，用劲将其掷出，然后念动心法，催使“天火珠”与驱魔剑相斗。两物多日前恶斗过一次，因宁甫念着旧情，不肯痛下杀手，到了中途就带剑离开。此时生死存亡之际，那驱魔剑使出十成本事，其迅猛快捷，犹如闪电狂风，旁观众人都是江湖好手，竟是无人能看清剑的来势去向。“天火珠”被迫迎战，却也是全力以赴。它们从下一路斗到上，在天空战将多时，又返回地面。

忽然，天地全黑了下来，好像一块大绒布拉开，遮住了日月星光。唯有天火珠、驱魔剑身上光芒未失。诸位望不到四周，激烈的打斗立刻戛然而止。白胡老者对同伴发话道：“天生异象，定是天狗食日。这里不可多呆，你我得尽快离去。”那两人应和道：“大哥所言不错，杀他们不在一时，天黑瞧不大清，恐伤了自己。”十臂怪收了“天火珠”，同白胡老者、蛇尾怪先后离去。

半个时辰后，黑暗退去，天空重新放光。江湖众汉惊魂甫定，只见一簇云朵划过天际，向这边飞来。大家刚刚松弛的神经一下又紧张起来。云上站着一人，来到近前停住云，方看清是适才那位何仙姑。何仙姑先开口道："你们没事了吧?"江湖众汉纷纷说道："劳道姑挂念，我等已无碍了。刚刚的天色，不知是怎么回事?"何仙姑道："是我去到仙府，请布袋仙人借布袋一借。布袋仙人的布袋张开来，可装天地。适才若非如此，难以骗到白胡三怪。"江湖群汉恍然大悟，对何仙姑是说不出的感激。

何仙姑见到驱魔宝剑，紧蹙的眉头稍稍缓解，说道："有这宝贝在，就无需多虑"天火珠"。只不过两者是一样的稀罕，任哪个受损，都是不妙。如果能找到"天火珠"主人，将珠子收服，那才是上佳之法。"

宁甫说道："“天火珠”是凝玉夫人的物事。凝玉夫人与我素有交情，在下前往，准能请得她来。但徂徕山一战，我们被各自打散，现在该去何方相寻，却是个难题。"

何仙姑笑道："观音菩萨有一灵石，叫做‘宝来石’，能知大千世界芸芸众生的过往所在，你可去那处探问探问。白胡等怪为祸不浅，可速去查问，如多呆一时，便有一时的烦恼。"言罢，驾云自去。

第一百零四章　灵石

宁甫伸宝剑削断孟如仁双手锁链，欲去往南海菩萨处，见真乐道长等一干官差在侧，不免有些踌躇。真乐道长看其脸色，登时明白，肚里自思道：此人手段不在我之下，如今遇险，我何苦多树强敌。这当口寻了株大树斜倚而坐，闭上眼冷冷说道："贫道只负责押送宝书入京，其他的跟某并没多大干系，我才懒得理会。"朴刀戴已死，真乐既撒手不管，别的官兵就没甚妨碍。宁甫放下了心，临行前对孟如仁道："孟兄弟可以回家了，如处理完琐事，宁某必当前往造访。"孟如仁回道："小弟武功不济，却怎能置身事外。前话休要再提，不管成与不成，孟如仁只在这里等候便是。"

宁甫劝他不动，索性放弃，把大家安顿好了，起身往南飞来。这般全力飞行，走得极快，不多时到了紫竹林，当即按落云头。守山者是名扎辫童子，见了宁甫问道："你是从哪里来的?"宁甫答道："从北而来。"童子又问："见我师有何要事?"宁甫道："现今遇到困境，想借灵石一用。"童子不觉笑道："灵石为我处宝物，怎能轻易示人。走吧走吧，别要惹恼了我，说出不好听的话来。"宁甫到现在哪能回头，正闹间，竹林中又走出一人，全身红衣装束，双手端持一杆丈八火尖枪，还没开口，那人先行说道："这不是姓宁的朋友吗？是否那妖道你收拾不下，特意请菩萨来了?"宁甫认出是红孩儿，就将遇到白胡三怪之事简单一说，最后道："'天火珠'为敌所得，只好去找凝玉夫人将其收服。可凝玉夫人下落不明，不得不来普陀山求教灵石。"红孩儿说道："菩萨正在林中修炼，待我问过了，再来回你。"说罢闪身入林。

有盏茶工夫，从内出来，道："菩萨请你进去。"红孩儿在前，宁甫紧随其后，两人相继来到菩萨道场。见菩萨手持净瓶，站在莲花台中。宁甫立刻施了一礼。菩萨点了点头道："有什么不明白，询问灵石就是。"手指一伸，半空光芒闪耀，突然出现一块椭圆形的发光石头，足有人身大小。

宁甫便问道："灵石，你可知凝玉夫人现在身处何方么?"

过了少顷，一行大字在石身上显现，是：远在天边近在眼前，如要寻访，须得仔细。紧接着是一行小字，写道：不山不金不水，无土无木无石。

宁甫不懂是什么意思，想问得仔细些，不料灵石表面光芒一闪，登即消失。

菩萨缓缓说道："灵石只能帮到这步，下面就要靠你自己了。"

宁甫心下恍然，道："多谢菩萨指教，宁某这便告辞。"抱了抱拳，转身走出。

宁甫边思索灵石偈语，边低头走路，不知不觉，早出了普陀山。

他一径来到街上，见眼前人来人往，心想那偈语上说远在天边近在眼前，那么凝玉应在附近才是。"不山不金不水"是什么地方？"无土无木无石"又是何意？难道她住的所在不是山，也不是金和水，那里没有土木石头吗？可是这样的地方又该去哪儿寻找。宁甫思忖半天，仍是半点线索也无。

第一百零五章　意外情况

宁甫不知往何处寻觅，干脆信步而行，走了许久，不觉有些疲累，刚好路旁有家茶棚，就打算进去歇上会儿。坐下后吃了杯茶，远远的看见一名干瘦汉子疾步行来，到了棚中，见空座较多，就随便拣选一个坐下，拍桌叫道："店家，拿水。"店家是位三十多岁的小伙，右手提一把铁壶，听到吩咐，于是将一个大瓷碗斟满了水，伸手递送过来。店家一手提壶，一手端碗，身上衣衫不起半分褶皱，内力可谓不俗。干瘦汉双手端碗，仰头把茶水喝个罄尽。茶水一经入肚，干瘦汉如同饮了几斤烈酒，身子剧烈摇晃起来，没有片刻，就趴伏桌上，一动也不动了。

店家冷冷道：“喝了我的‘醉消散’，就是大罗神仙，也是无法应付。怎么样，你自夸脚力天下无双，到头来还不是一样被我所擒吗？”一语未了，旁边有人搭话道：“我倪安磊还没出手，黎中越，你未免高兴得太早了点。”说话声中，棚外一棵大树上枝叶晃动，只听得风声呼呼，从上猛地跃下一人。这人鹰鼻狮口，相貌说得上威武，而头发半黑半百，看得出年纪已经不小。只见他双脚在地上这么一站，周边尘土俱地扬起。店家看见此人，脸上肌肉抽搐了几下，沉声道：“蛟龙便在眼前，倪安磊，你非得跟我争这功劳吗？”倪安磊从背后抽出一柄折扇，在身前扇了数扇，缓缓说道：“捉拿恶蛟人人有份，我倪安磊岂能落在人后。”

黎中越说道：“照这么说来，你是不肯相让了？”‘了’字才出口，已纵出棚子，双手伸缩，与倪安磊激烈地打在一处。

就在这时，趴在桌上的干瘦汉突然清醒。他吐出刚才喝下的茶水，看看那两人斗得正紧，提腿迈步，就要离去。黎中越看见了，对倪安磊说道：“小心蛟龙要跑。”倪安磊怒道：“这个我早就知道了，用不着你来提醒。”

两人边斗边移动脚步，干瘦汉无论去哪，都会给黎倪两人从后很快的追上。

干瘦汉见走脱不得，心里开始慌张起来。

倪安磊、黎中越激战分际，劲风激荡，刮得周遭树摇柴飞，便是那垒在地面的大石，也都有些撼动之意。此时此刻，唯有宁甫不摇不晃，安稳坐于当地。干瘦汉一眼看出他的功力，急忙跑过去，躲在宁甫身后。

倪安磊还以为宁甫与干瘦汉是一伙，故对黎中越说道：“那蛟龙请了帮手来，咱们别鸡飞蛋打，到最后再闹个空手而回。要我说不如现在杀了那蛟龙。”

黎中越点头道："看眼下形势，也只能如此了。"

两人酣战之际，轻轻巧巧一个转身，同时向宁甫干瘦汉扑来。

倪安磊发射蓝光，黎中越使用漫天花雨功夫，脱手掷出一把钢针。瞧着蓝光钢针来势，看样子不仅干瘦汉，就连宁甫也要给他们立毙当场。

第一百零六章　得悉真相

宁甫吹口气，钢针蓝光全部转向。两人惊愕，一起说道："好家伙，果然有些门道"。人随声到，两人落到近前地上，分别施展手段，与宁甫打斗起来。这二位一人使得是螳螂拳，一人就使出倪家掌，武学造诣之高，几近一流地步。斗了半晌，渐渐不敌，倪安磊叹口气道："今日有这个高手在，我们就杀不了恶蛟。唉只可惜了一副好身手，竟是如此奸恶。"足底一用力，身子倒纵而出，刹那就失了踪影，身法快捷迅猛，直与虎豹无异。

宁甫诧异道："我只是过路而已，你们何苦一再相逼?"黎中越怒道："少在这儿装糊涂了，阁下这般袒护恶蛟，分明跟它是一伙儿。恶蛟不仅残害渔民，还使出卑污手段，把南海龙王扣押起来。你和他为伍，便是大大的恶人，我们是斗你不过，但也绝不与你干休。"宁甫越觉疑惑，手上马上收了七八分劲力，说道："什么恶蛟，我怎么不知?"黎中越恨声道："难道你还——哼，我一时大意，险些上了你的当。黎某暂不奉陪了。这笔账先行记下，以后自会有人来跟你算。"他接连发出几记沉重拳力，等宁甫稍有躲避，就趁机从容退去。

宁甫有意放其离开，因此并不追赶。他这时疑窦丛生，转过身来，见后面空空如也，干瘦汉早已不见。当下继续前行。大街上人来人往，大家均以一种异样的眼光看将过来，宁甫浑身觉得不自在，寻思今日难道是我穿的不合适吗？可是上瞧瞧下看看，并没发现有哪里不对劲。

快到城门时，行人渐稀，在北面墙上贴了张白纸，走过去一看，原来是官府的文告，这样写道：

海事告急！兹鉴于恶蛟作乱，伤人无数，特行此文告谕众人。凡欲出海捕鱼者，请马上停止作业。近海渔民一律内迁十里。待将恶蛟擒拿，才可回迁。因恶蛟常变凡人岸上走动，故把它凡人画像悬挂此处，见之要一概回避。

文告后面紧跟着画了一像，虽无十分勾勒，倒是形神兼备，体貌给大致绘出。

看到画像，宁甫“啊呀”一声，叫喊出来。那白纸上所绘的人物，正是适才遇到的干瘦汉。想到倪安磊、黎中越的言语表情，心里即全然知晓。暗道：这事纵怪不得我，多少总有些关联，既然凝玉夫人下落不明，宁甫干脆出一把力，将恶蛟捉拿，这样也是为地方除去一害。

他走出城门，又步行百十里，来到海边。这里四周空无一人，宁甫使用水中传音术，对着大海就是一阵呐喊。喊声在旷野处听来，犹似平常说话，但一旦到了水中，声音兀自增大了几百千倍，呐喊之后，只见鱼虾踊跃跳出，海面如沸如滚，宛如被烈火烧开了一般。

突然，一个黑影从海中跃出，纵向岸边地面，行动较为快速。宁甫恍惚间，见身前地上多了一人。

第一百零七章 追踪

跃出之人身形瘦削，双手各提一柄巨锤，似金非金，似铁非铁，双锤互击，发出铿锵刺耳声响。他就是适才见过的干瘦汉子，恶蛟龙也。恶蛟见宁甫来到，笑道：“我道是谁，这位兄台，适才若非你在茶棚，我早被那两个混蛋捉去了。怎么，这么快追了来，是不是想到海里玩一玩？”宁甫沉声说道：“你借宁某脱身，这便得随我走一趟。”恶蛟脸上瞬间变了颜色，皮笑肉不笑道：“刚刚我身上没带兵刃，所以不免落了下风。今番有巨锤在手，哪个也靠不近身来。要命的赶快走开，要是冥顽不灵，让你吃不了兜着走。”宁甫更不答话，右脚向前跨出一步，与此同时，左手径来抓取恶蛟手腕，恶蛟闪身避开，提锤格挡。宁甫手掌变拳，“砰”的一声，击在巨锤上。他身子一晃，恶蛟向后接连倒退。

交手只一招，高下立判，恶蛟情知不是对手，当下不敢恋战，巨锤在身前虚晃一记，随后拖拽了，纵身飞起。宁甫想从后追去，怎奈身子甫动，恶蛟在空中投下许多暗器，宁甫光顾着躲闪，再要追时，那恶蛟早不见了。

宁甫又将水中兵将唤出，问那蛟龙去向。兵将们说道：“恶蛟是前几日才来到了海中，它本不住此处，来时云去时雾，行踪极难确认。不过有时听它说道‘到乱云坡见我兄长去耶’，只此知它有个哥哥，是住在乱云坡的。其他的就一概不知了。”问到乱云坡去处，兵将们回答道：“往南行不远，有几座石坡，顶上云雾缭绕，恍若仙境，那便是了。”宁甫谢过后，起身飞去。

沿途一路观察，行上若干里，只见云雾笼罩着数座石坡，飞到近前，见中间地上有座洞府，里面青光闪闪。光照下恶蛟站在当地，仰脸望着头顶石壁。宁甫走上前，施大擒拿手法抓住恶蛟手腕穴道，说道：“这件事因我而起，还得让我来了结。你怎么着都得跟我走一走。”拉了恶蛟，便往外走。恶蛟运力数次都无法挣脱，不禁喝道：“喂，你这是要干嘛？快些松开了手。”宁甫说道：“到了地方我自然会放你，现在可还不是时候。”

说话之间，又往前行走数十步，出了洞府，正要飞起，前面人影晃动，豁然出现一名汉子。望到这人，宁甫吓了一跳。对面走来之人枯瘦如柴，双手各提一柄巨锤，不是恶蛟是谁？看见宁甫后也是一惊，那惊异神色一闪即逝，旋即恢复正常。宁甫往身旁这人脸上瞧去，见他除了脸现怒容，模样与对面那人殊无二致。宁甫心头迷惘，抓着身边“恶蛟”的手掌自然也就松开了，怔一怔问道：“你们究竟谁才是作恶蛟龙？”提锤那位先行说道：“在下从来安分守己，怎么可能会是我。”身边这位脸色则显得很是难看，过去多时，好像下了什么决心似的，紧皱的双眉终于舒展开来，点头道：“不错，是我，你把我带走就对了。”

第一百零八章　困斗

宁甫见提锤汉子眼神中露出一股恶毒之意，霎时明白谁才是真正的恶蛟。便在此时旁边风声响动，数十道身影施展轻功，飞快掠到眼前。这数十人有男有女，多半是武者装束，倪安磊、黎中越也在其中。见了宁甫与他身旁之人，齐声发出冷笑，黎中越更进而说道：“片刻工夫前，你还说不认识恶蛟，怎么样，这下让我们逮了个现行不是？乖乖跟我们走吧，要当真动起手来，刀子可不长眼睛。”

宁甫说道：“你们别冤枉了好人，兴风作浪的蛟龙就站在我对面。至于身边这位朋友，他不过是跟恶蛟长得有些相像。”此言一出，众人齐吃一惊，大家朝提锤汉望望，又把目光投向与之样貌相似的另一人，心中着实纳闷。提锤汉道：“适才他已自承，就是作恶蛟龙，你这人耳朵是不是聋了。”提锤汉手指宁甫身边汉子，理直气壮地说道。只见那名汉子缓缓点了点头，低声道：“一人做事一人当，所有过错都是我一人造成的，跟其他人无关。”刚到的数十人说道：“你自己承认就好。趁现在天色没晚，同我们一起上路吧。要是多呆一会儿，天可就黑下来啦。”

一位体格魁梧的汉子迈步上前，绳索在蛟龙手里一绕，拉了便走。宁甫说道：“且慢”。魁梧大汉愣了一下，见宁甫走过来，双手抓住绳子两头，往外拉几拉，就听得嗤嗤声响，那厚如牛皮的绳索登时四分五裂。他露了这么一手，众人均是耸然动容，魁梧汉子手劲极大，自忖要拉断绳子，勉强可以办到，但要如他这般轻描淡写，却绝不可能。如此一来，对眼前这位儒雅相公不由多了几分敬重，沉声问道：“这是为何？阁下纵然了得，不过假如我们一拥而上，你不一定能打得赢。”宁甫说道：“或者真如你所言。宁某并非意气冲动，只是觉得此事其中别有隐情，宁甫大胆允诺，这事我会彻底查清，多日之后，自会给大家一个交代。请暂时不要抓他。”

魁梧大汉摇了摇头说道：“我等此行，就是要抓‘恶蛟’回城，岂有空手而返的道理。你说的恕我们难以做到。”另外数十人也纷纷附和道：“要不你把大家伙全部打败，不然这头恶蛟是一定要跟我们走的。”

宁甫说道：“若如此，那宁甫只好得罪了。”抓住蛟龙的右臂，向前纵去，他这一扑径袭“恶蛟”，按他本意是捉了“恶蛟”一同离去，身在半空，头顶胸腹处同时感到有劲风袭来。风声奇急，发力者竟是内功深湛人物。宁甫双脚在地上连续借力，横飞之势立刻变为上行。从四面八方打来的兵刃拳脚霎时落空。

宁甫不等身子下落，又使出踏空术，将自己定在高空不动。向下一望，见数十人摆成九宫八卦阵形，正在下面守候。这个阵法他跟师父易行学过，深知里面玄奥艰深，要破此阵，极费时间。再往旁边看时，发觉“恶蛟”早已逃之夭夭。

第一百零九章　看到的

宁甫说道：“改日再当领教，先行告辞了。”说毕，与蛟龙一同乘云飞走。飞行十余里，遇到黑气阻挡，两人诧异，便各收了云头，落下地来。前方是一片猛恶林子，内中幽灵弥漫，居然是块坟地，大小坟头不下百个。只见黑色幽灵从坟中逸出，一个个肌骨消瘦，肤色苍白，神情显得很是委顿。见到蛟龙，无不变得兴奋起来，嘶声欢呼道：“仇人来了，仇人到了！”说着话，身向前移，把手来抓蛟龙，同时喊道：“还我命来，拿命来吧。”蛟龙修炼多年，总算也有一些道行，就在幽灵手掌将要触及的时候，身上光芒迸射，将它们全部击回。幽灵们才退再上，一个个张牙舞爪，好像是发了疯般。宁甫与蛟龙起在半空，众幽灵因无法飞跃，空自开口咆哮，却拿宁甫两人无法。宁甫问道：“你们不去地府投胎，怎么在这里盘踞着？”众幽灵回道：“我等被恶蛟伤了性命，冤屈一时难伸，故而在此延挨度日。哪想到他今日会来，这千载难逢的机缘，如何白白错过。”宁甫说道："大家不要激动，我身边这人与'恶蛟'长得相似而已，他们不是同一个人儿。"幽灵听他言语真诚，立时信了一大半，向上说道："长得如此凑巧，便不是'恶蛟'，定也有些关联。如见着那物，替我们捎上句话，就说洼山庄老百姓为他准备衣物，何以恩将仇报，将我们尽数杀死。"说完缩头摇身，返回坟中。

蛟龙不觉满面羞惭。

两人续向前行，来到一座城中。城内人烟稠密，不过人人灰头土脸，身上衣服更是东一块西一块给扯得不成模样。在几条较为繁华的街道上，许多店铺已经坍塌，撑顶的木梁横七竖八的摔在地上，其状甚为狼狈。店家一面指挥伙计收拾残面，一面嘟囔着咒骂道："可恶的蛟龙，你可害苦了我们。要是下次胆敢再来，扔石块也要把你给砸了下来。"

蛟龙益觉难看。

两位随即出了城，先后来到河边。远远地便见一艘大船打着旋儿，正往河底下沉。船上撑起一根桅杆，只是杆上空空荡荡，没有帆布。船上并排站着八九个人儿，一个个面露惊恐之色，拼命的朝岸边招手道："救命啊，快来救我们。"宁甫施法术，把他们拔离河面，移到岸边。八九个人双脚踏地，无不大喜，纷纷谢道："救命之恩，没齿难忘。"宁甫说道："不用客气。你们的坐船怎么没帆？"那些人答道："本来有张好大的帆。可当我们的坐船行到河心，只见'恶蛟'飞来，它不由分说，就给撕扯下来了。行船没帆，又驶出一段，便渐渐地开始下沉。"大家咬牙切齿，愤愤之情见于颜色。

蛟龙脸红耳赤，不敢多向众人瞧上一眼。

宁甫与蛟龙离开河岸，往前走到一处僻静的所在。

第一百一十章　寻找恶蛟

宁甫对蛟龙说道：“适才的场景你全都看到了，事到如今，阁下仍打算为‘恶蛟龙’遮盖下去吗?”

蛟龙纳闷道：“你如何肯定我不是施恶者?”

宁甫道：“你的眼神与恶蛟大不相同，而且我曾与‘恶蛟’交手数招，在洞外相遇时，瞥眼看到那人所提巨锤上显现裂痕，那是之前给我的拳力击打所致。”

蛟龙负手背后，在当地来回踱了数步，点头道：“你猜的一丝不差。我俩是孪生兄弟，均为海族子嗣。我比他早出生半个时辰，久以兄长自居。虽为亲兄弟，我们两个的脾气喜好却是差异极大。吾弟为人轻浮，取名常乐，我则唤作常安。并非在下是非不分，一味偏袒常乐，实因父母临终时郑重托付，让我好生照护胞弟，因此才不免事事谦让，于他有求必应。”

宁甫恍然道：“如果继续这么纵容下去，‘恶蛟’将会越来越无法无天，于人于己都没有好处，时候一长，倘牵连出别的事来，不免悔之晚矣。”

常安应道：“以前我偶听旁人说起常乐行为荒谬，当时还不大相信，经过今番亲身游历，才知其言不虚。常某一定倾尽全力，制止他作恶。”

宁甫道：“只是不明他的行踪，应该去往何处寻觅?”

常安道：“或许我知道他的去向，你跟着我走就是了。”然后常安在前，宁甫随后，再往西南飞去。

第一百一十一章 城堡

两人来到郊外，阳光底下，远远望见一座金光闪闪的铁城，就先后停了下来。恍惚分际，隐约听到有声音从中传出。常安说道：“这就是吾弟居所。”宁甫答应一句，跟他并肩走上石阶，来到门前。常乐触动机关，打开铁门，双脚甫一踏入，只觉一股湿气袭至，不禁微皱眉头。沉闷潮湿的空气中，常乐的笑声不绝传到耳畔，常安宁甫听见常乐在此，无不心头一震。两人沿路前行。

笑声结束，常乐便又大声道：“城堡僻处野外，宛如世外桃源一般，我常乐躲在这里，夜夜笙歌，可不知有多快活。”

常乐刚说完，一名女子娇媚的声音就马上接口道：“当家的，你适才进堡之时，说有人要跟你过不去，到底要不要紧啊?”

常乐回道：“小宝子你只管放宽了心便是，有我那个笨大哥替我挡着，纵有天大的难事，也没什么好害怕的!”

常安行走之际，听到胞弟的这句说话，全身忍不住轻微发颤。宁甫在旁安慰道：“亡羊补牢，为时未晚。”话音说得极轻，但城堡内空旷寂寥，便是一滴水珠落在地上，都会产生回音共鸣，何况人语话声呢。常乐立刻就知道了，对身边人发话道：“有敌人混进，咱们赶快躲到里面去。”紧跟着隆隆作响，好像是门板响动之声，脚步声渐渐去远了。

宁甫他们听声辨位，走到常乐与女子先前说话之地。只见室内空空如也，在对面墙上有一道铁门，此刻半开半掩着，常安道：”在这里了，快追。”一个箭步，当先冲出，宁甫殿后。

出了铁门，四下里全是岔路，不知走哪一条的好。多亏地面湿滑，两行足印清晰异常的显现出来，他们顺着脚印寻找，不多时来到一间大屋外面。

宁甫手掌挥出疾风，砰的一声，屋门打开，空荡荡的房中，只见常乐持锤站在一角，一名女子瑟缩着躲在后面，满脸露出惊恐神色。在他们身畔，半空还悬浮着五个光滑圆球，每个均有拳头大小，上面闪烁起不同颜色的光泽。

看到来者，常乐脸上挤出一丝笑容，说道："我还以为是哪个前来光顾，原来是大哥。进来了怎么也不说上一声，小弟好提前迎接你嘛。"

常安淡淡道："常乐，这么多年你做了许多错事，临到头来，可有一些悔改么？"

常乐干笑道："大哥，你又听谁在胡说了！你我兄弟相见，本该高高兴兴才是，尽提那些扫兴的做什么？"

常安苦笑道："我身为大哥，没能好好管教你。这些暂时不说了，你这就丢下铁锤，乖乖给人家谢罪去。"

常乐怒道："一旦如此，小弟哪里还有命在。大哥，我可是你亲兄弟，孰轻孰重，你心里得好好掂量掂量。"

第一百一十二章　恶斗

常安说道："做了错事，便须承担责任，这是谁都避免不来的。别人要打你杀你，那就由得他。你这条性命，还给了人家就是。"常乐本来还有些惧怕，处此情势，反而宁定下来，气道："大哥如要相逼，说不得，小弟只好跟你断绝关系。"说到后来，音调忽尔提高。常安低声道："那很好，很好，依你所言也无妨。”他心下伤痛，虽强行忍住泪水，眼眶还是不觉给湿润了。常乐拽起衣衫一角，使劲往外一拉，就听“嗤嗤”声响，那衣衫之角如裂帛一般，被撕下一大片来，说道：“常乐这就与你割袍断义，你我兄弟之情，从此而绝。”说完右手使力，把袍角掷将过来，但听得呜呜风声，袍角犹似被人托举，缓缓送到常安眼前。常安伸手接住，折了数折，顺手塞进怀内，沉声道：“就算割了袍子，断掉情义，你还得跟我去走一遭。见着大家伙未必便会死去，倘若真是这般，大哥情愿陪你一起赴死。”

常乐脸色愈加难看，喝道：“常乐纵然死在当场，也绝不做阶下囚，任人折辱。你们有本事便捉了我去，要常乐乖乖驯服，趁早打消这个念头。”他身形一起，纵到房屋中间，手上巨锤上下挥舞，成为个彩花形状。常安从容上前，眼睛瞬也不瞬地盯着常乐，缓缓说道：“咱们好久没动手过招了，大哥兴许早已不是你的对手。”常乐冷冷道：“那要打过了才知道。尽管使出你的全力，我常乐对你是万万不会手下留情的。”说话同时，左手锤右手锤运劲，接连劈向常安面门。常安急向后跃，堪堪避过。

常乐又行追上，施力发招，常安手中没有兵刃，双脚不住后退，更无余力还击。如此退却数十步，一直到了墙边，宁甫念动咒语，将驱魔宝剑从背后变出，径发过来。常安右手牢牢抓住剑柄，朝外一挡，轻响过处，一柄巨锤从中间折断，分为两段。常乐一怔，攻势立缓，常安瞧了瞧剑刃说道：“好剑。只是我使它不惯，还是用锤的好。”他把宝剑掷回，俯身拾起给宝剑削断的一半锤子，当下一声轻啸，合身扑向常乐。常乐将另一锤在掌中紧了紧，看看大哥袭至，用力击出。两人这番对打，比前又自不同。只见两兄弟一人身法凝重，出招不疾不徐，看上去犹如闲庭信步也似，另一人却是狠辣迅猛，招走偏锋。恶斗半晌，不分胜负。

斗到酣处，常乐将锤子挡开击向腰侧的一招，见常安胸口露出破绽，大喜之下，急把巨锤弃了，双掌并拢，呼的一声击去。这一击沉雄力大，只要给击得实了，胸口肋骨势非全部断裂不可。常安大骇，此时无暇细思，忙运气于胸，准备硬接硬架这两掌。

第一百一十三章　常乐之死

力道沉雄的两掌，瞬间打在了常安胸口，常安感到有股大力袭至，双脚不由后退一步。腹部同时觉得异常难受，嘴一张，一腔鲜血从中喷出，将常乐满脸全涂污了。常乐眼前一片模糊，他伸出右手，自然而然在脸上一抹。常安趁机飞步上前，右脚提起，把常乐踹倒在地，巨锤接着在半空划个圆弧，照常乐头顶狠劈下去。

锤到中途，便即停止，常安说道："你起来随我同去，生死存亡，听天由命。"说着锤子丢到了一边。常乐狞笑道："我是绝不会跟你们走的，今日不是你死，就是我亡。"他从地上拾起一锤，锤柄在前，向常安咽喉刺来。这一下大出众人意料，常安猝不及防，转眼就要死在弟弟锤柄一戳之下。这时身侧风声响动，常安尚没会过意来，足底便觉一轻，好似有什么东西托住了脚下，把自己给移到旁边。常乐那一锤力道用得过猛，此刻收势不住，连人带锤径直往前扑来，前方是一面铁墙，锤柄撞到上面，"啪"的一声，从中断开，那断掉的锤柄受力反弹，倒转着反而插入常乐的心窝处。常乐大叫一声，身子缓缓倒下。这一下正中常乐要害，只是他一时不得便死，不禁圆睁着双目，犹自余怒未歇。

常安爱弟情深，虽见他欲杀自己不得，倒因此送了性命，心中是又痛又悔，既哀且悲。情到深处，一行清泪夺眶涌出。适才危急时分，是宁甫发出雄浑掌风，将常安带至一旁，现在见他伤心，就走过去拍了拍对方的肩膀，说道："节哀顺变，你弟弟弄得如此下场，纯是他个人咎由自取，怪你不得。"常安心里难过，此时一句话也说不出来。

那名女子见常乐倒地不起，浑身颤抖不止，她跑过去哭喊道："当家的，你死了要我怎么活吆。"宁甫想起前事，待女子哭声稍住，就问她道："这位姑娘，在下冒昧问上一句，你可知南海龙王被囚何处吗?"那名女子哭得是梨花带雨，听宁甫询问，即转头朝对面五个发光圆球望了望，略停片刻，就语带哭腔地说道："具体的我也不知。只是以前听当家的提起过，那五个圆球是虚幻异界，按金木水火土分为五行连珠，南海龙王包括后来被他抓到的敌人，都给藏在其中。只要将它们打破，便可把人从中救出。但是这里面仅有一个是藏着人的，别的都没有东西。我们当家的为防有人混进，打开圆球，在上面又做了精心布置，你若找对圆球便罢，一旦错了，城堡瞬间就会化作粉末。任你是神仙魔鬼，练就什么金刚不坏之身，到了那时统统完蛋。所以小女子告诉你，还是不要触碰它的好。你们没来以前我们当家的还说，这次要是抵挡敌人不过，直接引动城堡爆炸了事，不过他打得好如意算盘，没想到第一场出战，就轻轻送掉了自个儿性命。倘不是这样，大家现在哪里还有命在。"说到后来，声音已变得平静了许多。

常乐死前回光返照，他跳起身，"呼"的一掌劈在女子面门，女子痛叫数声，倒地而亡。常乐干笑一声，说道："让你多嘴，还是陪我同去阴曹地府吧。"也即摔倒气绝。

第一百一十四章　打开圆球

宁甫上前仔细观察，见五个圆球颜色各异，从右至左分别为青红黄白黑，如果按五行来说，就是木火土金水。五球除颜色不同外，大小模样基本仿佛，宁甫考虑良久，也未能下定决心，要选哪个将其打破。选对了自可救人，万一错了，这里会片瓦不留，尸骨无存。他负手背后，在房内来回踱了数圈，走到另一端时，余光无意间望到女子腕上佩戴的一对黑白手镯，心中凛然一惊。这对镯子不仅颜色上与寻常手镯差异颇大，就是样式气派，也是并不多见。宁甫记得凝玉夫人曾有一对，为弄清真相，因此低下头来细细观瞧。

这一瞧来不要紧，只见手镯上用细密的纹路镌刻着一个端正的“徐”字。凝玉夫人本家姓徐，这个镯子无巧不巧写有此字，十之八九便是凝玉夫人之物了。女子从凝玉夫人处得到此物，多半是已将她抓住，这个城堡如斯之大，除常乐与此女外再也不见旁人，那么凝玉夫人显然与南海龙王一样，均被困圆球之中。一念及此，宁甫立扫先前的苦闷，眼前豁然变得明亮开朗起来。观音大士的灵石指示凝玉夫人的去向时，用的是“不山不金不水，无土无木无石”一十二字偈语。

宁甫走到五球跟前，先将金木水土四球挪移，只留下火球正对自己，随后潜运内力，把数十道真气密集布于双掌上面。跟着吐气开声，左右双掌真气连续发出。真气似刀，斩在圆球上面，只听见乒乓大响，圆球轰然爆裂开来。呼呼风声中，几十道身影如飞鸟掠空，先后从中逸出。起先出来者多为彪形汉子，他们甫一跃出，就大声呼道：“龙王可无碍吗？”问了数遍，不见回应。到第二十余人出来时，忽听见一个苍老的声音说道：“着实闷煞我了。”众人听见，无不大喜，他们一起拥上前来说道：“主上，我们终于脱险了。”那被称为“主上”之人慈眉善目，尽管脸上有些褶皱，但并不显得多么老态。宁甫在徂徕山与其照过一次面，认得是南海龙王。南海龙王长吁一口气，对一众臣下说道：“托上天之福，大家能够重见天日。你们快些看看，还有哪个没有出来。”也就片刻工夫，球中之人全部飞出，其中自然有凝玉夫人。凝玉夫人旁边还有一女，宁甫并不认识。凝玉夫人一眼就看到了宁甫，忍不住欢呼道：“哇，宁甫你也在这里呀。好久不见，你还好么?”宁甫与凝玉相处时久，两人相互对待，依然敬爱有礼，与初见之时一般无二。此情此景，宁甫不便与她多谈，只是择要说道：“是啊我挺好的。你看上去就消瘦了些。对了，你的”天火珠”给人拿走了，待其他事情解决完，再来跟你细说。”凝玉答应一声。

第一百一十五章　心结

南海众位忙于解救自家兄弟，全没顾及旁边是否有人。凝玉宁甫一问一答，声音响亮，一字一句尽数落入龙王等人耳中。南海龙王诸人大惊，转过头来，见身前不远处站着一名青衫汉子，身形瘦长，神色淡然，便是敌人宁甫。仇人相见分外眼红，南海众将被困多时，心里早就烦躁，此番猝遇仇敌，大怒之下，眼中如要喷出火来，只待龙王发话，就上前与宁甫斗个死活。南海龙王瞧出己方脱困，多半跟宁甫有些相关，而且大家才脱险境，就是动手，也肯定讨不了好去。所以挥手止住众将，沉声道：“报仇不在一时，且休养够了，我们再来寻仇。”率众正欲离开，旁边风声呼呼，一位三十多岁的妇人手持铁钩，跳跃过来，钩子一划，朝狮虎兽头顶戳去，招来如电，其势若雷，如果躲避稍慢，不免是脑浆迸裂之祸。好个狮虎兽，处此危急，不慌不忙，只见它四蹄扒地，身子借力间，“嗖”的往前窜出老远。狮虎兽纵跃虽快，还是给妇人的铁钩在脊背上划了长长一道痕迹，鲜血顺着伤口登时往外流出。

妇人不容狮虎兽有所喘息，一招既出，第二招又至。此后源源不绝，一招比一招凌厉，一招比一招迅捷，都是从意想不到之处进行攻击。狮虎兽全力施为，每每在间不容发时分闪躲开去。少顷，妇人力竭，渐有不支之势。狮虎兽掉转身，四蹄上下挥舞，实施反击。没多久，狮虎兽爪蹄在妇人身上一拂，妇人站立不稳，仰天摔倒。众武将刀剑齐出，纷纷指向妇人头颈。那妇人不动则已，一动便会当场死在刀剑之下。值此性命攸关分际，妇人神色坦然，嘴角轻撇，竟是表现得颇为从容。龙王问她话时，妇人也只是缄口不语。那狮虎兽仰头长啸，南海龙王与狮虎兽相伴日久，此时已能听懂它的言语，过去一刻，大致明白了个中究竟。这妇人原本是多头兽手下的一名好手，姓贾名秋月，丈夫叫做廖白。前时狮虎兽跟随沈杰前往连翠寨时，因狮虎兽爪蹄抓伤廖白心口，从而导致廖白身死，贾秋月此番突施袭击，定是为夫报仇而来。

龙王想起幼子身亡，自己正与贾秋月一般心情，对她不由起了同病相怜之情。他挥挥手命众武将退下，叹口气道：“我儿何尝不是死于他人之手呢？哎，这事老夫总拿不准主意，狮虎兽，她既是冲着你而来，这人是生是死，现在全由你来决定。”狮虎兽低头作沉吟状，片刻以后，抬起头颅，向天吼叫数声。南海龙王道：“狮虎兽，你的意思是饶她不死？”狮虎兽把头点上一点。贾秋月恨恨说道：“我不会领你情的，练好了功夫，以后再来杀你。”接下来站起身，走到凝玉跟前说道：“多谢小姑娘从前善言相劝。咱们就此别过。”她也不去捡拾地上铁钩，迈步径自离开。

第一百一十六章 述说

南海龙王及手下一众将领也随后他去。宁甫见常安神色黯然，就走上前安慰数句，待他心情平复，再与凝玉一同步出城堡，行不上多远，见路旁有两尊石椅，两人并肩走过去坐下。

宁甫问道：“凝玉，徂徕山离此不近，你怎么来到了这里?”

凝玉笑道：“是刚才那位贾大姐带我过来的。”

宁甫听罢愈加疑惑，凝玉笑一笑，解释道：“那天南海众将齐聚功力，将你我分别打散，因我有”天火珠”护身，伤势并不如何厉害，但也被打出七八里远。当时一口气转不上来，所以在草丛里躺了会儿。过了些时，南海兵将前来寻索，我冒险使出闭气功，呆在那儿一动也不动，这才轻易躲了过去。后来那位大姐也来了，她见到我二话没说，就把我抓了起来，然后带着我一路南来。走了十余天，我的伤大半已经好转，问她这是要往哪儿去？她说丈夫死在仇人手里，这是要去报仇雪恨。几天后我才知她口中的‘仇人’，指的是南海异兽。我们又行了若干天，来到一处海边。可巧碰见南海龙王领着手下，正与一位手持巨锤的汉子彼此拆招。那持锤汉子武艺并不怎么了得，接连斗了几场，每每均是败阵，最后他急了，说道‘我武功虽不咋地，但是我有非常厉害的手段，你们若有胆量，不妨跟我去城堡见识见识。’南海龙王被他一激，即答应道‘好，总要让你输得心服口服’。那持锤汉子在前引路，带领大家来到郊外城堡之中，我和贾大姐悄悄跟在后面，也一并跟进。只见持锤汉缓步走到某间室内，再出来时，手中多了一只浑身散发火苗的圆球。他嘴里不知嘟哝了几句什么，那火球马上光芒闪烁，我们只觉得晕头转向，以后便各自昏厥不知了。再醒来后，发现自己被封存在球中，身子竟是无法动弹，直到适才圆球破裂，方才脱出囹圄。”

宁甫点了点头说道：“你真是受苦了。我看那位姓贾的大姐对你倒是客气得很。”

凝玉道：“我们一路同来，她发过不少脾气，有时我便耐着性子劝上一劝。她一开始还是不怎么痛快，越到后来，火气益发的少了。”说至此，忽然想起自己的“天火珠”来，又道：“宁甫，你说我的“天火珠”给人拿走了，这到底是怎么回事啊？”

宁甫将近几日所遇之事一并讲完，末了说道：“现在情势危急，非你亲自出马，将“天火珠”收服不可。你伤处不碍事吧，要是身体无恙，停上会儿，你我便得出发前往。”

凝玉答道：“我的伤早就痊愈了，不过气息还是提不上来，更何况长途远行呢，看来只好借你的宝剑一用了。”宁甫笑道：“自然如此。”他变出长剑，让凝玉安稳坐上，念声咒，催其前行，自己则飞在旁边相伴。

第一百一十七章　驱魔剑易主

凝玉、宁甫两人一个坐剑一个飞行，顷刻离了南海，回转北城。行不上半天，终于来到，他们分别降下地来。宁甫手掌在半空划动，前面募地出现一片树林，宁甫紧跟着发出一声轻啸，便见林边人影晃动，众位江湖汉子从内缓步走出。左辉在左孟如仁在右，内中独不见真乐道长及一干官差。看见宁甫，众人大喜。一霎时走上前来，抱拳说道：“先生可回来了。”宁甫执手还礼，指着站在身边的凝玉说道：“这位就是“天火珠”的主人，凝玉夫人。有她出马，收服“天火珠”不是难事。”众人又行见过凝玉，顿了一顿均道：“恶神来过数次，多亏先生将我等化作虚无，不然此刻已遭厄运。只是那真乐道长非要离开，我们劝他不过，只好由他离去。”

宁甫答应一声，进而说道：“恶神本事并非泛泛，纵然“天火珠”不在彼处，想要将其一举击败，也不大容易。我现在教大家一些仙术，如遇危急，或能用上。”宁甫就把修炼入门之法传给众人，一连数日，江湖汉子皆在认真习练，但是大家根柢不同，众人之中，尤以左辉和孟如仁进境为快。

这日晌午，天色遽然变暗，狂风过后，暴雨倾盆落至。凝玉心头感到阵阵悸动，她掐指一算，连呼糟糕。宁甫问起，凝玉夫人忧心忡忡地说道：“凝玉和“天火珠”互有灵犀，它如有事，我定知晓。适才心头觉得不畅，运功一查，情况果然有些糟糕。”宁甫听她语声急促，不由平添了几分着急，问道：“到底怎样了，凝玉你快点讲来。”凝玉夫人叹道：““天火珠”与驱魔剑一样，均属天界神物，若是善加利用，可以保身祛邪，效验不同寻常。”宁甫与驱魔宝剑朝夕相处，这一节自然比谁都更清楚，点头道：“确实如此。”凝玉接着说道：“但如果让不肖恶徒得去，用以非常之法，宝物立刻便会转性。我的珠儿给人用邪恶毒水浸染过了，现在它全身遍是魔性，即使我前往召唤，也已无用。”宁甫皱眉道：“该当如何应对?”凝玉摇了摇头说道：“如今之计，大家唯有见机行事了，只要大家齐心协力，成败没准会有转机。”宁甫说道：“到此地步，看来也只能这般了。”

宁甫把孟如仁叫到跟前，反手从背后取了驱魔剑，交给孟如仁，孟如仁一惊，急忙推拒道：“宁大哥的物事，怎么给了小弟了？”宁甫说道：“这把宝剑暂时交给你保管，待杀了恶神，再交还于我。”孟如仁不解，宁甫便道：“我有奇术在身，宝剑是否在手，并无多大区别。孟兄弟悟性武艺俱臻上乘，自能驾驭此剑，一旦与恶神交上了手，宝剑放在你这儿，定能起到奇效。”孟如仁觉得言之成理，他双手接过宝剑，说道：“那小弟只好僭越了。”

第一百一十八章　沈杰来到

宁甫与一众江湖汉子整装结束，只待恶神前来厮杀。过了数日，不见影踪，心中均感诧异。这日清晨，刚吃过早饭，天空骤然响起异声，大家寻思正主儿终于到了，便纷纷提动兵刃，出屋查看。但见离地不远的半空漂浮着一朵椭圆形飞云，上面并肩站着三人，是两男一女。其中女子身着锦衣，相貌英气俊美。另外两名汉子一位年纪稍长，额头上还贴着块圆形金片。宁甫稍作回想，立即认出是南海诸将之一，在徂徕山和城堡均遇到过此人。那一人则是个浓髯汉子，年纪不过二三十岁，长得却是英气勃勃，气度卓然，特别是一双虎目光芒闪烁，显得内力已有相当造诣。中年汉子伸手往下指了指，浓髯汉把头一点，马上跃离云朵，纵到地面上来。

浓髯汉双脚一踏地，就提气说道：“在下名叫沈杰，本为岭南人士，今番前来，是受龙王所托，来寻一位姓宁的公子，哪位是宁甫，请进一步说话。”宁甫向前两步，沉声说道：“鄙人便是。”沈杰把对面这人上上下下打量一遍，才开口道：“南海龙王将你和他之间的过节详详细细都跟我说了，龙王让沈某来取你首级。实话说你我并无仇怨，只不过龙王爷于我有恩，他既这么求肯，沈杰自然便须全力以赴，应他所求。南海龙王说了，杀子之仇不共戴天，只是你在城堡救过他一命，你死之后，他必自杀来偿还。现在就请拔出你的剑，与我来一场公平对决。”

此言一出，江湖群汉全都变色，许多人按捺不住，大声喝道：“从哪来的野人，居然说出这样放肆的话！”“宁先生法术非凡，当真动起手来，吃亏的须是阁下。”孟如仁快步上前，将驱魔剑递给宁甫，说道：“有这把剑在，宁大哥能稳操胜券。”宁甫摆手道：“此剑你好好拿着，细心琢磨与它的心灵互通，我便不用宝剑，也不一定弱于他了。”孟如仁见宁甫眼神笃定，心里登觉踏实。凝玉也走到宁甫跟前，轻声说道：“很久不见宁甫施展武艺了，凝玉这次得认真仔细的观摩一下，宁甫你可要好好的打呀。”宁甫回答道：“前几日一直在外奔波，武功没准耽搁下了不少。”说着，从旁人手中接过一柄寻常长剑，鱼吞口，紫金鞘，剑尖微微分叉，对沈杰说道：“请了。”当下倒转了长剑，剑尖在下，先做个起手式，沈杰也拔出钢刀，刀刃向己回敬一招。

沈杰手掌暗运功力，传到刀身上，立时嗡嗡之声响声不绝。这一下先声夺人，旁观众人均是骇然变色，暗暗说道：这人前来寻仇，手底下果然有真功夫。响声到达绝高之际，沈杰手腕用力，刀背与刃马上翻转，那刃口带着微亮的光芒，横削宁甫腰腹。宁甫提剑抵挡。砰的一声，刀剑相交，两人功力相若，不由各自退后一步。

第一百一十九章　两败俱伤

沈杰刀法一变，招数变得大开大合起来，是为“幻影刀法”。宁甫觉得不易招架，就右手持剑，左手运使开山掌，如此左右齐施，刚刚的劣势又即逆转。沈杰见不能取胜，心头焦躁，招式再而一变，使出南岳山神传授的“波儿神功”。宁甫以不变应万变，还是左手掌右手剑迎击。沈杰接连变化十余种武功，每一种皆称得上独步江湖，非同小可，但无论他如何改变功夫，发出的攻击始终如石沉大海，没起半分效用。久战之下，脑海变得一片清晰，不禁暗骂自已：沈杰啊沈杰，你放着自家绝学不用，却偏偏混使别人的，这么乱七八糟，怎能取胜？

念头落下，手腕运力，钢刀招数又变为先前的“幻影刀法”。两位这般恶斗，翻翻滚滚拆到千余招上下。沈杰飞身跃起，一招“凌空飞度”，刀刃猛地砍向宁甫头顶。宁甫把剑端平了，准备硬接这一刀。

刀剑相交，宁甫觉出从剑身上传过来一股大力，难以抵挡，急忙运功相抗。两人至此已到内力互拼的境地，内力高者为胜。

僵持多时，终于分开，他二人嘴里同时吐出几口鲜血，身子不住往后倒退。

江湖众汉上前扶住宁甫，与沈杰一块前来的那一男一女也撇了云，伸手将沈杰架住，不致使其跌倒。女子喊道：“大哥，你没事吧？”沈杰摇了摇头，这时连一句话都说不出来，稍停片刻，鼻中方有些气息出入。宁甫先断断续续说道：“我俩功力难分轩轾，到头来居然闹了个两败俱伤。此伤虽重，性命倒是无妨，只要将养些时，便可无碍。”沈杰苦笑道：“我今番既杀你不得，以后也是一样，报仇之事，从此不提也罢。”

在他们说话时，天空瞬间变了颜色。众人惊诧，还没反应过来，只听见一阵阴狠的笑声划破空际。随着笑声，远处飞来三个奇怪的人儿，一个白胡老者，一个蛇尾人身，还有一个，人首而鹿身，兀自长了十条臂膀。三人身边跟了头貔貅，身上遍体鳞伤，淤青大者犹如碗口，小的也如疥疮一般。它颈上拴系一绳，绳头由白胡老者攥在手中。

白胡老者三人便是恶神，江湖众汉早就识得。见他们此刻现身，颇觉意外。白胡老者三人尚未开口，那貔貅先行说起话来“我是真乐道长，半途给恶神捉住，带来这里。这些恶神不仅有“天火珠”护身，他们的师父无涯天也来了。你们人数众多，可不是对手。”白胡老者使劲踢了貔貅一脚，喝道：“快些住嘴！没我的吩咐，不许多言，要是敢再说一句，老夫顷刻取了你的性命。”貔貅痛叫一声，果真住嘴不说了。

白胡老者捻须笑道：“恶神之尊无涯天大驾光临，你们仔细看好了。”他手掌在天空一划，闪电过处，一片云朵从中裂开。紧跟着从上缓缓降下一人，是个半秃汉子，年纪不甚苍老似的，将一袭元青色大绸衫裹身。

第一百二十章　斗恶神

到了离地数丈之处，无涯天念咒将身定住，对着下面众人冷冷说道：“你们的死期到了，要是乖乖归顺，可饶汝等不死。”江湖群汉纷纷出言喝止，大有宁为玉碎之势。无涯天脸上掠过一层煞气，阴笑道：“一群食古不化的家伙，你们最强的高手已经身受重伤，怎能跟我比斗？要求死就成全了各位。虚空子，这是“天火珠”，拿着它把这些人统统杀死。”他使用异术，将“天火珠”变出托在掌心，轻轻一吹，那“天火珠”迅速飞向白胡老者。白胡老者一手牵绳，余下另一只手抓住“天火珠”，朝自己额头一按，他的全身马上散发出浓浓的黑雾。白胡老者又招了招手，蛇尾怪人和十臂兽故展动身形飞过来，三位一齐向江湖群汉展开攻击。众江湖汉经宁甫传授功夫，内力有了很大提高，见恶神来到，心里并不怎样恐慌。他们手执兵刃，跟恶神激烈异常的打在一起。恶神气焰非小，一时居然占不了便宜。凝玉夫人给宁甫输了些真气，伤势渐好，两人随后也冲进战团。斗了会儿，白胡老者三仙即便有“天火珠”护体，却大显劣势。

无涯天大怒，恨声道：“你们枉自称神，居然连一些凡仙都对付不了。到底还得由我无涯天亲自出马啊。”说罢，双掌分别挥出两股极强的亮光，直击恶斗众人。这两股亮光含着较强的威力，如果及身，不但江湖汉子，便是白胡三神也要给打个好歹。宁甫勉强提气说道：“这里交给你们了，无涯天就让宁甫来抵挡片时。”他转过身，欲凝聚全身功力，与无涯天射来的强光进行对抗。可是重伤之际，功力大大减弱，所能提起的内功还不及平时的五分之一。宁甫暗叫不妙，几乎就在同时，强光堪堪来到，刹那间不禁心念俱死。哪知强光过后，自己仍安然无恙的站在当地。往旁一看，见孟如仁手提驱魔剑在左，沈杰执刀在右，分别架住了强光来势。沈杰说道：“我早就听师父讲过恶神的名头，此番碰见，焉有不打上一打的道理。宛妹、薛前辈，烦劳你们去相助江湖群汉退敌。”和他同来的女子和中年汉答应一声，加入与白胡等神的战斗。

无涯天皮笑肉不笑道：“别人躲我还不够，你偏偏跑来送死，有趣，当真有趣。”也不见他耸肩动身，“嗖”的一声就飞了过来，身法既快且猛，简直是闻所未闻。宁甫沈杰急提兵刃抵挡，孟如仁火候不到，这时只好用驱魔宝剑来弥补内力不足。剑刃锋利无比，无涯天倒也不敢对他过分逼近。一刻过后，宁甫、沈杰牵动身上伤处，体内鲜血不绝往外渗出，两人苦苦支撑，身法掌力均不自禁慢了下来。貔貅在旁观战多时，此刻见宁甫一方行将败亡，忙转头逃走。无涯天右臂突然变长千百倍，来到貔貅身后时，五指张开如钳，抓住貔貅鬃毛使劲将其拉转回来。

第一百二十一章　无字书

貔貅边挣扎边使劲，嘴中不觉吐出一段锦绣来，长约四五尺，表面色彩斑斓，放射艳艳的光。那锦绣出了貔貅口，化作一条蟒蛇，蛇嘴张开，就要来卷无涯天。无涯天仰天打个哈哈，冷笑说道："雕虫小技，也敢在吾面前卖弄，这不是自寻死路么。"他双眼一瞪，眉间突地产生一把匕首，刀尖朝前直飞过去，噗噗噗噗，将锦绣蛇斩作十七八段。

貔貅兀不死心，又吐出一面铜锣，一根金锤。锣身上有花纹，两面且都鼓起，那金锤敲在上面，发出好大的声响，一时似钟响磬鸣，一时也如天外之音，人耳鼓给弄得嗡嗡作响，好一会儿不曾有所停歇。无涯天怒喝道："好不聒噪。还不赶紧给我住手。"喝声如雷，远远传播开去，把那锣与锤均震得粉碎。

貔貅吐出一团烈火，火头昂扬，扑将过来。无涯天吸气猛吹一口，烈火四溅飞扬，再不见个影踪。

貔貅接着吐出一本大书。此书通体为白，正面用铁丝做线，织成数字书名，日光下看得分明，正是：无字神书。

无涯天狂笑一声，于是松开貔貅，径来抓取神书。

宁甫沈杰对无字神书早有耳闻，知道是一本修炼道术的至高宝典。当年魔尊等怪只是修习了其中的十之二三，便已叱咤天下，所向披靡。这恶神道学根基远非魔尊诸魔可比，神书若让他得去进行参悟，天地间还有谁能制得住他？宁甫沈杰身体这时极为虚弱，连起飞都觉困难。眼看无涯天手掌即将抓住无字神书，不由大呼糟糕。危难分际，想起驱魔剑在侧，宁甫心头一喜，遂出声喊道："那无字神书乃为道门法典，切不可落入恶神手中，宝剑快去抢了过来。"

驱魔剑得到指令，马上离开孟如仁手掌，飞向神书。不过无涯天先驱魔剑一步，已将神书抓在手中，那驱魔剑眨眼也即来至，剑刃迅速一划，只听嗤的轻响，神书顷刻分作两半。前面一半给无涯天夺去，后面一半给驱魔剑剑刃托着带到孟如仁跟前。

无涯天有恃无恐似的，他暂时停下打杀，急速地翻阅起了神书。里面并无文字。都是些人物练功图样。无涯天看时也练，身上的黑气在不断暴涨。

孟如仁翻开无字书下一半，打算依样画葫，也学个大概。可惜打开之后，觉得艰深晦涩，不是自己片刻能领悟的，耳听得无涯天在那里狂笑不止，心里着实慌乱起来。他一路翻阅，直到倒数第二页时，尚没发现有可学习的功夫。孟如仁缓缓翻到了最后一页，与前面数十页不同，这一页全无人物，诧异之下，仔细看去，见书页上方慢慢浮现出一幅湖光山水画，画中高空处，显现出两只相互追逐的鸟儿。前面那只鸟儿折去一蹄，身上羽毛而且大半散失，眼看无一时就要被后面鸟儿追上戳死。

第一百二十二章　恶神之死

前面鸟儿身上的穴道突然变得清晰无比，以及体内气息如何走动，也一一向外呈现。孟如仁看了会儿，心中忽有所动，他照之运行，丹田内的气息越来越盛，直欲撑破肚皮一般，低头看时，却又不见有何异常，于是将丹田之气慢慢注入四肢百骸，如此方觉得好些。目光再移向画面，只见前鸟驻足停身，转头发出一道凌厉的光芒，后面鸟儿给光芒击中，马上自高空跌落地面。

从别处又飞来一头猛禽，体型庞大，爪牙锋利，外皮厚实坚硬。鸟儿像刚才一样发出光芒，到了猛禽身上，竟没产生丝毫作用。那猛禽霎时来到鸟儿跟前，伸出爪足，在鸟儿腹部重重一击。孟如仁看得真切，不由“啊呀”一声叫喊出来。鸟儿丹田气息受力，纷纷上行，从喙中喷溅涌出，猛禽躲避不及，脸上中招，只听一声惨叫，立时脑浆迸裂而亡。那鸟儿停留片刻，也自高空坠落，眼看没命了。

孟如仁将鸟儿适才气息运行之法再默想数遍，待得熟稔，就合上书本，试着再运行运行。第一二遍时，还是觉得腹部胀得难受，到了后来，才感觉如常。往自己身上瞧去，但见全身有层薄薄的雾气笼罩，手臂上更青筋暴突，情状与平时迥然不同。

无涯天感受到了对面这人的变化，此时不便埋头再练。他把无字书上半卷塞进怀内，对孟如仁冷冷说道：“无字书下半卷快点交出来。”孟如仁右手擎着书卷，在半空来回摇晃，淡淡道：“书卷就在这里，你要便自己拿去。”无涯天伸长了手臂来抓，结果均给孟如仁一一躲过。无涯天怒极，手掌挥出强光，径袭孟如仁咽喉。孟如仁正要试试刚才所学究竟怎样，也即以光芒相应。孟如仁学得是无字神书上修习内功最厉害的法门，久而久之，自能积蓄深厚功力。只是他学习尚浅，内力纵有较大提高，但若与恶神宗师无涯天相比，那还明显不如。听得嗤嗤轻响，两光相撞，孟如仁给震得接连后退十数步方止。无涯天愣了一愣说道："能接住我这招也算不易，无字书果然非同小可，短短一会儿，便能让人变化若此。"看到对面这年轻人功力大进，更加渴望拿到下半书卷一观。他脚底用力，合身纵跃过来。孟如仁蓦地想起鸟儿在险境时所用的击败猛禽之法，所以把功力暗暗聚于丹田，等无涯天临近，身子迎接上去。他这一跃是正好把小腹凑到无涯天的双掌上面，无涯天还没作出反应，掌力已击在孟如仁丹田处。孟如仁吃痛，气息如奔腾的狂流般倾泻而出，尽数冲到了无涯天的面门上。无涯天身子急向后仰，满脸现出斑斑血迹。他由于功力深厚，一时不死，双手抓住脸皮在那里不停摇动。驱魔宝剑飞上前，把他贯穿胸口而亡。

孟如仁气息一经发出，好像虚脱了般倒地不起。

第一百二十三章　活过来

白胡三怪听见无涯天发出惨呼，心里均是大骇。他们计划取出"天火珠"抵挡片刻，自己好从容脱身。"天火珠"掷出后，白胡三怪掉头就跑。驱魔宝剑飞过来，与"天火珠"展开激斗。一众江湖汉子从后赶上，将白胡三怪纷纷斩杀。天火珠给驱魔宝剑压制住，凝玉夫人借机从旁念动心法，终于把"天火珠"收服，然后锁在了香囊中，直等诸事完结，就去往天山，将天火珠浸到天池水内洗净魔气为止。

江湖众汉见孟如仁躺在地上一动不动，宛似没了气息一样，心中均觉哀伤。宁甫伤心之外，尚有几分惋惜。他欲效法驱魔宝剑从地府相救自己还阳，也要造访地府一趟。天空这时飞来一只仙鹤，仙鹤身上坐着位年轻女子，身着金缕蓝衣。到了近前止住鹤，向众说道："我是仙女霞姝，此为玄女娘娘赠予的仙水，可治百病，快喂与孟义士服用。"说着，从上投下一瓶。众人道声谢，伸手接过。瓶盖还未打开，一股幽香已经从中飘出，大家忙把孟如仁扶起，拔下瓶盖，瓶中水倾倒给他喝下。

少顷，孟如仁睁开双眼，身体尽复旧观。大家喜出望外，抬头再寻霞姝时，人早不见了。

无字神书本为元始天尊之书，宁甫将两半书本合而为一，送往天界交与众神保管。

却说在南海龙宫中，龙王正躺在榻上合眼假寐。他身旁桌上放着一张纸笺。那是逍遥子亲写的手札，派徒弟送到龙宫来的。手札上赘述详尽，将敖行离开青峰山，到他变节成魔，最后又如何被诸神所灭，信中皆一一写明。龙王从前只听旁人说过，幼子为道家四宝所灭，持宝者乃是修行者宁甫，因此就起了报仇之心。至于中间这些细节，则一概不闻不知。如今看到逍遥子亲笔，方明了个中缘由。南海龙王是通情达理人物，既知事情错在敖行，对宁甫恨意也就从此而消，心中不觉反倒生出一些愧疚来。想得多了，头痛欲裂，昏昏沉沉之下，不由朦胧睡去。睡梦里，忽见敖行执花走上前，便道："吾儿何来？"敖行答道："父王，儿臣现在身处幽冥地府，每日里受烈火焚烧，以偿前罪，大约百年后能重返阳世。到那时再与父王相见。荷花在此为证。勿失，勿忘。"说罢身子隐去。

南海龙王呼唤着从梦中惊醒，一看原来是南柯一梦，不禁怅然若失。侧过头，见桌上放着一瓶，瓶内插了一朵粉红色荷花，娇艳若滴，色泽明亮，宛如新鲜刚拔下来的一般，龙王老泪纵横，枕巾上登时湿了一大片。